新訳 蜻蛉日記

上巻

島内景二

花鳥社

新訳蜻蛉日記　上巻

目次

V 天暦十一年＝天徳元年（九五七） 二十二歳

Ⅷ　応和四年＝康保元年（九六四）　二十九歳

Ⅸ　康保二年（九六五）　三十歳

Ⅹ　康保三年（九六六）　三十一歳

Ⅺ　康保四年（九六七）　三十二歳

XII　康保五年＝安和元年（九六八）　三十三歳

はじめに　『蜻蛉日記』への誘《いざな》い

『蜻蛉日記』の世界へ、ようこそ。

私が『蜻蛉日記』の「凄さ」に怖れを抱くのは、何と言っても、『源氏物語』よりも先行している点である。『源氏物語』の以前には、『古今和歌集』以来の和歌（韻文）の伝統は存在した。けれども、女性の手になる「散文」は、ほとんど存在しなかった。

『竹取物語』『伊勢物語』、そして『うつほ物語』『落窪物語』は、『源氏物語』よりも以前に書かれた。けれども、文体やボキャブラリーから見て、それらの物語の作者は男性であろうと推測されている。

日記文学でも『土佐日記』があるが、作者は紀貫之である。女性の手になる本格的な散文として、『蜻蛉日記』は画期的な文化史的な意味を持つ。

ちなみに、王朝日記文学の中で、『更級日記』は『源氏物語』の圧倒的な影響を受けている。また、『和泉式部日記』も、成立は『源氏物語』よりも後《あと》だと思われる。

こう考えると、『蜻蛉日記』の作者は、『源氏物語』に到る散文作品の、扉を開《あ》けたパイオニアだった事実が見えてくる。

『蜻蛉日記』の作者は、どういう女性だったのか。歴史物語である『大鏡』は、藤原道長《みちなが》の空前の栄華を批評した作品として知られる。その中に、道長の父親である兼家《かねいえ》について述べた部分がある。

兼家の次男が、道綱《みちつな》。母親は、「右大将道綱の母」と呼ばれ、『蜻蛉日記』の作者として知られる女性である。

二郎君《じらうぎみ》、陸奥《みちのくに》の守《かみ》・倫寧《ともやす》の主《ぬし》の女《むすめ》の腹《はら》に御座《おは》せし君《きみ》なり。道綱と聞こえし。大納言にまでなりて、右大将、掛《か》け給へりき。

この母君、極《きは》めたる和歌の上手《じやうず》に御座《おは》しければ、この殿の通《かよ》はせ給ひける程《ほど》の事、歌など、搔《か》き集めて、『蜻蛉《かげろふ》の日記《にき》』と名づけて、世《よ》に弘《ひろ》め給へり。

「二郎君《じらうぎみ》」、兼家の次男は、「陸奥《みちのくに》の守《かみ》・倫寧《ともやす》の主《ぬし》の女《むすめ》の腹《はら》に御座《おは》せし君《きみ》なり」。陸奥《むつ》の国の守《かみ》などを歴任した藤原倫寧《ともやす》殿の娘が生んだ男の子であった。兼家の次男・道綱の母親は、藤原倫寧《ともやす》の娘である。道綱は、大納言まで昇進し、右大将を兼任された。

こう書くと随分の出世のようだが、兼家の子である、ほかの兄弟たちが大臣から関白へと昇進したのに比べると、道綱は大臣にもなれず、大納言どまりだった。

道綱の母親は、極めつきの和歌の名手だった。「この殿の通《かよ》はせ給ひける程《ほど》の事、歌など、掻《か》き集めて、『かげろふの日記《にき》』と名づけて、世《よ》に弘《ひろ》め給へり」。「世に弘め給へり」の主語は、兼家である。

「この殿」、つまり兼家が、「道綱の母」のもとに通っていた時の出来事や、その間《かん》に二人が交《か》わした和歌などを掻き集めて、正確には「掻き集めさせて」、道綱の母に書かせた、というのである。兼家は、自分の歩んだ人生を、文才溢れる妻に書いてもらった。

『蜻蛉日記』には、二十年以上の夫婦生活が書かれている。その内容のほとんどは、夫である兼家に対する妻の不満であり、外《ほか》の愛人に対するライバル意識である。だから、現代人が『蜻蛉日記』を読んで、この日記は、夫である藤原兼家という人物のすばらしさを、妻が誉め称えたものだと思うことは、まずないだろう。

けれども、平安時代には、文字を書き記す白い紙は、大変な貴重品であった。しかも、『蜻蛉日記』は、上巻・中巻・下巻と、全三巻から成る長篇である。これだけ膨大な文字が書き記される紙は、よほどの権力者でなければ調達できない。

ちなみに、清少納言が『枕草子』を書けたのは、中宮定子から白い紙を大量に賜《たまわ》ったからだった。その定子の父親は、藤原道隆《みちたか》で、兼家の長男である。定子に紙をくれたのは、道隆の長男、つまり兼家から見たら直系の孫に当たる、嫡孫の伊周《これちか》だった。

紫式部が『源氏物語』を書けたのも、中宮彰子の力である。その彰子の父親は、藤原道長で、これまた兼家の子どもである。

だから、道隆や道長の父である兼家が、側室というか、第二夫人である「道綱の母」に、高価な紙を提供できたのも、当然と言えば当然である。『蜻蛉日記』を読むと、兼家は思ったほど、悪くは書かれていない。冗談が大好きで、明るく、自由闊達な性格で、憎めない人物である。『枕草子』には、中宮定子の父親である道隆の、明るく朗らかな性格が活写されているが、『蜻蛉日記』の兼家も、それと同じである。兼家と道隆は、よく似た親子だと感じる。

『大鏡』の言うように、『蜻蛉日記』は、兼家が妻に書かせて世間に弘めたものだ、という見方は、一理ある。ただし、作者である道綱の母に、「書きたい」という自発的な気持ちが強かったからこそ、これだけ長篇の日記が書けたのだろう。

書いているうちに、彼女の筆は、夫の兼家を誉め称える気持ちが薄れてゆき、最高権力者だった夫と結婚しても心の中は不幸だった恨み辛《つら》みが、主眼になってゆく。このあたり、光源氏と結婚して不幸だった紫の上の嘆きを、強く連想させる。

ここで、『大鏡』に戻ろう。道綱の母に『蜻蛉日記』を書かせたのは兼家だと述べたあとで、『大鏡』は『蜻蛉日記』の代表的な場面を紹介している。

殿《との》の御座《おは》しましたりけるに、門《かど》を遅く開《あ》けければ、度々《たびたび》、御消息《おんせうそこ》言ひ入《い》れさせ給ふに、女君《をんなぎみ》、

（道綱の母）嘆きつつ一人寝《ひとりぬ》る夜《よ》のあくる間《ま》はいかに久しきものとかは知る

いと興有《きようあ》り、と思し召して、

（兼家）げにやげに冬の夜《よ》ならぬ槇《まき》の戸も遅く開《あ》くるは苦しかりけり

『小倉百人一首』でも有名な歌である。この場面は、『蜻蛉日記』を読み進める中で詳しく鑑賞したいが、兼家が愛人の家に行くことが増えて、「道綱の母」が苦しんでいる場面である。

兼家が訪ねてきたのに、「女君＝道綱の母」が、なかなか門を開けなかったので、兼家は、何度も、「開けてくれ、中に入れてくれ」と伝えた。女は、歌で返事した。

（道綱の母）嘆きつつ一人《ひとり》寝《ぬ》る夜《よ》のあくる間《ま》はいかに久しきものとかは知る

（私は、あなたのお出《い》でを待ち続け、どんなに夜が長いかと言うことを知りました。あなたも、門で足止めされて、少しは、私のつらさがおわかりになりましたか。）

それに対する兼家の返事は、平凡極まりなかった。

（兼家）げにやげに冬の夜《よ》ならぬ槙《まき》の戸も遅く開《あ》くるは苦しかりけり

（いやあ、本当に、あなたの言う通りだ。だけれどね。あなたは冬の夜の長さを苦しいと言うけれども、戸口をいつまでも開けてもらえない私の感じた苦しみも、相当なものだったんだよ。）

『大鏡』には、道綱の母が詠んだ和歌を、兼家が、「いと興有《きようあ》り」、とても面白い歌だなと感心した、と書いてある。これほど素晴らしい和歌を詠んだ道綱の母には、もっともっと自分（兼家）が登場する名歌を詠んでもらいたい、そしてそれを書き記した散文を書いてもらいたい、と兼家が喜んだ、というのである。

これを額面通りに理解すれば、兼家は、よほど度量が大きい人物のようだ。『蜻蛉日記』における自分への少々の批判には目をつぶり、道綱の母の芸術的な才能を尊重した、ということなのか。私は先ほど、藤原兼家という人物を、自由闊達で明るい人間だと言ったけれども、家族に対して見せる顔と、政治の世界で見せる顔は別物である。

私は高校生の頃、夏休みの補習の古文の時間に、『大鏡』を教わった。花山《かざん》天皇の出家の場面は、忘れがたかったので、約半世紀が経過した今でも記憶している。

兼家は、自分の娘（詮子）が生んだ孫である一条天皇を即位させたかった。それには、花山天皇の存在が邪魔である。それで、兼家は息子の道兼《みちかね》をうまく使って、寵愛していた女性の急死を嘆く花山天皇をだまし、出家させた。「自分は、兼家と道兼の親子に、まんまと騙されたのだ」と悟り、花山天皇が泣く場面がある。

「我をば、謀《はか》るなりけり」とてこそ、泣かせ給ひけれ。哀れに悲しきことなりな。

「道兼は、父親の兼家と共謀して、私を騙して出家させ、天皇の位から引きずり下ろしたのだな」と気づいた花山天皇は、号泣した。まことにもって、おいたわしく、悲しい出来事でございましたよ、と語り手の老人は述懐していた。

私まで、高校の教室で、思わずもらい泣きした。そこまでして、権力を手に入れようとした兼家親子を、憎く思ったからである。むろん、『大鏡』は虚構をまじえた歴史物語であるから、史実そのものではない。

ただし、花山天皇が退位して、一条天皇が即位したからこそ、華やかな文学サロンが花開き、『枕草子』や『源氏物語』が書かれたのだから、国文学者である私は不思議な気持ちになる。

ここから、『蜻蛉日記』の作者の家族や親類について、説明したい。

作者の父親が藤原倫寧《ともやす》であることは、既に述べた。倫寧の祖父は、藤原高経《たかつね》。『伊勢物語』に「二条の后」として登場する藤原高子《たかいこ》は、高経の妹に当たる。

高経の子の「惟岳《これおか》」が、倫寧の父である。この世代から、地方の国司に任命される受領《ずりょう》階級になる。作者の父親の倫寧も、受領である。陸奥、河内《かわち》、丹波《たんば》などの国司を歴任した。

倫寧の子ども、つまり、道綱の母から見たら兄弟に当たる長能《ながとう》は、歌人としても著名である。「ながよし」とも読まれる。勅撰和歌集に五十首以上も選ばれた有名歌人である。旅をする歌人として著名で、後の西行や宗祇《そうぎ》、さらには芭蕉にいたる「漂泊の詩歌人」の一人が、能因である。この能因が、「道綱の母」の弟である長能の弟子だとされる。

この長能という人物の性格を、よく示しているエピソードが、平安末期に成立した『古《こ》本説話集《ほんせつわしゅう》』に載っている。文中に「大納言」とあるのは、当時の和歌の第一人者だった藤原公任《きんとう》のことである。

春を惜しみて、三月《やよひ》、小《せう》なりけるに、長能、

心憂《こころう》き年にもあるかな二十日《はつか》余《あま》り九日《ここぬか》といふに春の暮れぬる

と詠み上げけるを、例の大納言、「春は二十九日のみあるか」と宣《のたま》ひけるを聞きて、ゆゆしき過《あやま》ちと思ひて、物も申さず、音《おと》もせで、出《い》でにけり。

さて、その頃より、例ならで、重き由《よし》、聞きて、大納言、訪《とぶら》ひに遣《つか》はしたりける返り事に、「『春は二十九日あるか』と候ひしを、あさましき僻事《ひがごと》をもして候ひけるかなと、心憂《こころう》く嘆かしく候ひしより、かかる病になりて候ふなり」と申して、程《ほど》なく失《う》せ

にけり。「さばかり心に入《い》りたりしことを、よしなく言ひて」と、後《のち》まで、大納言はいみじく嘆き給ひけり。

哀れに、好《す》き好《ず》きしかりける事どもかな。

「道綱の母」の弟である長能は、大変に和歌の道に熱心だった。熱心を通り越して、和歌の道に執着していたとまで言える。そこまで和歌に打ち込む姿勢が、「好《す》き好《ず》きし」、風流であるとされているのだ。

旧暦では、「大の月」と「小の月」があり、大の月は三十日まであるが、小の月は二十九日までしかない。これは、月の満ち欠けの周期、サイクルが、およそ二十九・五日だからである。

ある年、三月は小の月だったので、暦の上では、三月二十九日で、春が終わることになっていた。それで、長能は、「心憂《こころう》き年にもあるかな二十日余《はつかあま》り九日《ここぬか》といふに春の暮れぬる」、ああ、つらいことだな、いつまでも春が終わらなければよいと願っているのに、今年は三十日ではなく、二十九日で、春が終わってしまうよ、という意味の歌を詠んだ。できれば、春の終わりの三月は三十日まである「大の月」であってほしかった、と一日でも春の風情に浸っていたかった気持ちを表現したのである。

するとそれを聴いていた和歌の第一人者である藤原公任が、予想もしなかったクレームをつけた。「確かに今年の三月は二十九日までしかないが、一月と二月も春なのだから、たった二十九日で春が終わってしまうという言い方は、おかしい」と批判したのである。この年の春は、一月から三月まで、合計すると八十九日もあった。

公任は、ふと感じた疑問を口にしただけで、それほど深い意味は無かったことだろう。ところが、この批判を聞いた長能は、深刻に受け止め、自分は間違った内容を歌ってしまったと悩み、病に臥し、とうとう命を失ってしまった。公任が嘆いたことは言うまでもない。

このような長能の性格は、姉である道綱の母にも共通していると思われる。一つは、和歌に対する造詣の深さ。もう一つは、命を失うほどに思い詰める性格。

『蜻蛉日記』では、作者の和歌の才能が存分に発揮されている。また、夫の愛情の薄さを嘆き、新しい愛人の出現を憎悪する作者の性格は、時として、「しつこい」と思うこともある。似た者同士の「姉と弟」だった。

道綱の母には、何人かの妹がいた。そのうちの一人が、菅原孝標という人物と結婚した。

そして生まれたのが、菅原孝標の女《むすめ》で、『更級日記』の作者である。

さらに言えば、道綱の母と紫式部の間にも、多少の関わりがある。「道綱の母」の姉が結婚していた男性の弟、つまり道綱の母から見たら「義理の弟」が、紫式部の母方《ははがた》の祖父なのである。別の言い方をすると、紫式部の祖父は、道綱の母から見て、義理の弟に当たっている。

世の中は狭い。才能のある人物は、親族か姻族として、集中してしまうのだろうか。

それでは、『蜻蛉日記』という作品は、どのように読まれてきたのだろうか。

残念なことに、『蜻蛉日記』が読まれた具体的な痕跡は、なかなか見つからない。『源氏物語』の研究は、鎌倉時代の初めに、藤原定家たちによって始まった。室町時代には、『源氏物語』の研究書が、何冊も、何十冊も書かれた。『源氏物語』は日本文化を再生させ、新生させるDNAとして、鎌倉時代以降、長く機能し続けてきたと言える。

ところが、『蜻蛉日記』の研究書は、江戸時代まで現れなかった。つまり、『源氏物語』よりも先んじて、女性の手になる散文として、奇蹟的に出現した『蜻蛉日記』は、日本文化の流れの中に沈んでしまい、忘却されてしまったのである。

『更級日記』は、鎌倉時代の初めに、藤原定家が写本を書き写してくれた。研究書の出現はなかったものの、定家本の存在は、『更級日記』にとっての幸福だった。

『和泉式部日記』は、室町時代の後期から写本が残っている。

ただし、私が『新訳和泉式部日記』の底本として用いたのは、時代は少し遅れるが、江戸時代に水戸光圀が編纂させた「扶桑拾葉集《ふそうしゅうようしゅう》」という古典シリーズの版本だった。

ところが、『蜻蛉日記』は、江戸時代からあとの写本しか、存在しない。『古今和歌集』や『伊勢物語』や『源氏物語』は、同時代人からは当然のこととして熱狂的に読まれ、鎌倉時代以降も読まれ続け、室町時代には解釈の頂点に達していた。そして、『古今和歌集』や『伊勢物語』や『源氏物語』は、その後の日本文化を活性化させるのに、大いに役立ってきた。

それなのに、『蜻蛉日記』は、その後の日本文化にほとんど、何の痕跡も留めていない。かろうじて、江戸時代に、版本が出版されただけである。

けれども、これがなかなか読みこなせない本文だった。

算数に、「虫食い算」というものがある。肝腎な箇所が読めなくなっていて、正しい計算ができにくいのが、虫食い算である。まるで、パズルのようだ。けれども、算数の虫食い算は、論理的に計算すれば、必然的に正しい答えが発見できる仕組になっている。

江戸時代の『蜻蛉日記』の本文には、肝腎の箇所で、どんなに考えても意味が通らない箇所が、いくつもある。虫食い算そのものである。いや、算数の虫食い算には正解があるが、困ったことに、『蜻蛉日記』の本文の虫食い算は、どんなに考えても解決できないものだった。

正直なところ、私は思う。『蜻蛉日記』の虫食い算のような本文を、正しく復元できるのは、藤原定家や、一条兼良《かねら》や、北村季吟や、本居宣長のように、傑作中の傑作である『源氏物語』の奥の奥まで見通す学力を持った、超一流の文化人だけではなかろうか、と。けれども、彼らは『蜻蛉日記』の研究を、してくれなかった。そもそも、『蜻蛉日記』の信頼すべき写本がなかったからだろう。

だから、『蜻蛉日記』の本文を、「これが道綱の母が書いた文章に、最も近い本文だ」と、一つに定めることは不可能だと言わざるを得ない。さらに言えば、これが最も広く読まれ続けて、日本文化に影響を与えた『蜻蛉日記』の本文だ、とも言えない。実際にはほとんど読まれなかったのだから。

現代人が学校で習ったり、古文の試験問題で読んだ『蜻蛉日記』の本文は、すべて「推定本文」でしかないのだ。

私も困り果てた。『蜻蛉日記』は、研究者泣かせの作品である。私は何年も『蜻蛉日記』の本文と「睨めっこ」しているが、いまだに、本文の復元は上巻までに留まっている。これは、私としても、初めての経験である。『蜻蛉日記』は、難攻不落の山城《やまじろ》のようだ。

本書で、これから読み進める『蜻蛉日記』の本文は、江戸時代の中期の契沖《けいちゅう》から現代まで、研究者たちが少しずつ復元してきた虫食い算を、私なりに踏まえて整理したものだ、と御理解いただきたい。

ところで、『蜻蛉日記』を何度も読んでいるうちに、私は一つの方針を立てた。『蜻蛉日記』には上・中・下の三巻があるが、上巻を中心として読んでゆく、という方針である。それは、上巻の最後に、「おわりに」に該当する文章（「跋文」）が書き記されているからである。

その部分を、先に読んでおこう。

斯《か》く、年月《としつき》は積《つ》もれど、思《おも》ふ様《やう》にもあらぬ身《み》をし嘆《なげ》けば、声改《こゑあらた》まるも、慶《よろこ》ぼしからず。猶《なほ》、物儚《ものはかな》きを思《おも》へば、有《あ》るか無《な》きかの心地《ここち》する『かげろふの日記《にき》』と言《い》ふべし。

『蜻蛉日記』というタイトルは、この文章に由来している。下巻の末尾ではなく、上巻の最後に、このような文章が書かれている。上巻で一つのまとまりがついている、ということである。

そこで、本書は、『蜻蛉日記』の上巻を読むことにする。

それでは、先ほど引用した、上巻末尾の文章（「跋文」）の意味を説明しておこう。「斯《か》く、年月《としつき》は積《つ》もれど」。このように、長い歳月が過ぎていった。『蜻蛉日記』の上巻には、作者が十九歳で兼家と結婚してから、三十三歳までの、十四年間の夫婦生活が書かれている。「思《おも》ふ様《やう》にもあらぬ身《み》をし嘆《なげ》けば」。その十四年間の間に、息子の道綱の誕生と成長があったが、夫の兼家との愛情は、ぎくしゃくしていた。夫は、一時期は政治的に沈滞していたけれども、新しい天皇が即位したことで、権力の頂点へと駆け上り始めた。

「声改《こゑあらた》まるも、慶《よろこ》ぼしからず」。まもなく新しい年になるのだけれども、自分はそれほど嬉しいとも思わない。年が改まると、鳥の鳴き声までも、昨年までとは違って嬉しそうに聞こえるという、世間の常識を逆転させている。家庭生活で悩む自分にとって、新年だからと言って何のめでたさも感じられない、というのだ。

「猶《なほ》、物儚《ものはかな》きを思《おも》へば、有《あ》るか無《な》きかの心地《ここち》する『かげろふの日記《にき》』と言《い》ふべし」。世間の人や鳥たちは、お正月になると、新しい人生が始まるという感覚を持つようであるが、自分としては、これまでと同じような苦しい日々が、これからもずっとそのまま続くような気持ちがする。その心情を、「物儚《ものはかな》し」という形容詞で表現している。

「はかなし」には、思い通りにはいかない、頼りになる物がない、あっけない、空しいなど、複雑なニュアンスがある。「ものはかなし」の「もの」は、むしょうに、わけもなく、というニュアンスである。

作者は、自分と夫との十四年間の夫婦生活をかえりみて、自分たち「夫婦」の生き方が、まるで砂上の楼閣であるかのように思えた。

自分が、「夫婦」というものの片一方の妻であることに、確信が持てない。むろん、喜びも、持てない。何てはかない、私の人生だったのだろう。

そう考えた時に、自分の夫婦生活を書き続けてきたこの作品が、「『かげろふの日記《にき》』と言《い》ふべし」、かげろうのように物儚い一生を生きた女の日記と言ってよいだろう、と結論して、上巻の筆を置いたのである。作者としては、この上巻で、一つの作品を書き終えたという意識だったのだろう。

それでは、この「かげろふ」とは、何を意味しているのだろうか。『蜻蛉日記』には、鎌倉時代・室町時代・安土桃山時代、そして江戸時代の前期まで、研究書や注釈書は出現しなかった。その理由の一つは、先ほど言ったように、『蜻蛉日記』の本文が虫食い算のようになっていて、実に読みにくいからである。

そして、もう一つ、根本的な理由があった。それは、古典を読む場合に、基本となる作品の研究書を熟読すれば、その研究成果が、ほかの古典文学を読む際にも応用できる、ということである。

日本文学の研究の歴史をたどると、さかんに研究書が書かれる古典と、ほとんど研究書が書かれない古典とに、二大別されることに気づく。『源氏物語』『伊勢物語』『古今和歌集』などは、いつの時代にも、たくさんの研究書や注釈書が書かれ続け、それがぶあつく積み重なっている。

それらの、言わばメジャーの古典作品の研究成果を応用すれば、『蜻蛉日記』の研究も一気に捗《はかど》る。それで、「『かげろふの日記《にき》』と言《い》ふべし」の「かげろふ」が何を意味しているかを、考えてみよう。

まず、『蜻蛉日記』そのものの研究書を一瞥しておこう。本文の復元作業は、契沖《けいちゅう》（一六四〇〜一七〇一）から開始したが、最も古い研究書は、天明二年に成立した。西暦一七八二年である。『源氏物語』の研究は、鎌倉時代の初期から始まっていたから、信じられないほど、『蜻蛉日記』の研究は遅れていた。

『蜻蛉日記』の最初の研究書を書いたのは、坂徴《さかしるし》である。「さか・ちょう」と読まれることもある。坂徴は、『蜻蛉日記解環《かいかん》』という研究書を書いた。

そこでは、「かげろふ」という言葉は、地面に近い空気が熱せられて、ゆらゆらと動いているように見える自然現象を意味する、とされている。漢字で書くと、「陽炎」である。そうであるならば、『かげろう日記』の「かげろう」の部分を、虫偏で「蜻蛉」と書いてきた現在の考えは間違っている、ということになる。『蜻蛉日記』なのか、『陽炎日記』なのか。

明治時代以降の『蜻蛉日記』の研究書を見ると、朝《あさ》に生まれて、早くもその日の夕暮れには死んでしまうと考えられた、「カゲロウ科の昆虫」とする説もある。この場合には、「ものはかなし」という形容詞と響き合う。だから、現在は、『蜻蛉日記』と書かれているのだろう。

そのほか、「かげろふ」は、蜘蛛の子どもが、糸を出して空を飛ぶことだ、とする説もある。

ただし、『蜻蛉日記』の研究は、江戸時代の後半から本格化したものでしかない。それ以前の古典文学者たちが「かげろふ」について、どのように理解していたか、それを知るためには、『源氏物語』の研究史を参考にするのがよい。

『源氏物語』のほうは、ずっと古く、中世の時代に研究が始まり、深まっていた。『源氏物語』の宇治十帖に、その名も蜻蛉《かげろう》という巻がある。『源氏物語』五十四帖の後ろから三番目の巻である。この巻は、普通には、虫偏で「蜻蛉」の漢字で書かれている。

蜻蛉の巻の最後の場面で、薫は、自分の愛情に応《こた》えてくれなかった三人の女性たちのことを思い出し、嘆いている。八の宮の三人の娘のうち、大君《おおいぎみ》は薫を拒んだままで死んでしまった。中《なか》の君《きみ》は、匂宮《におうみや》の妻となった。そして、浮舟《うきふね》は、薫と匂宮と三角関係に陥っただけでなく、突然に失踪して、薫の目の前から消えてしまった。その三人の女性を思う薫の目に、「かげろう」が見えた。薫は思わず、歌を詠んだ。

何事《なにごと》に付けても、かの一つゆかりをぞ、思ひ出《い》で給ひける。あやしう辛《つら》かりける契《ちぎ》りどもを、つくづくと思ひ続け、眺め給ふ夕暮れ、かげろふの、ものはかなげに飛び違《ちが》ふを、

（薫）有《あ》りと見て手には取られず見ればまた行方《ゆくへ》も知らず消えしかげろふ

あるかなきかの」と、例の、独《ひと》り言《ご》ち給ふ、とかや。

季節は、秋である。ちなみに、地面近くの空気がゆらゆらと揺らめく自然現象の「陽炎《ようえん》」は、夏にも見られるが、俳句の世界では「春」の季語とされている。

しかも、『源氏物語』蜻蛉の巻の「かげろふ」が、「ものはかなげ」であるとされている点に、注目したい。『蜻蛉日記』の上巻の最後の文章には、「猶《なほ》、物儚《ものはかな》きを思《おも》へば、有《あ》るか無《な》きかの心地《ここち》する『かげろふの日記《にき》』と言《い》ふべし」とあった。そこでも、「かげろふ」が「ものはかなき」と、されている。

しかも、『源氏物語』では、「かげろふの、ものはかなげに飛び違《ちが》ふを」とあった。「飛び違ふ」とあるから、どうも虫のようである。『源氏物語』の「かげろふ」は、命の短いカゲロウ科の昆虫を指していると思われる。蜘蛛の子どもでは、しみじみとした情緒が、醸し

出せない。

それで、現在の『源氏物語』研究では、「かげろふ」はゆらめく自然現象ではなく、飛び違う昆虫だと理解されている。

ただし、『源氏物語』の研究史では、「かげろふ」の意味は、それほど自明のことではなかったようだ。

室町時代に、一条兼良《かねら》という文化人がいた。「かねよし」とも読む。彼は、応仁の乱の時代を生きた。関白まで務めた名門の生まれであるが、古典文学の第一人者だった。彼が『源氏物語』の研究書である『花鳥余情《かちょうよせい》』で述べている内容は、おおよそ次のような意味になる。


《「かげろふ」という言葉には、二つの意味がある。一つは、春の陽気が、煙のように見える自然現象である。もう一つは、命が短いとされる虫である。

『源氏物語』蜻蛉の巻のこの場面の「かげろふ」は、二つの「かげろふ」のどちらでも解釈できないことはない。ただし、今の季節は秋であるから、虫である「かげろふ」のほうが、文脈にかなっているだろう。》

この一条兼良の結論を踏まえ、『源氏物語』の研究者たちは、蜻蛉という、命の短い虫が、世の中の無常を象徴しているのだと指摘している。また、薫は、人生の無常を、失った三つの愛の思い出を通して嚙みしめているのだ、とも述べている。

『源氏物語』は、『蜻蛉日記』よりも後に成立した。『源氏物語』の書かれていない時代に、散文で自らの人生を書き上げた道綱の母の努力は、並大抵のものではなかったと想像される。

『蜻蛉日記』があったからこそ、『源氏物語』の達成が可能だった。ただし、『蜻蛉日記』の研究は遅れ、まだ途上にある。その際に、『源氏物語』を参照しながら『蜻蛉日記』を読むと、さまざまなことが見えてくるのではあるまいか。

そういう意気込みで、本書では、『蜻蛉日記』の本文を少しずつ読み進め、現代人にふさわしい新訳を提供したいと思う。

【凡例】

一、『蜻蛉日記』の本文は、「はじめに」で述べたように「虫食い算」であり、復元が困難、ないし不可能である。江戸時代の契沖《けいちゅう》以来、本文の復元に努めてきた苦闘の歴史を踏まえた「推定本文」として、本書の本文はある。

一、本文を推定する際には、上村悦子『蜻蛉日記解釈大成』を用いた。また、木村正中・伊牟田経久校注・訳「新編・日本古典文学全集」と、今西祐一郎校注「新・日本古典文学大系」を参看した。

一、本文には、漢字を多く宛《あ》てた。

一、本文を、作者の年齢ごとに章立てし、さらに節に分け、節には通し番号と小題を付けた。

一、本文の仮名遣いは、通行の「歴史的仮名づかい」とした。本文中のルビも「歴史的仮名づかい」とした。

一、［訳］と［評］のルビは「現代仮名づかい」としたが、古文の引用部分については「歴史的仮名づかい」とした。

一、本文で、撥音《はつおん》の「ん」は、「ン」と表記した。

例　なめり・なんめり　→　なンめり　　びな（便無）し　→　びンなし

一、［注］は設けず、［訳］や［評］の中に盛り込むことを原則とした。

一、［訳］は、逐語訳ではなく、大胆な意訳である。『蜻蛉日記』の魅力を、現代日本語に置き換えたかったからである。

一、［評］は、［訳］に盛り込めなかった作者の執筆心理を明らかにすることに努めると同時に、日本文学史の中に占める『蜻蛉日記』の位置を解説しようとした。

一、本文は総ルビとし、読みが確定できない「御」や数字にも、仮のルビを振った。

一、和歌の掛詞《かけことば》は、本文の左横に明記した。

新訳蜻蛉日記　上巻

I　序文

1　物儚《ものはかな》き人なればこそ書く日記

斯《か》く有《あ》りし時《とき》、過《す》ぎて、世《よ》の中《なか》に、いと物儚《ものはかな》く、とにもかくにも付《つ》かで、世《よ》に経《ふ》る人《ひと》、有《あ》りけり。

容貌《かたち》とても、人《ひと》にも似《に》ず、心魂《こころだましひ》も、有《あ》るにも有《あ》らで、斯《か》う、物《もの》の要《えう》にも有《あ》らで有《あ》るも、理《ことわり》と思《おも》ひつつ、唯《ただ》、伏《ふ》し起《お》き、明《あ》かし暮《く》らすままに、(道綱の母)「世《よ》の中《なか》に多《おほ》かる古物語《ふるものがたり》の端《はし》などを見《み》れば、世《よ》に多《おほ》かる空言《そらごと》だに有《あ》り。人《ひと》にも有《あ》らぬ身《み》の上《うへ》まで、書《か》き、日記《にき》して、珍《めづら》しき様《さま》にも有《あ》りなむ。天下《てんげ》の人《ひと》の、品高《しなたか》きや、と問《と》はむ例《ためし》にもせよかし」と覚《おぼ》ゆるも、過《す》ぎにし年月頃《としつきごろ》の事《こと》も、覚束無《おぼつかな》かりければ、然《さ》ても有《あ》りぬべき事《こと》なむ、多《おほ》かりける。

［訳］　私がこの「日記」を書こうと思い立ったのは、夫となった藤原兼家《かねいえ》との結婚生活が、私の人生にとって果たして何だったのかを、「日記」として文章にすることで、自分なりに確認したかったからである。

いや、自分で確認するだけでなく、自分以外の人々にも、配偶者と共に生きることの意味を考える一助としてもらいたい、という思いが、いつの頃からか私の心の奥深くに発生し、時間をかけて大きくなってきたからである。

最初は、小さな種だったものが、いつのまにか膨らんできて、今では言葉となって芽吹くことを強く求めている。それが、どんな葉を茂らせ、どんな花を開かせ、どんな実を付けるかは、実際に書いてみなければわからない。

けれども、『蜻蛉日記』と私が名づけたこの日記を、ある程度書き進めてきた今は、かなりの手応《てごた》えを感じている。

思い返せば、兼家という夫と二人で生きてゆくのが「私の世界」であり、それ以外に「私の世界」はない、と決まってしまってから、もう何年になるのだろうか。

あの人と二人で暮らし、藤原道綱《みちつな》という子どもが生まれてからは、三人の暮らしが自分の人生のすべてになってから、毎日があっという間《ま》に過ぎ去り、とうとう今日になってしまった。振り返れば、私自身の心の中に、「私」という人間の存在の核心となる確かさがまったくなく、かと言って夫婦二人、子どもを入れたら三人の世界の中核となるべき夫も、私や子どもの「心の支え」になってくれなかった。

生きることの充実感を感じないままに、ふらふらと、この世を生きている女がいて、それが私である。こういう書き出ししか、この「日記」には思い付かない。

夫が頼りにならないのは、彼には、私たち親子の知らない別の世界、それも限りもなく大きい、男たちの政治《まつりごと》の世界があり、むしろ、そちらの世界で生きることに、彼は生き甲斐を見出していたからである。

世間では、私のことを「本朝三美人」の一人だ、和歌の才能に恵まれた才媛だ、などと言っているらしいけれども、それはとんでもない間違いである。

私の実像ときたら、容貌も十人並《じゅうにんな》み、いや平均以下であり、教養面でも性格面でも、そして思慮分別にしても、欠けたところばかりである。だから、世の中の役に立つことが何一つできなかった。

自分が頼りない人生を過ごして来たのは、私自身にも責任があるのだから、まことにもって当然であり、誰かを恨むとか、誰かに訴えようなどという気持ちはまったく起きなかった。だから、なかば納得して、ふらふらと、芯《しん》のない日日を、これまでぼんやりと過ごしてきた。

ところが、最近になって、気になり始めたことがある。ほかにこれと言ってすることもないので、昔からある物語を軽い気持ちで何げなく読む機会が何度もあった。すると、大部分の物語では、人間でない動植物が、まるで人間のように振る舞ったり、人間の言葉を口にしたりするなど、荒唐無稽なものがほとんどであることに辟易《へきえき》した。

また、物語では、やんごとない立場の人々の恋愛が繰り広げられることも多いのだが、私が読んでも、「まさか、こんなことが実際に起きるはずはない」と感じる出来事も、たくさん書いてある。それは、私が藤原氏の「氏《うじ》の長者」である男性の妻であり、身分の高い人々の実態を少しは知っているから、そう感じるのだろう。

今、あたかも私が「雲の上」の人々の振る舞いや生活に通じているようなことを述べたけれども、私の夫がたまたま政治の世界の中心に位置しただけで、宮中のことなどは私のまったく与《あず》り知らないことである。

そういう私であるが、自分の歩んだ人生や、見聞したことを「日記」として書き綴れば、少しは世間の人々が知らない真実も交じっているのではないだろうか。私の体験や見聞した事実のみを「日記」として書くので、世間に弘まっている「物語」よりも信憑性が高いし、新鮮であるという印象を与えるのではないか。

この「日記」に触れた読者は、高い地位にある人々の家庭生活はどういうものか、どういう生活スタイルならば、やんごとない人間だと言えるのか、という疑問が解消し、好奇心を満足できるだろう。

ただし、いざ「日記」を書き始めてみると、永い期間にわたっているので、昔のことは記憶が曖昧になっている。ただし、手許《てもと》に残っている資料を何とか掻き集めたので、この「日記」の大部分は、「まあ、この程度なら『日記』と称しても許されるだろう」という水準にまで持ってきたつもりである。

［評］　「斯《か》く有《あ》りし時《とき》、過《す》ぎて」。書き始めなのに、いきなり、「斯《か》く＝このように」とある。この序文は、最初からあったのではなく、日記をある程度書いて、それまで自分が書いてきた文章を『蜻蛉日記』と名づけたあとで、この「序文」を書いた、と考えるのが自然だろう。

「世《よ》の中《なか》に、いと物儚《ものはかな》く、とにもかくにも付《つ》かで、世《よ》に経《ふ》る人《ひと》、有《あ》りけり」。自己規定から日記を書き始める、この手法に学んで、作者の姪に当たる『更級日記』の作者は、「東路《あづまち》の道の果《は》てよりも、猶《なほ》、奥《おく》つ方《かた》に生《お》ひ出《い》でたる人」と、自らの人生を語り始めた。小野小町の「身を浮草《うきくさ》の根《ね》を絶えて」や、『源氏物語』宇治十帖の浮舟などに通じる、「よるべなき生」を生きる女性像が、和歌でも物語でもない、日記というジャンルで描かれようとしているのだ。

「世《よ》の中《なか》に多《おほ》かる古物語《ふるものがたり》」への批判は、物語ではない日記を書くという明確なジャンル意識を反映していると考えられる。物語の嘘をただすために、作者は自分が体験した人生を、ありのままに書いた日記を書き著《あらわ》そうと思い立った。

人々から絶賛される美貌と、深い教養、そして皆が羨む権力者の夫。これだけのものに恵まれた女が歩んだ人生の真実。それが、これから読む『蜻蛉日記』なのである。

Ⅱ　天暦八年（九五四）　十九歳

2　最初からすれ違いだった

然《さ》て、淡《あはつけ》かりし好《す》き事《ごと》どもの、其《そ》れは其《そ》れとして、柏木《かしはぎ》の木高《こだか》き辺《わた》りより、「斯《か》く、言《い》はせむ」と思《おも》ふ事《こと》、有《あ》りけり。

例《れい》の人《ひと》は、案内《あない》する頼《たよ》り、若《も》しは、生女《なまをんな》などして、言《い》はする事《こと》こそ有《あ》れ、此《これ》は、親《おや》と思《おぼ》しき人《ひと》に、戯《たはぶ》れにも、忠実《まめ》やかにも、仄《ほの》めかししに、（道綱の母）「便無《びんな》き事《こと》」と言《い》ひつるをも、知《し》らず顔《がほ》に、馬《むま》に這《は》ひ乗《の》りたる人《ひと》して、打《う》ち敲《たた》かす。

（道綱の母）「誰《たれ》」など言《い》はするには、覚束無《おぼつかな》からず、騒《さわ》いだれば、持《も》て煩《わづら》ひ、取《と》り入《い》れて、持《も》て騒《さわ》ぐ。見《み》れば、紙《かみ》なども、例《れい》の様《やう》にも有《あ》らず。（世間の噂）「至《いた》らぬ所無《ところな》し」と聞《き》き古《ふる》し

たる手跡《て》も、（道綱の母）「有《あ》らじ」と思《おぼ》ゆるまで悪《あ》しければ、いとぞ奇《あや》しき。有《あ》りける言《こと》は、

（藤原兼家）音《おと》にのみ聞《き》けば悲《かな》しな時鳥言語《ほととぎすことかた》らはむと思《おも》ふ心有《こころあ》り

と許《ばか》りぞ有《あ》る。

（作者たち）「如何《いか》に。返《かへ》り事《ごと》は、すべくや有《あ》る」など定《さだ》むる程《ほど》に、古代《こだい》なる人有《ひとあ》りて、（母親）「猶《なほ》」と、畏《かしこ》まりて、書《か》かすれば、

（道綱の母）語《かた》らはむ人無《ひとな》き里《さと》に時鳥甲斐無《ほととぎすかひな》卯(かひ)かるべき声《こゑ》な古《ふ》るしそ

［訳］さあ、いよいよ、これから、私の「日記」を書き始めよう。

自分の人生を、どこから書き始めるのかを、まじめに考えれば大問題であろう。生まれた時から筆を起こして、自分が生《お》い育った家庭環境を書くのも、一つのスタイルではあるけれども、私がこの「日記」を書こうと思い立った、そもそものきっかけは、夫・兼家との暮らしの意味を考えたい、という気持ちだった。だから、この「日記」は、彼・兼家と、私の関係の成立から書き始めたい。

その時、私は数えの十九歳だった。むろん、それ以前にも、何人かの殿方たちから求婚されたことはあった。けれども、深い考えもなく、浮《うわ》ついた気持ちの男たちから申し込まれたそれらは、お付き合いに発展することもなく、あっけなく終わってしまったので、「十代の後半には、何人かの男性から色めいたお手紙を頂戴したことがありました」ということで済ませ、その時の歌のやり取りを、この日記に書くことはしない。

気取った書き方をしよう。柏木《かしわぎ》が木高《こだか》く繁った、やんごとないあたりに住むお方から、私に結婚を前提とした交際の申し込みがあった。柏木、柏の木には、樹木を護《まも》る「葉守《はもり》の神」が宿っておられるという。そのため、宮中の安全を護る兵衛府《ひょうえふ》に勤めている人の別名にもなっている。藤原氏の名門の御曹司《おんぞうし》であり、その時は「右兵衛《うひょうえ》の佐《すけ》」であった兼家殿には、「使いの者を遣《つか》わして、私との婚姻の申し込みを言わせたい」と思う気持ちが、ある日突然に湧いてきたものと見えた。

普通の考えをする男の人であれば、私の家と何がしかのコネクションを持つ人に仲介を頼むとか、我が家に永年仕えていてそれなりの発言力のある年輩の女房を頼って、男の側の意向を伝えて様子を探る、とかの方法を取るものである。

ところが、この兼家という人ときたら、いきなり私の父親に向かって、役所かどこか、公《おおやけ》の場所で、冗談とも本気とも、どちらにも受け取れる口調で、私と結婚したいという気持ちを伝えてきたのだった。

それを父親から聞いた私は、「我が家とは釣り合わない、高い家柄の御曹司ですので、とても無理です」と言って、お断りの意思表示をした。そのことは、父親を通して彼の耳にも入っているはずなのに、そんなことはまったく聞いていないし、知りもしない、要するに私の気持ちなどには一向に頓着しないという横柄な態度で、自分の使者を馬に乗せて我が家に差し向けた。そして、門を敲《たた》かせて、強引に手紙を手渡そうとしたのである。

「どなたのお使いの方ですか」と、こちらが訪ねるまでもなく、大声で自分の主人の名前を喚《わめ》き立てている。同じ藤原氏とは言え、地方巡りの国司階級でしかない我が家としては、名門の御曹司のお使いを邪険に扱うことはできず、さんざん困ったあげくに、手紙だけは受け取った。

こちらとしても、受け取ったら受け取ったで、返事をするかしないか、返事をするとしたらどういう文面にするかで、大変であった。

母親や女房を中心として、兼家殿からの「懸想文《けそうぶみ》」、つまり、恋文《こいぶみ》の点検が繰り広げられた。こういう手紙、中でもお付き合いをしたいという最初の申し入れの際には、普通ならば、紙の質や色などに細心の注意を払って、少しでも艶《つや》っぽい、雰囲気のありそうなものを選ぶものであるが、この人ときたら、素《そ》っ気《け》もない、どこにでもあるような紙に、歌を書いただけだった。

名門の殿方というのは、まったく風流には無頓着なものであるようだ。それとも、この人の傍若無人な個性なのだろうか。

さらに、皆が予想外だったのは、これまでは、どの人の口からも「非の打ちようがない」と聞いていた筆蹟も、「別人が、兼家殿になり済まして書いたのではないか」と思われるほど、ひどいものだった。まことに不思議な手紙ではあった。さて、そこに書かれていたのは、次のような歌だった。

ちなみに、その時の季節は初夏だったので、時鳥《ほととぎす》が詠み込まれていた。

(藤原兼家)音《おと》にのみ聞《き》けば悲《かな》しな時鳥言語《ほととぎすことかた》らはむと思《おも》ふ心有《こころあ》り

(あなたがめったにないほどの才色兼備のお方であるという噂は、かねがね耳にしています。けれども、そんなあなたにお逢《あ》いしたい、あなたのお声を直《じか》に聞きたい、とどんなに願っても、それが実現しないのは悲しいことです。滅多に聞けないと言えば、時鳥《ほととぎす》の初音《はつね》もそうですね。聞くことが難しいとされている時鳥の初音のような、あなたのお声を、ぜひとも聞いて、親しくお話ししたいと思う気持ちを、私は強く持っております。
これから、どうかよろしくお願いします。）

私や女房たちが、「さあ、どうしたらよいでしょうか」「このお歌へのお返事は、いかがしましょうか」「したほうがよいでしょうか」などと、決めかねていると、昔風の価値観を持っている母親が、「やはり、お返事は、したほうがよいでしょう」と言ったので、そのように決まった。母親は、権門からのお申し出に、いたく緊張しているのだった。母親が女房を急《せ》かして代筆させた歌は、こうだった。

（道綱の母）語《かた》らはむ人《ひと》無《な》き里《さと》に時鳥《ほととぎす》甲斐《かひ》《卵(かひ)》無《な》かるべき声《こゑ》な古《ふ》るしそ

（ここには、あなたが親しくお話ししたいとお考えの、優れた女性などは、おりませんのよ。雄《おす》の時鳥《ほととぎす》が、共に語らうべき雌《めす》の時鳥を捜して、この家のあたりで何度鳴いても、無駄なことです。効《き》き目《め》のないことは、一度でお止《や》めになったら、いかがでしょう。時鳥は自分で卵を温《あたた》めないので、どんなに時鳥の巣の中を捜しても卵は見つかりません。それと同じことです。）

【評】藤原兼家は、「デリカシーの欠如した男」ではあるものの、「実行力のある男」として、登場してきた。

さて、『蜻蛉日記』の実質的な書き出しの言葉は、「さて」だった。

さて、自分の人生をどこから書き始めたらよいのか。少女時代の思い出は、まるごとカットされた。その省略宣言が、「淡《あはつけ》かりし好《す》き事《ごと》どもの、其《そ》れは其《そ》れとして」である。

ただし、この部分が、早くも『蜻蛉日記』本文特有の「虫食い算」なのである。原文は、「さて、あのけかりし好《す》き事《ごと》どもの、其《そ》れは其《そ》れとして」。「あのけかりし」という、意味不明の原文をどのように復元するか、手掛かりは文脈しかない。「あはつけかりし」「あへなかりし」など、さまざまな復元案がある。

藤原兼家の役職は、「右兵衛《うひょうえ》の佐《すけ》」だった。柏木には「葉守の神」が宿るとされることから、宮中の警護を担当する兵衛府《ひょうえふ》や衛門府《えもんふ》に勤める人々を「柏木」と呼んだ。『源氏物語』に登場する柏木は、「衛門の督《かみ》」だった。

兼家の詠んだ最初の歌は、勅撰和歌集である『風雅《ふうが》和歌集』の恋歌一に入っている。

女に遣《つか》はし侍《はべ》りける　　東三条入道摂政前太政大臣

音《おと》にのみ聞《き》けば甲斐無《かひな》し時鳥《ほととぎす》言語《ことかた》らはむと思《おも》ふ心有《こころあ》り

返し　　前右近大将道綱母

語《かた》らはむ人無《ひとな》き里《さと》に時鳥《ほととぎす》甲斐無《かひな》かるべき声《こゑ》な古《ふ》るしそ

兼家の歌の第二句は、『蜻蛉日記』では「悲《かな》しな」だが、『風雅和歌集』では「甲斐無《かひな》し」で、道綱の母の返歌の「甲斐無かるべき」と呼応している。こちらのほうが、原型に近いかと推測される。

3　恋の何たるかを知らない男

此《これ》を始《はじ》めにて、又又《またまた》も遣《おこ》すれど、返《かへ》り事《ごと》もせざりければ、又《また》、

（兼家）覚束無《おぼつかな》音無《おとな》き滝《たき》の水《みづ》なれや行方《ゆくへ》も知《し》らぬ瀬《せ》をぞ訪《たづ》ぬる

此《これ》を、（道綱の母）「今《いま》、此《これ》より」と言《い》ひたれば、痴《し》れたる様《やう》なりや、斯《か》くぞ有《あ》る。

（兼家）人知《ひとし》れず今《いま》や今《いま》やと待《ま》つ程《ほど》に返《かへ》り来《こ》ぬこそ侘《わ》びしかりけれ

と有《あ》りければ、例《れい》の人《ひと》、（母親）「畏《かしこ》し。長長《をさをさ》しき様《やう》にも聞《き》こえむこそ、良《よ》からめ」とて、然《さ》るべき人《ひと》して、有《あ》るべきに書《か》かせて、遣《や》りつ。其《そ》れをしも、忠実《まめ》やかに打《う》ち喜《よろこ》びて、繁《しげ》う通《かよ》はす。又《また》、添《そ》へたる文《ふみ》、見《み》れば、

（兼家）浜千鳥跡《はまちどりあと》も渚《なぎさ》《無(な)き》に文見《ふみみ》《踏(ふ)み》ぬは我《われ》を越《こ》す波打《なみう》ちや消《け》つらむ

此《こ》の度《たび》も、例《れい》の、忠実《まめ》やかなる返《かへ》り事《ごと》する人有《ひとあ》れば、紛《まぎ》らはしつ。又《また》も有《あ》り。

（兼家）「忠実《まめ》やかなる様《やう》にて有《あ》るも、いと思《おも》ふ様《やう》なれど、此《こ》の度《たび》さへ無《な》うは、いと辛《つら》うも有《あ》るべきかな」など、忠実文《まめぶみ》の端《はし》に書《か》きて、添《そ》へたり。

（兼家）何《いづ》れとも分《わ》かぬ心《こころ》は添《そ》へたれど此度《こたび》は先《さき》に見《み》ぬ人《ひと》の許《がり》

と有《あ》れど、例《れい》の、紛《まぎ》らはしつ。

斯《か》かれば、忠実《まめ》なる事《こと》にて、月日《つきひ》は過《す》ぐしつ。

［訳］　この高飛車《たかびしゃ》というか、無頓着な「時鳥《ほととぎす》」の贈答を成立させてしまったのが、私の人生の大きな分かれ道だった。返事を拒否しようにも、相手の家の格があまりにも高かったので、断《ことわ》り切れなかったのである。それ以来、ずるずると私と兼家殿との間《あいだ》で、歌のや

り取りが続いた。
彼は何度も歌を寄越すのだが、私もさすがに、しばらくは応答しなかった。すると、次のように言ってきた。
（兼家）覚束無《おぼつかな》音無《おとな》き滝《たき》の水《みづ》なれや行方《ゆくへ》も知《し》らぬ瀬《せ》をぞ訪《たづ》ぬる
（こちらの精一杯の愛の言葉に、何の反響もないのは、何とも落ち着かないことです。大原の里には、音も無く水が落ちる「音無《おとなし》の滝」があるそうですが、あなたがお返事をくださらないのは、まさに音無の滝そのものです。滝の水は、流れ続けると、必ず浅い「瀬《せ》」に行き合うと言われています。私とあなたとの待ち遠しい「逢瀬《おうせ》」は、いつなのでしょうか。その未来が見通せず、万事に楽天的な私も、さすがに落ち込んでおります。）
あの人らしくなく気弱になっているようだったので、無視することもできず、私のほうから、「私自身は、決して『音無の滝』ではありません。その証拠に、今、歌を詠もうかと考えているところです。そのうち、こちらからお返事しますので、そのままお待ちください」と言って遣《や》ったところ、すぐにお馬鹿さん丸出しの返事が来たのには驚いた。
（兼家）人知《ひとし》れず今《いま》や今《いま》やと待《ま》つ程《ほど》に返《かへ》り来《こ》ぬこそ侘《わ》びしかりけれ
（ずっと梨《なし》のつぶてだったのが、一転して、すぐにお返事しますという嬉しい返事が来ましたので、私は首を長くして、いつ来るか、まだ来ないのかと待ち続けていましたよ。それなのに、あなたからの歌のお返事は届きません。ひどいじゃありませんか。私も、ほとほと待ちくたびれてしまいました。）

この歌を見た私の昔気質《むかしかたぎ》の母親は、「こういうお立場の殿方のお手紙を無視し続けるのは、良いことではありませんよ。ただし、相手に隙《すき》を見せないように十分に気をつけて、きちんとした挨拶を書き記したお返事をしなくてはいけません」と言う。

それで、思慮分別もあり、格式張った文字の書ける年輩の女房に、文字の代筆だけでなく文面も代作させて、相手に届けさせた。すると、そんな返信まで彼は本気で大喜びしたようで、何度も何度も、歌を贈ってくるようになった。

彼の手紙には、私が女房に代筆・代作させたことへの不満も書いてあった。一応は、「お逢いしたいです」という普通の内容があったあとに、添え書きのように、本音を吐露した歌が書いてあったのである。

（兼家）浜千鳥《はまちどり》跡《あと》も渚《なぎさ》《無(な)き》に文見《ふみみ》《踏(ふ)み》ぬは我《われ》を越《こ》す波打《なみう》ち消《け》つらむ

（浜千鳥が浜辺を歩いた後に残る足跡《あしあと》は、「漢字＝文字」の基《もと》となったと言われています。あなたからは、あなた直筆《じきひつ》のお手紙を一度もいただけないのは、浜千鳥が渚を歩いた後《あと》に、何の足跡も残っていないのと同じことです。浜千鳥が渚を歩けば必ず、足跡は残るはずです。あなたが私の思いをご理解なさっていたら、必ず直筆のお手紙がいただけるはずなのです。それがないのは、打ち寄せてきた波が浜千鳥の足跡を消すように、あなたの許《もと》に届けられる、私以外の男からの手紙への対応に忙しくて、私への手紙を書くことをさせないのでしょうか。まさか摂関家の名門に生まれた私よりも良い縁談が、あなたに舞い込むことはなかろうと存じますが。)

兼家殿としては珍しく、掛詞を駆使して詠んでいる。「渚《なぎさ》」に「無《な》き」、「文《ふみ》見《み》ぬ」に「踏《ふ》み見《み》ぬ」を掛詞にするのは、和歌の初心者にもできることなのだが、彼は得意げに書いていた。

この手紙を受け取った時、たまたま、私の傍《かたわ》らに、例の、礼儀正しい文面と、隙の無い文字づかいができる女房がいたので、彼女に代筆・代作させて、あの人の不満をはぐらすことにした。すると、また、あの人から手紙が届いた。

「几帳面な文字の、几帳面な内容のお返事は、あなたがまさに良家の子女であることを、私に痛感させてくれるので、私としては嬉しいことですし、そういう女性と、ぜひとも夫婦として人生を共に歩みたいと念願しておるのですが、やはり直筆のお手紙をどうしても拝見したいのです。今回の手紙に対しても、またまた代筆の手紙が戻って来るようであれば、私はどんなにか恨めしいことでしょう」などと、季節の挨拶などの真面目な文章の「追伸」のようにして書き添えてある。そして、あの人の歌が記してあった。

（兼家）何《いづ》れとも分《わ》かぬ心《こころ》は添《そ》へたれど此度《こたび》は先《さき》に見《み》ぬ人《ひと》の許《がり》

（あなたご自身と、あなたの名前で私に代作の歌と代筆の手紙を送ってくる女性。二人の女性のどちらへも、私は区別無く好意を寄せております。そういう心を添えて、この手紙をお届けします。けれども、この手紙は、できれば、これまで何度も目にした代筆された女性ではなくて、まだ私が直筆を見たこともないあなたご自身へと届けられてほしいと願っています。）

だが、その返事もまた、私は女房に代筆させたのだった。

こういうふうに、私と兼家殿との仲は、色恋に深入りすることはなく、生真面目《きまじめ》なやりとりに終始し、数か月が過ぎていった。

［評］　兼家の歌が、何首も書かれている。

「音無の滝」と言えば、『源氏物語』の夕霧巻で、落葉《おちば》の宮《みや》が詠んだ歌がある。

朝夕《あさゆふ》に泣く音《ね》を立つる小野山《をのやま》は絶えぬ涙や音無《おとなし》の滝

また、「何《いづ》れとも分《わ》かぬ心《こころ》は添《そ》へたれど此度《こたび》は先《さき》に見《み》ぬ人《ひと》の許《がり》」の歌で、注意したいのは、「人のがり」（人のもとへ）という言葉が歌集に使われる際には、「詞書」の部分に用いるのがほとんどである点である。『新編国歌大観』で検索してみると、「人のがり」は七十一件の用例が見つかるが、そのうちの七十件は詞書である。唯一、和歌で詠まれた「人のがり」が、『蜻蛉日記』の兼家の歌である。兼家は、散文的な男だった。

4　妻となった日

秋《あき》つ方《かた》に成《な》りにけり。添《そ》へたる文《ふみ》に、（兼家）「心賢《こころさか》しら付《づ》いたる様《やう》に見《み》えつる憂《う》さになむ、念《ねん》じつれど、如何《いか》なるにか有《あ》らむ」。

（兼家）鹿《しか》の音《ね》も聞《き》こえぬ里《さと》に住《す》みながら奇《あや》しく逢《あ》はぬ《合(あ)はぬ》目《め》をも見《み》るかな

と有《あ》る、返《かへ》り事《ごと》、

（道綱の母）高砂《たかさご》の尾上《をのへ》辺《わた》りに住《す》まふとも然《しか》[鹿(しか)]覚《さ》めぬべき目《め》とは聞《き》かぬを

（道綱の母）「実《げ》に、奇《あや》しの事《こと》や」と許《ばか》りなむ。又《また》、程経《ほどへ》て、

（兼家）逢坂《あふさか》の関《せき》や何《なに》なり近《ちか》けれど越《こ》え侘《わ》びぬれば嘆《なげ》きてぞ経《ふ》る

返《かへ》し、

（道綱の母）越《こ》え侘《わ》ぶる逢坂《あふさか》よりも音《おと》に聞《き》く勿来《なこそ》[な来(こ)そ]を堅《かた》き関《せき》と知《し》らなむ

など言《い》ふ忠実文《まめぶみ》、通《かよ》ひ通《かよ》ひて、如何《いか》なる朝《あした》にか有《あ》りけむ、

返《かへ》し、

（兼家）夕暮《ゆふぐ》れ[榑(くれ)]の流《なが》れ[泣(な)かれ]来《く》る間《ま》を待《ま》つ程《ほど》に涙大堰《なみだおほゐ》[多(おほ)]の川《かは》とこそ成《な》れ

（道綱の母）思《おも》ふ事大堰《ことおほゐ》[多(おほ)]の川《かは》の夕暮《ゆふぐ》れ[榑(くれ)]は心《こころ》にも有《あ》らず泣《な》かれ[流(なが)れ]こそすれ

又《また》、三日許《みかばか》りの朝《あした》に、

（兼家）東雲《しののめ》に起《お》き[置(お)き]ける空《そら》は思《おも》ほえで奇《あや》しく露《つゆ》と消《き》え返《かへ》り[帰(かへ)り]つる

返《かへ》し、

（道綱の母）定《さだ》め無《な》く消《き》え返《かへ》り[帰(かへ)り]つる露《つゆ》よりも空頼《そらだの》めする我《われ》は何《なに》なり

〔訳〕　そして、季節はめぐり、秋の頃となった。兼家殿は、手紙の添え書きの部分に、「いつも堅苦しい内容の、しかも代筆ばかり頂戴しますと、なんだか、あなたがすごく偉そうに思われ、私が低く軽んじられているような気がして、辛《つら》くてたまりません。最初にお手紙を差し上げてから、ずっとこの調子なので、私も努めて我慢してきましたけれども、そろそろ限界が近づいています。さすがの私も、おかしくなってしまいそうです」と書いてある。そして、歌が記されていた。

（兼家）鹿《しか》の音《ね》も聞《き》こえぬ里《さと》に住《す》みながら奇《あや》しく逢《あ》はぬ《合(あ)はぬ》目《め》をも見《み》るかな

（もう秋になりましたね。都を離れた山里に住んでいる人は、牡鹿《おじか》が牝鹿《めじか》を慕って鳴く哀切な声のために、何度も目が覚めるので夜も眠れないそうですね。私は、山里でもない、都に住んでいますから、鹿の鳴き声は聞こえません。けれども、なぜか、鹿の声を聞いたかのように、夜、上の目と下の目が閉じられずに、熟睡できません。あなたから辛い「目」に遭《あ》わされているからだと思っています。）

その返事にも、同情したり共感したりすることはなく、型どおりの返事をあっさりとしておいた。

（道綱の母）高砂《たかさご》の尾上《をのへ》辺《わた》りに住《す》まふとも然覚《しかさ》《鹿（しか）》めぬべき目《め》とは聞《き》かぬを

（鹿の名所として知られている播磨の国の高砂の山の上に住んで、鹿の鳴き声をどんなにたくさん聞いたとしても、あなたがおっしゃるように、夜、眠れなくて困る、などという話は聞いたことはありません。）

私は、「本当に、奇妙なことですね」と、素《そ》っ気《け》なく返事した。言外に、「私のせいで、夜も眠れないというのは、言いがかりです」という抗議と、「あなたのように強気なお方が、そんなに繊細な気持ちになることはないでしょう」という揶揄《やゆ》を込めた返事だった。はたして、相手に通じたかどうか。

さすがに、男からの返事はすぐには来なかった。暫くして、態勢を立て直したと見え、次のような歌を寄越したのである。

（兼家）逢坂《あふさか》の関《せき》や何《なに》なり近《ちか》けれど越《こ》え侘《わ》びぬれば嘆《なげ》きてぞ経《ふ》る

（逢坂《おうさか》の関というものは、本当に困ったものです。都からそんなに遠くにはないのに、実際には越えることは、かえって難しい。あなたとも、すぐに結ばれるかと予想していたのに、予期に反してなかなか許してもらえません。私は深い溜息をつきながら、ずっと過ごしています。）

私は、ここでも素っ気ない返事をした。

（道綱の母）越《こ》え侘《わ》ぶる逢坂《あふさか》よりも音《おと》に聞《き》く勿来《なこそ》《な来(こ)そ》を堅《かた》き関《せき》と知《し》らなむ

（あなたは、都から近い逢坂の関を、私たち二人の間を隔てている障壁だと思っておられるようですが、そんなことはありません。私たち二人の間にあるのは、遠い陸奥《みちのく》の国にあるという勿来《なこそ》の関なのですよ。その関所の名前のように、「な来《こ》そ」（来るな、来てほしくない）と、私はあなたのことを本心から思っているのですよ。）

このように、色恋じみた「懸想文《けそうぶみ》」ではなく、しごくまじめな手紙を、何度も繰り返したのだった。

そして、これは、私を辛《つら》くさせる思い出なのだが、ある出来事が、秋の夜の間《あいだ》に起きた。

その翌朝、兼家殿から私に贈られてきた歌があった。

（兼家）夕暮《ゆふぐ》れ《榑(くれ)》の流《なが》れ《泣(な)かれ》来《く》る間《ま》を待《ま》つ程《ほど》に涙大堰《なみだおほゐ》《多(おほ)》の川《かは》とこそ成《な》れ

（大堰川《おおいがわ》を、「榑《くれ》」という、筏《いかだ》に組まれた木材が、上流から下流へと流れてゆく光景を、私は見たことがあります。時間も、過去から未来へと流れてゆくものですから、今は朝でも、必ず夕暮れになることを、頭では理解しています。けれども、その時の流れが、いかにも遅く感じられ、あなたとまたお逢いできる今日の夕暮れまで、私の目から流れ落ちた涙が、いつの間《ま》にか積もり積もって多くなり、まさに大堰川のようになっています。上流から流れてきたたくさんの筏《いかだ》が、一つの場所に集まる光景と、同じようです。）

そう、これは男女が初めて結ばれた翌朝、男から女に贈る決まりになっている「後朝《きぬぎぬ》の歌」なのである。私たちは、遂に結ばれた。結ばれてしまった。この時から、私の人生は、夫と共に生きるものに変わったのである。

私は、次のような歌を返した。今、読み返しても、これまでの勝ち気だった自分の心が、早くも弱くなっているのがわかり、切なくなる。

（道綱の母）思《おも》ふ事大堰《ことおほゐ》《多(おほ)》の川《かは》の夕暮《ゆふぐ》《榑(くれ)》れは心《こころ》にも有《あ》らず泣《な》《流(ながれ)》かれこそすれ

（私の目にも、大堰川《おおいがわ》を「榑《くれ》」、つまり筏が流れてゆく光景が見えます。これまでの人生、そして、あなたと共に生きるこれからの人生を思うと、次から次へと切ない思いが湧いてきます。夕暮れが近づくほどに、私の目からも涙が流れ続けていきます。）

結婚は、男が三日間続けて女の家に通ってくると、三日目に「露顕《ところあらわし》」をして、女の一族に新郎を披露することになっている。その三日目が終わった翌朝、男から贈られてきた歌。

（兼家）東雲《しののめ》に起《お》《置(お)き》きける空《そら》は思《おも》ほえで奇《あや》しく露《つゆ》と消《き》え返《かへ》《帰(かへ)り》りつる

（まだ暗い夜明け方に起きて、あなたと別れて帰宅の途についた私は、空の様子も覚えていないほど、別れの悲しさで胸が塞《ふさ》がっていました。道には、朝露がびっしりと置いていましたが、朝日を浴びてすぐに全部消えてしまいました。私もまた帰宅した後で、命が失《な》くなってしまうような気持ちでした。）

それに対する私の返事。

（道綱の母）定《さだ》め無《な》く消《き》え返《かへ》り帰(か(へ)り)つる露《つゆ》よりも空頼《そらだの》めする我《われ》は何《なに》なり

（あなたは、私の家から帰って、露のようにはかなく死んでしまいそうだとおっしゃいますが、元気に生きておられます。そんな見え透《す》いた空言《そらごと》を平気で口にされるあなたを、終生の夫として、これからずっと頼んで生きてゆかなければならない私は、露よりも儚《はかな》い人間です。こんな私を、何に喩えたらよいのでしょうか。）

【評】　ここには、二人が初めて結ばれた「新枕《にいまくら》」（新手枕《にいたまくら》）と、三日目の夜に行われる「露顕《ところあらわし》」が描かれている。

「如何《いか》なる朝《あした》にか有《あ》りけむ」。作者は、わざと曖昧に新枕のことを書いている。『源氏物語』の葵《あおい》巻で、二十二歳の光源氏と、十四歳の紫の上が初めて結ばれた場面を連想させるものがある。藤原兼家は、摂政関白太政大臣を歴任した大政治であり、光源氏のモデルの一人とすら言われている藤原道長の父親である。けれども、『蜻蛉日記』の兼家は、光源氏とは似ても似つかない。

新枕の翌朝、兼家が作者に贈った「後朝《きぬぎぬ》の歌」には、掛詞が三つも駆使されている。兼家は和歌の素人なので、このように本格的な歌を読む力量があるとは思えない。和歌に堪能な作者による推敲・添削が、なされているのだろう。『蜻蛉日記』の作者にとっても、この結婚成立は人生最大の節目だったのだから、ここは兼家にぜひとも力の籠もった名歌を詠んでほしかった。そこで、改作したうえで、日記に書き留めたのではなかろうか。

なお、二人が結ばれる以前の和歌の贈答の中に、「勿来《なこそ》の関」が出てくるが、作者の父・藤原倫寧は、作者が兼家と結婚した後に、陸奥の国守となり、赴任していった。この倫寧は、上総の守だった経験もある。作者の姪に当たる菅原孝標の女が、父と共に上総の国に赴任していたことは、『更級日記』に書かれている。『蜻蛉日記』の作者にも、地方体験はあったのだろうか。

ところで、初めて結ばれた日、女は嬉しかったのだろうか。未来に対する希望よりも、不安が大きかったことが、彼女の未来を先取りしていた。

5　撫子《なでしこ》の露、新妻の涙

斯《か》くて、有《あ》る様《やう》、有《あ》りて、暫《しば》し、旅《たび》なる所《ところ》に有《あ》るに、物《もの》して、翌朝《つとめて》、（兼家）「今日《けふ》だに、長閑《のどか》に、と思《おも》ひつるを、便無気《びんなげ》なりつれば。如何《いか》にぞ。身《み》には、山隠《やまがく》れとのみなむ」と有《あ》る返《かへ》り事《ごと》に、唯《ただ》、

（道綱の母）思《おも》ほえぬ垣穂《かきほ》に居《を》れば《折(を)れば》撫子《なでしこ》の花《はな》にぞ露《つゆ》は溜《た》まらざりける

など言《い》ふ程《ほど》に、九月《ながつき》に成《な》りぬ。

【訳】　こういうふうにして、私と兼家殿との結婚生活が始まったのだった。ある時、ここには書けない事情があって、私がしばらく、自宅以外の場所に移ろっていた時期があった。そこは山寺だったのだが、あの人がやってきてくれた。けれども、泊まらずに、都に戻ってしまった。

　翌朝、彼から届いた手紙には、「せめて、昨日・今日くらいは、夫婦水入らずで、ゆっくりと過ごしたいと思っていたのに、あなたのほうでは、私が来たのを迷惑そうな顔をし

ていたので、すごすごと退散しました。いったい、どうしたというのですか。私には、あなたが、私から逃れるために『山籠《やまご》もり』をしているとしか思えないのですけれどね」と書いてあった。

その返事には、歌を一首したためて、届けた。

（道綱の母）思《おも》ほえぬ垣穂《かきほ》に居《を》れば撫子《なでしこ》の花《はな》にぞ露《つゆ》は溜《た》まらざりける

（思いもかけず、私は今、山家《やまが》に移《折(を)》ろ《れば》っています。庭に咲いている可憐な撫子の花を折り取ってみましたところ、花の上に置いていた綺麗な露が、はらはらとこぼれ落ちました。あなたという夫に折り取られて「人妻」となった私は、思いがけない人生のなりゆきに、露のような涙が溢《あふ》れ落ちて仕方がありません。）

そうこうするうちに、晩秋の九月になった。

［評］　兼家との新婚早々、涙を流している作者の姿が、読者の胸を苦しくさせる。

この「山隠《やまがく》れ」は、「山籠もり」であり、山寺に籠もることを意味しているのだろう。『蜻蛉日記』を読み進めると、作者は事《こと》あるたびに、鳴滝《なるたき》の山寺《やまでら》にお籠もりしている。京都の西北で、仁和寺よりもさらに西である。ここに、かつて般若寺《はんにゃじ》というお寺があった。

「山隠れ」は、文字通り、山の中に姿を隠すことである。ここでは、『源氏物語』の帚木《ははきぎ》巻への影響を考えたい。帚木巻の「雨夜《あまよ》の品定《しなさだ》め」には、夫に対して不満を持つ妻が、「深き山里」や「世離《よばな》れたる海《うみ》づら」などに、姿を隠してしまうことが批判されている。紫式部は、「雨夜の品定め」を執筆する際に、藤原兼家と、道綱の母の夫婦関係を念頭に思い浮かべていた可能性が高い。

作者が詠んだ「思《おも》ほえぬ垣穂《かきほ》に居《を》れば撫子《なでしこ》の花《はな》にぞ露《つゆ》は溜《た》まらざりける」の歌で、「居れば」は「折れば」の掛詞である。綺麗な花の咲いている枝を折り取る、あるいは可憐な草花を摘み取るのは、男が女を妻にすることの比喩表現である。

6　兼家、秀歌を詠む

晦日方《つごもりがた》に、頻《しき》りて、二夜許《ふたよばか》り、見《み》えぬ程《ほど》、文許《ふみばか》り有《あ》る、返《かへ》り事《ごと》に、

（道綱の母）消《き》え返《かへ》り露《つゆ》も未《ま》だ干《ひ》ぬ袖《そで》の上《うへ》に今朝《けさ》は時雨《しぐ》るる空《そら》も理無《わりな》し

立《た》ち返《かへ》り、返《かへ》り事《ごと》、

（兼家）思《おも》ひ遣《や》る心《こころ》の空《そら》に成《な》りぬれば今朝《けさ》は時雨《しぐ》ると見《み》ゆるなるらむ

とて、返《かへ》り事《ごと》、書《か》き敢《あ》へぬ程《ほど》に、見《み》えたり。

又《また》、程経《ほどへ》て、見《み》え怠《おこた》る程《ほど》、雨《あめ》など降《ふ》りたる日《ひ》、（兼家）「暮《く》れに来《こ》む」などや、有《あ》りけむ。

（道綱の母）柏木《かしはぎ》の森《もり》の下草《したくさ》暮《く》れ毎《ごと》に猶頼《なほたの》めとや漏《も》るを見《み》る見《み》る

返《かへ》り事《ごと》は、自《みづか》ら来《き》て、紛《まぎ》らはしつ。

【訳】九月ももう終わりに近づき、秋も過ぎ去ろうとしている頃、二日続けて、兼家殿が通って来ない時があった。「今日は来られないのだ」というお詫びの手紙だけが、届いた。その返事に、私はこう詠み贈った。

（道綱の母）消《き》え返《かへ》り露《つゆ》も未《ま》だ干《ひ》ぬ袖《そで》の上《うへ》に今朝《けさ》は時雨《しぐ》るる空《そら》も理無《わりな》し

（私の命は、あなたに見捨てられた悲しみのために、完全に消えてしまう寸前です。それなのに、私の袖の上には、露のような涙が消えることなく、残っています。そのうえ、今朝は、空から早くも冬の訪れを告げる時雨《しぐれ》が降ってきて、私の袖をいっそう濡らそうとしています。私の運命の何と辛いことでしょう。）

あの人からは、すぐに返事があった。

（兼家）思《おも》ひ遣《や》る心《こころ》の空《そら》に成《な》りぬれば今朝《けさ》は時雨《しぐ》ると見《み》ゆるなるらむ

（あなたと逢えない日は、私の心は分別を失って、上《うわ》の空になってしまいます。あなたを思う私の心は、体から遊離し、みるみる大きくなって、世界を包み込むほどの大空になります。その大空から、私の涙雨が降りしきり、あなたが今、御覧になっているような時雨となるのです。）

この返事の歌を考えていて、書き終えないうちに、あの人がやって来て、私に詫びたのだった。

また、こんなこともあった。それから数日して、あの人は再び顔を出さなくなった。雨が降る日だったが、あの人から手紙が来た。文面はよく覚えていないのだが、「もう少しして暗くなったら来ますから、そのつもりで」などと書いてあったような、かすかな記憶がある。それなのに、なかなか訪れがないので、私のほうから歌を送りつけた。

（道綱の母）柏木《かしはぎ》の森《もり》の下草《したくさ》暮れ毎《ごと》に猶頼《なほたの》めとや漏《も》るを見《み》る見《み》る

（柏木の森の地面には、たくさんの下草が生えています。柏木の木は、枝を茂らせていますけれども、雨が降ってくると、枝と葉だけでは防ぎきれずに、下草にまで雨粒が漏れ落ちてきて、びっしょりと濡らします。それと同じように、宮中を警護する「右兵衛《うひょうえ》の佐《すけ》」という立派な役職で、藤原摂関家の御曹司であるあなたを「大樹」として庇護してもらっている「下草」のような私ですが、あなたの訪れが途絶えがちなので、悲しみのあまり、涙で袖が濡れそぼっています。「夕暮れになったら来るよ」という当てにならない、破られがちな約束を、泣きながらでもずっと待ち続けよと、あなたはおっしゃるのですね。）

あの人からの返事は、来なかった。その代わりに、あの人本人がやって来て、何やかやと話しかけてきて、それに返事をしているうちに、私の歌へのあの人の返事は、うやむやになってしまった。

［評］　ここには、兼家の詠んだ秀歌が書かれている。十二番目の勅撰和歌集『続拾遺和歌集《しょくしゅういわかしゅう》』に選ばれたほどである。

右近《うこん》の大将《だいしやう》・道綱の母の許《もと》より、「時雨《しぐ》るる空も、理無《わりな》く」など、申し遣《つか》はしたりける返《かへ》り事《ごと》に　東《ひがし》三条入道前《さきの》摂政太政大臣《だいじやうだいじん》

思《おも》ひ遣《や》る心《こころ》の空《そら》に成《な》りぬれば今朝《けさ》や時雨《しぐ》ると見《み》ゆるなるらむ

『蜻蛉日記』には、「今朝《けさ》は／時雨《しぐ》ると見《み》ゆるなるらむ」とあるが、『続拾遺和歌集』では、「今朝や／時雨ると見ゆるなるらむ」となっている。「や」のほうが、疑問や感動が強められる。

それにしても、この『続拾遺和歌集』という勅撰和歌集では、兼家の歌だけが、恋の秀歌として脚光を浴びている。彼の歌を引き出したのは、道綱の母の詠んだ、「消《き》え返《かへ》り露《つゆ》も未《ま》だ干《ひ》ぬ袖《そで》の上《うへ》に今朝《けさ》は時雨《しぐ》るる空《そら》も理無《わりな》し」という歌であった。それなのに、『続拾遺和歌集』では、道綱の母の歌は、詞書として圧縮され、和歌ではなかったかのように軽く扱われている。

兼家の歌がここまで高く評価されたのは、「心の空に成りぬれば」の部分などに、おそらく道綱の母の添削が入っているからだろう。

「心が空になる」という言い方は、「上《うわ》の空《そら》」と同じように、集中して物事が考えられない心の状態を意味している。だが、兼家は、私の心が、あなたを思いやるあまりに、私の体から脱けだして、空を漂い、あなたの家の上空までさすらってゆき、あなたの家に「涙の時雨」を零《こぼ》したのです、というスケールの大きな内容を歌っている。

かなり良い歌である。兼家に、ここまで文芸的な歌が詠めるだろうか。作者の推敲が加わっていると考えるゆえんである。

『蜻蛉日記』は、夫である兼家が、妻である作者に書かせたものだとする言い伝えが、『大鏡』などに書かれている。その成果が、たとえば、『続拾遺和歌集』に、兼家の和歌が選ばれた点にも現れている。

7 夜の衣を返しても

斯《か》くて、十月《かみなづき》に成《な》りぬ。此処《ここ》に、物忌《ものい》みなる程《ほど》を、心許無気《こころもとなげ》に言《い》ひつつ、

（兼家）嘆《なげ》きつつ返《かへ》す衣《ころも》の露《つゆ》けきにいとど空《そら》さへ時雨《しぐれ》添《そ》ふらむ

返《かへ》し、いと古《ふる》めきたり。

（道綱の母）思《おも》ひ《火(ひ)》有《あ》らば干《ひ》なまし物《もの》を如何《いか》でかは返《かへ》す衣《ころも》の誰《たれ》も濡《ぬ》るらむ

と有《あ》る程《ほど》に、我《わ》が頼《たの》もしき人《ひと》、陸奥《みち》の国《くに》へ、出《い》で立《た》ちぬ。

［訳］　そうこうするうちに、十月に入り、冬が来た。ほかならぬ私が物忌《ものいみ》になり、自分が外出できないだけでなく、門を閉じて、来客を屋敷の中に入れられなくなった。あの人は、何度も、「早く逢いたいね。逢えない夜は、何か気持ちが落ちつかないんだ」と手紙を寄越した。その中に、こんな歌も書かれていた。

（兼家）嘆《なげ》きつつ返《かへ》す衣《ころも》の露《つゆ》けきにいとど空《そら》さへ時雨《しぐれ》添《そ》ふらむ

（夜《よる》の衣《ころも》を裏返しにして着ると、夢の中で恋しい人に逢えるという迷信があるようですね。でも、私がそうしても、あなたに逢えませんでした。目覚めた時には、私が着ていた服は、いつの間《ま》にかこぼれた私の涙で、びっしょりでした。ふと気づくと、外では時雨が降りしきっていました。私の心の空から、私の涙の雨が降り注いでいるのです。）

それに対する私の返事は、今、この日記を書き記すために読み返してみると、いかにも古めかしい詠み方で、もっと別の歌い方ができなかったものかと反省しきりである。

（道綱の母）思《おも》ひ《火(ひ)》有《あ》らば干《ひ》なまし物《もの》を如何《いか》でかは返《かへ》す衣《ころも》の誰《たれ》も濡《ぬ》るらむ

（もしも、あなたの心の中で、私のことを思う「おもひ」という「火《ひ》」が燃えているのであれば、その火で、あなたの濡れているとかいう袖も、すぐに乾《かわ》かすことができるでしょう。あなたの私への「おもひ」が足りないので、「火」が燃えあがらないのではないですか。それに、本当に、あなたが私を思っているのであれば、夜の衣を裏返して寝ると、私と夢の中で逢えるわけですから、あなたの袖が濡れる事態にはならないわけです。二重、三重に、あなたの歌は信じられません。）

こんなやりとりをしているうちに、私が、精神的にも経済的にも当てにしてきた父親が、遠い陸奥《むつ》の国の国司として赴任することになった。

［評］　作者の歌は、わかりにくい。『伊勢物語』第三段の「思ひあらば葎《むぐら》の宿《やど》に寝《ね》もしなむ引敷物《ひじきもの》には袖をしつつも」と、小野小町の「いとせめて恋しき時はむばたまの夜《よる》の衣《ころも》を返してぞ着《き》る」という二首を合成しているからだろう。

「あなた」(相手)には、私への真実の深い愛情を持っていてほしい、という切なる願望。心底、恋している相手と現実に逢えないならば、せめて夢の中でだけでも逢いたいと思う切ない心。それが、道綱の母の「思《おも》ひ有《あ》らば干《ひ》なまし物《もの》を如何《いか》でかは返《かへ》す衣《ころも》の誰《たれ》も濡《ぬ》るらむ」という歌になった。訳文は、作者の複雑な思いを、解析しようと努めた結果である。

8 父、遠くへ去りぬ

(我《わ》が頼《たの》もしき人《ひと》、陸奥《みち》の国《くに》へ、出《い》で立《た》ちぬ。)

時《とき》は、いと哀《あは》れなる程《ほど》なり。人《ひと》は、未《ま》だ見慣《みな》ると言《い》ふべき程《ほど》にもあらず。見《み》ゆる毎《ごと》に、唯《ただ》、差《さ》し含《ぐ》めるにのみあり。いと心細《こころぼそ》く、悲《かな》しき事《こと》、物《もの》に似《に》ず。見《み》る人《ひと》も、いと哀《あは》れに、忘《わす》るまじき様《さま》にのみ語《かた》らふめれど、「人《ひと》の心《こころ》は、其《そ》れに従《したが》ふべきかは」と思《おも》へば、唯《ただ》、偏《ひとへ》に、悲《かな》しう、心細《こころぼそ》き事《こと》をのみ思《おも》ふ。

「今《いま》は」とて、皆《みな》、出《い》で立《た》つ日《ひ》に成《な》りて、行《ゆ》く人《ひと》も、堰《せ》き敢《あ》へぬまで有《あ》り。止《と》まる人《ひと》、将《はた》、増《ま》いて、言《い》ふ方無《かたな》く悲《かな》しきに、「時《とき》、違《たが》ひぬる」と言《い》ふまでも、え出《い》で遣《や》らず。片方《かたへ》なる硯《すずり》に、文《ふみ》を押《お》し巻《ま》きて、打《う》ち入《い》れて、又《また》、ほろほろと打《う》ち泣《な》きて、出《い》でぬ。暫《しば》しは、見《み》む心《こころ》も無《な》し。見出《みい》で果《は》てぬるに、逡巡《ためら》ひて、寄《よ》りて、（道綱の母）「何事《なにごと》ぞ」と見《み》れば、

（藤原倫寧）君《きみ》をのみ頼《たの》む旅《たび》なる心《こころ》には行末遠《ゆくすゑとほ》く思《おも》ほゆるかな

とぞ有《あ》る。

（道綱の母）「（倫寧）『見《み》るべき人《ひと》、見《み》よ』となンめり」とさへ思《おも》ふに、いみじう悲《かな》しうて、有《あ》りつる様《やう》に置《お》きて、とばかり有《あ》る程《ほど》に、物《もの》したンめり。目《め》も見合《みあ》はせず、思《おも》ひ入《い》りて有《あ》れば、（兼家）「何《など》か、世《よ》の常《つね》の事《こと》にこそ有《あ》れ。いと斯《か》うしも有《あ》るは、我《われ》を頼《たの》まぬなンめり」などと和《あ》へしらひ、硯《すずり》なる文《ふみ》を見付《みつ》けて、（兼家）「哀《あは》れ」と言《い》ひて、門出《かどで》の所《ところ》に、

（兼家）我《われ》をのみ頼《たの》むと言《い》へば行末《ゆくすゑ》の松《まつ》の契《ちぎ》りも来《き》てこそは見《み》め

となむ。

斯《か》くて、日《ひ》の経《ふ》るままに、旅《たび》の空《そら》を思《おも》ひ遣《や》るだに、いと哀《あは》れなるに、人《ひと》の心《こころ》も、いと頼《たの》

もし気《げ》には見《み》えずなむ有《あ》りける。

［訳］ 私が、精神的にも経済的にも当てにしてきた父親が、遠い陸奥《むつ》の国の国司として赴任することになった。

父親が出発する前後は、冬の初めで、何とも蕭条《しょうじょう》として、しめやかだった。私と言えば、藤原摂関家の御曹司と結ばれたとはいえ、まだ、夫の兼家殿との夫婦の絆《きずな》は、固く結び合わされるには至っていない。

そんな不安な心境を抱えているので、まもなく別れなければならない父親のことを思うと、兼家殿と顔を合わせていても、明るく振る舞わなければならないとわかっているのだけれども、私は、ひたすら涙がこぼれてしまい、話もできないほどだった。父との別れを想像するだけで、むくむくと不安が湧きあがり、喩えようもなく悲しい気持ちに沈み込んでしまうのだった。

落ち込んでいる私を励まそうと、兼家殿も、強い情愛を込めて、「どんなことがあっても、私はあなたと一緒だからね。お父君との生き別れは悲しいだろうが、これからは私を頼りにしてほしい」と、目の前で語りかけているようだ。けれども、その言葉は、ぼんやりとしている私の耳には入ってこない。

私の思いは、悪い方へ、悪い方へとばかり向かう。「人間というものは、一度、そうしようと心に決めたことでも、それを守り通すことはできない。というのは、人間の心ほど、変化するものはないからだ。あの人の心も、いつかは変わってしまうだろう。だから、愛の言葉ほど、当てにならないものはない」と思うと、ひたすら悲しく、未来に関する不安ばかりが心を占めてしまう。

あっという間《ま》に、父親たち一行が旅立つ日になった。「もう発《た》たなくてはなりません」と別れの言葉を口にする父親は、不吉な涙を見せないようにと努めているのだけれども、我慢できずに溢れてくる涙を止《と》められない。一方、都に残る側の私は、父親にも増して、言葉にならないほど悲しい。父と私が、長い間、別れかねてぐすぐずしているので、供の者たちが、「時間が遅れてしまいます」と心配するくらいに、旅立ちが遅れてしまった。

父は、とうとう意を決して、私の部屋を出ていったのだが、その直前に、不思議な動きをした。部屋の隅《すみ》の方に置いてあった硯箱《すずりばこ》に、手紙のようなものを、くるくると巻いたかと思うと、押し入れて、改めて、ほろほろと涙をこぼして、それから私の部屋を後《あと》にしたのである。ただし、すぐに陸奥へ向かうのではなく、都の中の別の場所へと向かい、そこから、縁起の良い方角と日時を占って、正式の旅立ちをするのである。

さすがに好奇心の強い私でも、すぐには、父が残していった手紙のようなものを読む気にはならない。父親たち一行が屋敷を出てゆくのを最後まで見届けた後、涙がかわくまで心を静めて、それから硯箱の近くまで寄って行って、「お父様は何をなさったのだろうか」と確認したら、その紙には一首の歌が書いてあった。

(藤原倫寧)君《きみ》をのみ頼《たの》む旅《たび》なる心《こころ》には行末遠《ゆくすゑとほ》く思《おも》ほゆるかな
(我が娘の婿としてお迎えした兼家殿、これからは、どうか娘をよろしくお願いいたしますぞ。私は、遠い陸奥《みちのく》まで旅に出ますが、あなたお一人しか、娘を託す人がおりません。娘の行く末が心配で、ただでさえ遠い陸奥までの道のりが、無限に遠く感じられるのです。)

私は、父の置き手紙を読んで、「お父上は、『この手紙を、兼家殿に読んでもらおう』というお積もりなのだろう」と思うと、私を思う親心が悲しく思われてならなかった。そこで、手紙は、父が最初に置いていた状態そのままにしておいた。

ややあって、あの人が来た。私は、彼が部屋に入ってきたことにも気づかず、目も見合わせずに、嘆き臥《ふ》していた。あの人は、「おやおや、あなたにも困ったものですね。父親が遠くの国の受領《ずりょう》となって赴任するというのは、受領階級ではよくあることですし、栄転なので喜ぶべき事柄なのですよ。それなのに、こんなに嘆き悲しんでいるのは、まるで私をまったく信用しておられないからのように思えますね」などと口にしながら、私の気持ちを盛り上げようと試みていた。そのうち、硯箱に入っている父親の置き手紙に気づいたようで、それを見て、「倫寧《ともやす》殿のお心は、確かにこの兼家が承知いたしましたぞ」と独り言を口にして、父親が滞在している都の中の宿所に、返事の歌を詠み贈った。

（兼家）我《われ》をのみ頼《たの》むと言《い》へば行末《ゆくすゑ》の松《まつ》の契《ちぎ》りも来《き》てこそは見《み》め

（倫寧殿、お気持ちは確かに受け取りました。娘御《むすめご》のことは、ご心配には及びませんぞ。あなたがこれから向かわれる陸奥の国には、有名な歌枕である「末《すゑ》の松山《まつやま》」があると聞いています。その松にあやかって、末永く私たち夫婦は添い遂げますので、任期の四年を終えて都に戻ってこられる時には、幸せに暮らしている私たち家族の姿を、あなた御自身の目で、嬉しく御覧になることができましょうぞ。）

このようにして、父親のいない日々が始まった。私は旅をしている父親のことを、想像するだけで胸が一杯になる。「万事、私に任せてくれ」と豪語したあの人ときたら、「この人を頼りに生きてゆこう」という気が、私にはまったく起こらない。あの人の人間性には、女から見て信用しきれない何かがあるのだった。

【評】『更級日記』でも、作者の父親が遠い常陸《ひたち》の国に単身赴任する場面が、切なく書かれていた。『更級日記』の作者は、『蜻蛉日記』の作者から見て姪に当たるので、『蜻蛉日記』のこの場面を念頭に置いて、父親が常陸の国へ去る別れの場面を書いたのだろう。

この場面で注目したいのは、「我《わ》が頼《たの》もしき人《ひと》、陸奥《みち》の国《くに》へ、出《い》で立《た》ちぬ」と完了形で書かれても、父親が実際には旅立っていない点である。

『源氏物語』の須磨巻が思い合わされる。光源氏が、都を後《あと》にして須磨へと旅立った、と完了形で書かれてから、なおも旅立ちの以前のことが延々と描写され、実際に出発するのは、それから二十ページ以上が経過したあとである。

これから書くべき内容を先取りして、「見出し」のようにして提示する手法が、『蜻蛉日記』で用いられ、それは後に『源氏物語』などで多用されることになった。『源氏物語』には、日記的な要素もあるのだろう。

「人《ひと》の心《こころ》は、其《そ》れに従《したが》ふべきかは」。これは、『蜻蛉日記』屈指の名文ではなかろうか。人間の心は、その時には、一生、その人を愛し続けようと思っていたとしても、時間の経過と共に、変わってしまう。言葉もまた、その時だけの心の真実しか反映していない。心も、言葉も、当てにならない。けれども、文学者は、心の真実を求めて、言葉を綴り続ける。

「片方《かたへ》なる硯《すずり》に、文《ふみ》を押《お》し巻《ま》きて、打《う》ち入《い》れて、又《また》、ほろほろと打《う》ち泣《な》きて、出《い》でぬ」。この箇所もまた、『蜻蛉日記』本文特有の「虫食い算」である。原文では、「又みなる硯」となっている。これを「かたへなる硯」や「又こゝなる硯」などと改めるのである。いずれにしても、無理がある。飛躍がある。『蜻蛉日記』の真実は、よほど良質の写本の発見がなければ、解明できないだろう。

さて、父・倫寧の歌を読んだ兼家は、「大丈夫、任せてほしい」という歌を読み贈った。

（兼家）我《われ》をのみ頼《たの》むと言《い》へば行末《ゆくすゑ》の松《まつ》の契《ちぎ》りも来《き》てこそは見《み》め

この歌は、これから倫寧が向かう陸奥の歌枕「末の松山」を詠み込んでいる点が優れている。やはり、作者の推敲が加わっているのだろう。権威ある勅撰和歌集である『後拾遺和歌集』にも選ばれた。

　我《われ》をのみ頼《たの》むと言《い》へば行末《ゆくすゑ》の松《まつ》の契《ちぎ》りも君《きみ》こそは見《み》め

『蜻蛉日記』では、「来てこそは見め」だったのが、『後拾遺和歌集』では、「君こそは見め」となっていて、倫寧の歌の「君をのみ頼む旅なる」という表現と響き合う。『後拾遺和歌集』の表現のほうが、本来の姿なのではないか。

9　仏教の聖地に降る雪

十二月《しはす》に成《な》りぬ。横川《よかは》に物《もの》する事有《ことあ》りて、登《のぼ》りぬる人《ひと》、（兼家）「雪《ゆき》に降《ふ》り籠《こ》められて、いと哀《あは》れに、恋《こひ》しき事《こと》、多《おほ》くなむ」と有《あ》るに、付《つ》けて、

（道綱の母）凍《こほ》るらむ横川《よかは》の水《みづ》に降《ふ》る雪《ゆき》も我《わ》が如《ごとき》消えて物《もの》は思《おも》はじ

など言《い》ひて、其《そ》の年《とし》、儚《はかな》く暮《く》れぬ。

[訳] 父が去ってから、寂しい日々になり、十二月に入った。兼家殿は、横川《よかわ》に用事があると言って、比叡山に登っていった。何でも、あの人のお父君の藤原師輔《もろすけ》様が、横川で法華八講《ほっけはっこう》を催されるのに同行したらしい。

横川に登ったあの人から、便りがあって、「山の上は、一面の雪世界です。深深《しんしん》として心まで凍りつきそうで、人恋しくなり、あなたのことが愛《いと》しくたまらなくなることが、何度もありました」と書いてあった。

比叡山は、女人禁制の地であるので、私は「横川」と聞いても、そこが尊い仏教の聖地であることくらいしかわからない。けれども、あの人の使者が横川に戻ってゆくのに言付《ことづ》けて、歌を贈った。

(道綱の母) 凍《こほ》るらむ横川《よかは》の水《みづ》に降《ふ》る雪《ゆき》も我《わ》が如《ごと》き消えて物《もの》は思《おも》はじ

(比叡山には女性は登れず、「横川」と聞いても、尊い川が流れているのだろうか、澄み切った悟りの境地が「川」に喩えられているのだろうか、くらいのことしか想像できません。もし、横川に川の流れがあるのでしたら、この寒さのために、おそらく凍結していることでしょう。空から降りしきっているという雪も、寒さのために融けることなく、氷となって残っているに違いありません。一方、地上の都に留まっている私の袖は、雪が地面に触れたら融けて消えるように、あなたのいない寂しさで消え入るばかり嘆いているることです。）

こんなやりとりをしているうちに、私の十九歳の年、結婚という大きな人生の節目を迎えた一年が暮れたのだった。

【評】「登りぬる人」とした本文は、原文では「登りぬ。人」である。連体形「登りぬる人」と改めるのが普通だが、「登りぬ。人」のままでも解釈できる。

比叡山の「横川」と言えば、学僧として名高い源信僧都《げんしんそうず》（恵心《えしん》、九四二〜一〇一七）を連想する。兼家は、九八三年、恵心院を建立《こんりゅう》した。源信が代表的著作である『往生要集《おうじょうようしゅう》』を著したのが、この恵心院である。源信は、『源氏物語』宇治十帖で、浮舟を出家させた「横川の僧都」のモデルとされる。

なお、比叡山の横川には、川は流れていないが、仏法の教えが絶えないことを、川に喩えて和歌では詠むのだろう。

兼家の弟である藤原高光《たかみつ》は、将来を嘱望されていたが、応和元年（九六一）、突然に横川で出家し、後に多武峰《とうのみね》に移った。兼家が高光を訪ねた歌が、『新勅撰和歌集』に載っている。

高光、横川に住み侍りけるに、訪《とぶら》ひまかりて、詠み侍《はべ》りける

東三条入道摂政太政大臣

君が住《す》む《澄(す)む》横川の水や増《ま》さるらむ涙の雨の止《や》む世《よ》無《な》ければ

この歌は、『多武峰少将物語』にも見える。

Ⅲ　天暦九年（九五五）　二十歳

10　子を生み、「道綱の母」となる

一《む》月《つき》許《ばか》りに、二日三日《ふつかみか》見《み》えぬ程《ほど》に、物《もの》へ渡《わた》らむとて、（道綱の母）「人《ひと》、来《こ》ば、取《と》らせよ」とて、書《か》き置《お》きたる。

（道綱の母）知《し》られねば身《み》を《憂(う)》鶯《うぐひす》の振《ふ》り出《い》でつつ鳴《な》き《泣(な)き》てこそ行《ゆ》け野《の》にも山《やま》にも

返《かへ》り事《ごと》、有《あ》り。

（兼家）鶯《うぐひす》の徒《あだ》にて行《ゆ》かむ山辺《やまべ》にも鳴《な》く《泣(な)く》声《こゑ》聞《き》かば訪《たづ》ぬ許《ばか》りぞ

など言《い》ふうちより、直《なほ》もあらぬ事有《ことあ》りて、春《はる》・夏《なつ》、悩《なや》み暮《く》らして、八月晦日《はづきつごもり》に、とかう物《もの》しつ。其《そ》の程《ほど》の心延《こころば》へはしも、懇《ねんご》ろなる様《やう》なりけり。

［訳］　私の二十歳《はたち》は、懐妊と出産の年だった。

確か、お正月だったかと記憶しているが、兼家殿の訪問が二、三日、続けて途絶えたことがあった。そんなわけで、しばらくあの人は来ないだろうと予想されたし、ちょっと山寺に出かけたい用事があったので、家を留守にした。あの人には、この外出の予定は前もって伝えず、家の者には、「もし、あの人からの使者が来るようなことがあったら、この手紙を与えて、あの人に渡してもらいなさい」と言い置いて、出かけた。

（道綱の母）知《し》られねば身《み》を鶯《うぐひす》《憂(う)》の振《ふ》り出《い》でつつ鳴《な》き《泣(な)き》てこそ行《ゆ》け野《の》にも山《やま》にも

（あなたと結婚したものの、あなたの愛は薄く、私の未来がどうなるかは、まったく予想も付きません。心に浮かぶのは悪い未来の予感ばかりなので、私は、我が身を「辛《つら》く＝憂《う》く」思い、「憂《う》」の音《おん》を含む「鶯《うぐいす》」のように、野にも山にもさまよい出てゆくのです。鶯が鳴くように、私は泣き続けています。）

案《あん》の定《じょう》、あの人は、私の留守中に使いの者を寄越したと見え、私の置き手紙を読んだようだった。あの人の返事の歌が、山籠もりしていた私のもとに届いた。

（兼家）鶯《うぐひす》の徒《あだ》にて行《ゆ》かむ山辺《やまべ》にも鳴《な》く《泣(な)く》声聞《こゑき》かば訪《たづ》ぬ許《ばか》りぞ

（鶯は、別に憂《うれ》いを抱えているわけではなく、深い考えも無《な》しに、あちらこちら気楽に動き回っているだけですよ。だから、あんなに愉快に鳴いているのですよ。あなたも、物《もの》見遊山《みゆさん》でお出かけなのでしょう。けれども、私はまじめな人間ですから、もしもあなたの泣き声を聞いたならば、野へも山へも追いかけていって、どこまでも人生を御一緒する決意ですから、御安心ください。）

こんなやりとりをしているうちに、私の身体に子どもを身ごもった兆候が出始め、つわりなどで春と夏は、悩み通した。八月の月末に、何とか、子どもを生むことができた。その前後は、あの人の私への愛情には、まことに思いやりが深く、心が籠もっていたように思われた。

［評］　作者の外出先は、「山辺」とあるが、山寺、具体的には鳴滝の般若寺ではなかっただろうか。自分がもしかしたら懐妊するのではないかという予感から、未来の幸福を祈願するためにお籠もりした可能性がある。引き続いて懐妊と出産が、控え目な筆致で書かれる。ただし、生まれた子どもの名前（道綱）や、その性別（男）は明記されていない。

11　夫の愛人への恋文を発見

さて、九月《ながつき》許《ばか》りに成《な》りて、出《い》でにたる程《ほど》に、箱《はこ》の有《あ》るを、手弄《てまさぐ》りに開《あ》けて見《み》れば、人《ひと》の許《もと》に遣《や》らむとしける文《ふみ》、有《あ》り。あさましさに、（道綱の母）「（兼家）『見《み》てけり』とだに知《し》られむ」と思《おも》ひて、書《か》き付《つ》く。

（道綱の母）疑《うたが》はし《橋（はし）》外《ほか》に渡《わた》せる文《ふみ》見《み》《踏（ふ）み》れば此処《ここ》や途絶《とだ》えに成《な》らむとすらむ

など思《おも》ふ程《ほど》に、宜《むべ》なう、十月晦日方《かみなづきつごもりがた》に、三夜《みよ》頻《しき》りて、見《み》えぬ時《とき》有《あ》り。つれなうて、（兼家）「暫《しば》し、心見《こころみ》る程《ほど》に」など、気色《けしき》有《あ》り。

【訳】　さて、秋も終わりの九月になった頃、つまり、私が男の子……「道綱《みちつな》」と名づけられた……を生んで、まだ一月《ひとつき》も立たない頃に、兼家殿は足繁《しげ》く通ってくるどころか、新しい恋の相手を見付けたようだった。ある時、あの人がやって来て、戻っていった後で、ふと気づいたら、あの人の持ち運び用の文箱《ふばこ》が、置き忘れられていた。

私は、何となく手持ち無沙汰だったので、何げなくその箱を開《あ》けて、中を見たところ、びっくりしたことには、あの人が、私ではない別の女性に出そうとしていたらしい手紙が、入っているではないか。

あまりのことに、しばらくは茫然としていたが、その手紙を、元のように文箱に戻した。ただし、蓋《ふた》をする直前に気が変わって、「この手紙を読みましたよ」ということだけでも、あの人に気づかせようと思って、その手紙に私の文字で、歌を書き付けた。

（道綱の母）疑《うたが》はし橋(はし)外《ほか》に渡《わた》せる文見《ふみみ》踏(ふ)みれば此処《ここ》や途絶《とだ》えに成《な》らむとすらむ

（疑わしいことですわ。あなたが、私以外の女性に渡そうとしている手紙を、偶然、目にしてしまいました。あなたは、大きな橋を渡って、ほかの女性のもとへと踏み出そうとしているのでしょうか。このままでは、私とあなたの夫婦関係は、橋板《はしいた》や橋柱《はしばしら》が朽ちてしまうように、途絶《とだ》えてしまうかもしれませんね。）

私が、「この歌は、あの人の裏切りへの怒りを前面には出さず、掛詞を縦横にちりばめているので、あの人には和歌の技巧のすべては理解できなくても、歌全体の調子がおっとりしている。だから、あの人は、この歌を目にしても、男性としてのプライドが傷つくことはない。あの人は、どのように対処するだろうか」と思って、注意していると、案の定、翌十月の下旬頃になって、三日続けて、通って来ない夜があった。そういう時には、その後で、久しぶりに顔を見せた時に、これまでならば、来られなかった理由をくどくどと説明したり、私のあなたへの愛情を信用してほしいなどと言ったりしたものだが、今回は、そっけなく、「あなたの私への振る舞いに、いささか腑《ふ》に落ちないことがあったので、あなたの心が落ちつかれるように冷却期間をおいているだけです」と、意味ありげなことを言っただけだった。やはり、手紙を私に読まれたことを気にしていたのだろう。

［評］　まず、本文の「虫食い算」を説明しておこう。「宜《むべ》なう」は、原文では「心へなう」である。「心得無《こころえな》う」とも解されるが、「むべなう」とするのが通説である。しかも、『蜻蛉日記』という作品にのみ何度も用いられる特異な言葉である。文脈から考えると、「予想通りだ、思った通りだ」というニュアンスのようだ。

次に、「手紙の露顕」がきっかけで、秘密の恋愛関係が発覚するという趣向は、『源氏物語』若菜下巻などに影響を与えている。光源氏の正妻である女三の宮は、柏木と道ならぬ関係になったが、柏木から女三の宮に宛《あ》てた手紙が、光源氏に発見されてしまったのである。

さて、兼家の「浮気」が発覚したのは九月だから、作者が道綱を出産してから、まだ一か月も経っていない。『蜻蛉日記』を読んでいると、兼家の普通の男とは違う、変わった性格が見えてくる。彼は、愛している女性が子どもを生んで母親になると、急速に愛情が薄れてしまうという、悪い癖があるようだ。

12 『小倉百人一首』の名歌誕生

此処《これ》より、夕《ゆふ》さりつ方《かた》、（兼家）「内裏《うち》、逃《のが》るまじかりけり」とて、出《い》づるに、心得《こころえ》で、人《ひと》を付《つ》けて見《み》すれば、（従者）「町《まち》の小路《こうぢ》なる、其処其処《そこそこ》になむ、止《と》まり給《たま》ひぬ」とて、来《き》たり。（道綱の母）「然《さ》ればよ」と、（道綱の母）「いみじう心憂《こころう》し」と思《おも》へども、言《い》はむ様《やう》も知《し》らで有《あ》る程《ほど》に、二日三日許《ふつかみかばか》り有《あ》りて、暁方《あかつきがた》に、門《かど》を敲《たた》く時《とき》、有《あ》り。（道綱の母）「然《さ》、なンめり」と思《おも》ふに、憂《う》くて、開《あ》けさせねば、例《れい》の家《いへ》と思《おぼ》しき所《ところ》に物《もの》したり。翌朝《つとめて》、「直《なほ》も有《あ》らじ」と思《おも》ひて、

（道綱の母）嘆《なげ》きつつ一人寝《ひとりぬ》る夜《よ》の明《あ》くる《開(あ)くる》間《ま》は如何《いか》に久《ひさ》しき物《もの》とかは知《し》る

と、例《れい》よりは引《ひ》き繕《つくろ》ひて書《か》きて、移《うつ》ろひたる菊《きく》に挿《さ》したり。

返《かへ》り事《こと》、（兼家）「開《あ》くるまでも試《こころ》みむとしつれど、頓《とみ》なる召使《めしつか》ひの来合《きあ》ひたりつればなむ。いと理《ことわり》なりつるは」。

（兼家）実《げ》にや実《げ》に冬《ふゆ》の夜《よ》ならぬ真木《まき》の戸《と》も遅《おそ》く開《あ》くる《明(あ)くる》は侘《わ》びしかりけり

然《さ》ても、いと奇《あや》しかりつる程《ほど》に、事無《ことな》しびたる。暫《しば》しは、忍《しの》びたる様《さま》に、（兼家）「内裏《うち》に」など言《い》ひつつぞ有《あ》るべきを、いとどしう心付無《こころづきな》く思《おも》ふ事《こと》ぞ限《かぎ》り無《な》きや。

【訳】私の家に滞在していた兼家殿が、夕方になると、慌《あわ》ただしく出かけて行ったことがあった。その理由というのが、「どうしても、これから宮中に参内《さんだい》しなければならないんだ」という、にわかには信じがたいことだった。私は、どうにもあの人が出てゆく理由に合点《がてん》がいかなかったので、こっそり家の者にあの人の後《あと》を付けさせて、行く先を知ろうとした。

やがて、戻ってきた家の者が、「殿様は、ここをお立ちになったあとで、宮中ではありませんで、町《まち》の小路《こうじ》のどこそこに牛車をお止めになって、そこの家にお入りになりました」と報告した。むろん、「ドコソコ」の箇所は、具体的に報告したのだった。

「町の小路」とは、平安京を南北に通っている室町《むろまち》小路と西洞院《にしのとういん》小路の間にある通りである。平安京の東西を走っている通りで言えば、土御門《つちみかど》大路と中御門《なかみかど》大路の間、具体的には勘解由《かげゆ》小路あたりである。

私は、「やはり、そうだったのか。宮中に向かうというのは、嘘だったのだ」と思うと、「ひどく辛《つら》い」という気持ちにしかならなかった。けれども、あまりのことに、あの人にどう言ってやったら良いのかが、わからない。

それから二日か三日くらいして、もう夜明けが近くなった時分に、ほとほとと我が家の門を敲《たた》く音が聞こえてきた。私は横になっていたが、今夜も来てくれなかったあの人のことを思うと、眠るに眠れず、うつらうつらしていた。門を敲く音に、はっと気づいて、「あっ、あの人だ」とわかった。けれども、「こんな時間まで、あの人は、ほかの女性の家にいて、その人と一緒に寝ていたのだ。その後《あと》で、お情けで、我が家の門を敲いたのだ。何と、辛い仕打ちだろう」と思うと、生理的な嫌悪感が先に立ち、とてもあの人を迎え入れる気持ちにはなれなかった。

女房や使用人も、私の出す指図を待ち受けている。私は、とうとう、開門して招き入れるように、という指示を出さなかった。あの人は、待ちきれなくなって、元来《もと》た道を引き返したようだ。さっきまで共寝していたあの女の家に、戻っていったのだろう。

翌朝、勝ち気な私は、そのまま、あの人に何も言わないでは、どうしても済ませることができなかった。そこで、歌を一首、あの人に詠み贈って、一矢報《いっし》いた。

(道綱の母)嘆《なげ》きつつ一人寝《ひとりぬ》る夜《よ》の明《あ》くる《開(あ)くる》間《ま》は如何《いか》に久《ひさ》しき物《もの》とかは知《し》る

(あなたが来てくれない夜は、とても長くて、永遠に明けないのではないかとさえ思われます。あなたは、昨夜、というか、今朝、私の家の門の前で、私が門を開けてくれないので時間が長く感じられたかもしれませんが、私の感じている夜の長さは、とてもあなたが今朝感じたものとは違うのですよ。そのことが、少しはわかってもらえましたか。)

この歌は、いつもよりも気合いを入れて、美しい文字で書きしたためた。あの人に、「私の心を踏みにじることはできませんよ、どんなことがあっても私の心は凜《りん》とした姿勢を保ち続けますよ」ということを、わからせるためである。ただし、この歌は、色の移ろった菊の花に挿して届けさせ、あの人の心が、私から「町の小路の女」に移ろいつつあることへの批判を込めた。

あの人からの返事があった。「いやあ、今朝は申しわけないことだった。あなたが門を開《あ》けてくれるまで、じっと待つつもりだったのだけれども、あいにく、役所から、急な呼び出しを告げる使いの者がやってきて、私に来るようにと急《せ》かしたので、引き返さざるをえなかったのだよ。あなたがおっしゃることは、まことに尤《もっと》もだと思うよ」と書いた後《あと》に、返歌が記してあった。

(兼家)実《げ》にや実《げ》に冬《ふゆ》の夜《よ》ならぬ真木《まき》の戸《と》も遅《おそ》く開《あ》くる《明(あ)くる》は侘《わ》びしかりけり

(そうですとも、そうですとも。冬の寒い夜でなくても、真木《まき》の戸をなかなか開けてもらえないのは、辛いものです。まして、今は冬なので、心理的にも開門がひどく遅く感じられて、辛いことでした。あなたが、「開《あ》くる間《ま》は如何《いか》に久《ひさ》しき物《もの》とかは知《し》る」と歌って寄越しましたが、それはまさに私自身の気持ちでもあったのです。)

あの人は、私の歌に込められた皮肉にはまったく気づかないふりをして、こんな鈍感きわまりない歌を返してきた。こんなふうに、あの人は、新しい愛人を作ったことを皮肉られても、不思議なくらいに平然と、無視してしまうのである。今回の手紙では、「役所の使い」を持ち出して弁解していたが、次第に、そういう口実を使わなくなり、なかば公然と愛人の存在を認めるような振る舞いをするようになった。そういうあの人の態度を見るに付け、私はいっそう不快に感じることが多かった。
こうして、懐妊、出産、夫の浮気で明け暮れた私の二十歳《はたち》の一年が過ぎた。

[評] 『蜻蛉日記』の読者は、「道綱の母」の和歌の代表作で、藤原定家が『小倉百人一首』に選んだ名歌が、まだ『蜻蛉日記』が始まったばかりの段階で詠まれていたことに驚くのではないか。作者が数えの二十歳の年に詠まれていたのである。

古文の教科書に載るほどの著名な文章だが、例によって本文が「虫食い算」になっている。原文では、「うちのかたるましかりけり」。研究者の推定で、「内裏《うち》、逃《のが》るまじかりけり」、「内裏に、逃るまじかりけり」、「打ち逃るまじかりけり」、さらには、「内裏《うち》の方《かた》、塞《ふた》がりけり」などと、本文が整定されている。

最後の説は、「作者の家から見て、宮中の方角が、方塞《かたふた》がりになっているので、明日の朝、自分は宮中に出仕できない。だから、今のうちに、自宅に戻っておき、明日は、自宅から宮中に出かけられるようにしておく」という意味になる。

いずれにしても、宮中、内裏での公務多忙を理由として、作者の家を夕方に出ていった兼家の行動が、不審である。ここから先は、サスペンスドラマのように、スリリングな展開となる。尾行と追跡である。

『源氏物語』の宇治十帖でも、浮舟の所で、薫からの手紙を持ってきた使者と、匂宮からの手紙を持ってきた使者とが鉢合わせをする場面がある。匂宮の使者の言葉に不信感を持った薫の使者が、匂宮の使者を追跡して、浮舟の三角関係を突き止めた。このあたり、『源氏物語』には『蜻蛉日記』のかすかな影響があるのかもしれない。

戻ってきた従者の報告により、兼家の愛人は、「町の小路の女」と呼ばれることになった。町の小路は、繁華街で、商売する人の家が多かったらしい。『源氏物語』の夕顔が、庶民が多く住むあたりに住んでいたことを連想させる。

夫の裏切りに対する怒りが、「嘆きつつ」という名歌誕生のエネルギーになっている。作者の和歌の才能は、時姫や、町の小路の女を、はるかに凌駕している。作者は、和歌を武器として、兼家の妻や愛人と戦っているのだ。

新しい愛人の家を突き止めるスリル。そこからの帰りに、ついでに立ち寄った兼家への、和歌による異議申し立て。二十歳の女性の、凛とした生き方は、現代人にも強く訴えるものがある。

さて、この場面は、『拾遺和歌集』にも載っている。

入道摂政、まかりたりけるに、門《かど》を遅く開《あ》けければ、「立ちわづらひぬ」と、言ひ入れて侍りければ　右大将道綱の母

嘆きつつ独《ひと》りぬる夜《よ》のあくるまはいかにひさしき物とかはしる

ここには、兼家の詠んだ「実《げ》にや実《げ》に」という間《ま》の抜けた歌は、選ばれていない。勅撰和歌集に選ばれる水準に達していなかったのである。

Ⅳ　天暦十年（九五六）　二十一歳

13　桃の節句と、二組の夫婦

年返《としかへ》りて、三月許《やよひばか》りにも成《な》りぬ。桃《もも》の花などや取《と》り設《まう》けたりけむ、待《ま》つに見《み》えず。今一《いまひと》方《かた》も、例《れい》は、立《た》ち去《さ》らぬ心地《ここち》に、今日《けふ》ぞ見《み》えぬ。

さて、四日《よか》の早朝《つとめて》ぞ、皆《みな》、見《み》えたる。昨夜《よべ》より待《ま》ち暮《く》らしたる者《もの》ども、「直《なほ》、有《あ》るよりは」とて、此方彼方《こなたかなた》、取《と》り出《い》でたり。志《こころざし》有《あ》りし花《はな》を折《を》りて、内《うち》の方《かた》より有《あ》るを見《み》れば、心《こころ》、直《ただ》にしもあらで、手習《てなら》ひにしたり。

（道綱の母）待《ま》つ程《ほど》の昨日過《きのふす》ぎ《飲(す)き》にし花《はな》の枝《え》は今日折《けふを》る事《こと》ぞ甲斐無《かひな》かりける

と書《か》きて、「よしや。憎《にく》きに」と思《おも》ひて、隠《かく》しつる気色《けしき》を見《み》て、奪《ば》ひ取《と》りて、返《かへ》し、したり。

（兼家）三千年《みちとせ》を見《み》つべき身《み》《実(み)》には年毎《としごと》に好《す》く《飲(す)く》にもあらぬ花《はな》と知《し》らせむ

と有《あ》るを、今一方《いまひとかた》にも、聞《き》きて、

（藤原為雅《ためまさ》）花《はな》により好《す》く《飲(す)く》てふ事《こと》の由由《ゆゆ》しきに余所《よそ》ながらにて暮《く》らしてしなり

【訳】年が改まって、天暦十年。私は二十一歳になった。この年の三月にあった「上巳《じょうし》の節句《せっく》」については、苦々《にがにが》しい思い出がある。

三日には、お酒に桃の花をひたして飲む風習がある。私の屋敷では、父親は陸奥《むつ》の国に赴任していて不在であるが、何人かの姉妹が、一つ屋根の下で暮らしている。私の所には兼家殿が、姉の所には藤原為雅《ためまさ》殿が通ってきている。それで、三日の日には、私の所でも、姉の所でも、きっと訪れるであろう殿方と一緒に楽しむために、立派な桃の花が咲いた大ぶりな枝や、お酒や、肴《さかな》などを準備して、待ち受けていた。けれども、案に相違して、いくら待ってもあの人は顔を出さない。不思議なことは伝播《でんぱ》するもので、いつもは姉の所に入りびたり状態の為雅殿も、この日に限って姿が見えない。

ところが、「六日《むいか》の菖蒲《あやめ》、十日《とおか》の菊《きく》」という諺ではないが、翌日の三月四日の朝になって、あの人も、為雅殿も、のこのこと我が家にやって来たのだった。私に仕える女房も、姉に仕える女房も、どちらもが、「お婿様がお見えになったら、ぜひとも御覧に入れたい」と、昨日は楽しみに待ち続けていたものだから、「今日は、一日遅れの四日ではあるけれども、それでも折角の準備を無駄にするよりは、ましだろう」と考えて、二人の婿殿に、昨日見せるつもりだった準備の品々を、一度は仕舞《しま》った奥のほうから取り出してくる。

私は、それを見ていると、「三月三日という節句を、共に楽しみたいという一心で用意していた桃の花を、一日遅れで見せようとして、観賞用に折り取って女房たちが持参するのは、まことに残念なことだ」という思いが湧いてくる。すると、心の状態が平静ではいられなくなって、無意識のうちに歌を紙に書き付けていた。

（道綱の母）待つ程《ほど》の昨日過《きのふす》ぎ《飲(す)き》にし花《はな》の枝《え》は今日《けふ》折《を》る事《こと》ぞ甲斐無《かひな》かりける

（昨日は、空しくあの人が来るのを待っていたのだが、待ちきれなくなって、とうとう、自分一人で、桃の花を浮かべたお酒を飲んでしまった。昨日、見事な桃の枝を用意して、そこから桃の花びらを取って、盃に浮かべて二人で飲もうと考えていた趣向は、無駄になった。節句を過ぎた今日になって、桃の枝を折り取って昨日の代わりにしても、昨日ならば得られるはずだった「夫婦二人揃って長生きして健康に暮らす」という効き目《きめ》は、とても得られないだろう。）

私は、自分で自分の書いた歌を読み返してみた。歌の行間から、節句という、大切な日に来てくれなかったあの人への恨みや、その大切な日に、あの人と一緒に桃の花を眺め、お酒を飲んでいただろう「町の小路の愛人」への怒りが滲《にじ》み出ているのがわかり、自分で詠んだ歌なのに、なぜか憎たらしく感じた。それで、あの人の目には触れないように隠そうとしたのだが、あの人は、それをめざとく見つけて、私の手から奪い取った。その歌を読んだあの人は、歌を返した。

（兼家）三千年《みちとせ》を見《み》つべき身《み》《実(み)》には年毎《としごと》に好《す》《飲(す)》くにもあらぬ花《はな》と知《し》らせむ

（中国の崑崙《こんろん》に住んでいるという女神・西王母《せいおうぼ》の桃は、三千年に一度だけ実るという伝説があります。その桃を食べれば不老不死が得られます。あなたと私の夫婦関係も、これから三千年も続くものだと確信していますよ。三千年も、あなたと私は夫婦であり続けるのだから、毎年毎年、桃の花をひたしたお酒を飲んで、一年ごとの愛を誓い合うというような、短期間の愛ではないのです。昨日一日、私がここに来なかったからと言って、お怒りになることはないのじゃないですか。）

私たちのやり取りを、女房から伝え聞いた、姉の夫も、昨日顔を見せなかったことの弁解を、兼家殿に倣《なら》って歌に詠んだらしかった。

（藤原為雅）花《はな》により好《す》く《飲(す)く》てふ事《こと》の由由《ゆゆ》しきに余所《よそ》ながらにて暮《く》らしてしなり

（桃の花をお酒に浮かべて飲むのは、楽しいことですが、それを期待して三月三日には必ずお邪魔するのだと誤解されては、私としても面白くはありません。私は、それほど軽薄な色好みではありません。そのため、昨日は、こちらにお伺いしたかったのですが、我慢して、別の所で時間をやり過ごしていたのですよ。）

【評】「すく」は、水などで流し込むようにして食べることで、漢字を宛てれば「飲く」「食く」などと書く。『重之集《しげゆきしゅう》』に、

　　桃の花飲《す》ける人の、打《う》ち酔《ゑ》ひてあるを見て

人知れず好《す》くとは聞けど桃の花色に出《い》でては今日ぞ見えける

という歌がある。この歌は「好く」と「飲く」の掛詞であり、姉の夫である藤原為雅の歌と同じ技法である。

兼家は、西王母の伝説を持ち出している。『拾遺和歌集』には、凡河内躬恒《おおしこうちのみつね》の、

三千年《みちとせ》に生《な》るてふ桃の今年より花咲く春に遇《あ》ひにけるかな

という歌がある。坂上是則《さかのうえのこれのり》の作とする説もある。漢の武帝が、不老長寿の桃を授かったという伝説を踏まえ、盛代を称える歌である。

兼家の歌は、三千年を見据えた長期的な視野で人間関係を把握すべきで、一日や二日の途絶えなど取るに足らないという発想である。それに対して、『蜻蛉日記』の作者は、「今」という一瞬を大切に生きている。

14　姉も去りて、孤独の日々

斯《か》くて、今《いま》は、此《こ》の、町《まち》の小路《こうぢ》に、態《わざ》と、色《いろ》に出《い》でにたり。今《いま》は人《ひと》をだに、「奇《あや》しう、口惜《くや》し」と思《おも》ひ気《げ》なる時勝《ときが》ちなり。（道綱の母）「言《い》ふ方無《かたな》う心憂《こころう》し」と思《おも》へども、何業《なにわざ》をかはせむ。

此《こ》の今一方《いまひとかた》の、出《い》で入《い》りするを見《み》つつ有《あ》るに、（藤原為雅）「今《いま》は、心安《こころやす》かるべき所《ところ》へ」とて、率《ゐ》て渡《わた》す。止《と》まる人《ひと》、増《ま》して、心細《こころぼそ》し。（道綱の母）「影《かげ》も、見《み》え難《かた》かンべい事《こと》」など、忠実《まめ》やかに悲《かな》しう成《な》りて、車寄《くるまよ》する程《ほど》に、斯《か》く、言《い》ひ遣《や》る。

（道綱の母）何《な》ど斯《か》かる嘆《なげ》き《木(き)》は繁《しげ》さ増《ま》さりつつ人《ひと》のみ離《か》るる宿《やど》と成《な》るらむ

返《かへ》り事《ごと》は、夫《をとこ》ぞしたる。

（為雅）思《おも》ふてふ我《わ》が言《こと》の葉《は》を徒人《あだびと》の繁《しげ》き嘆《なげ》き《木(き)》に添《そ》へて恨《うら》むな

など言《い》ひ置《お》きて、皆《みな》、渡《わた》りぬ。

［訳］　桃の節句の当日に、顔を見せなかったことからもわかるように、あの人は、今となっては、「町の小路の女」のもとへ通うことを、私に対して、意図的に隠そうとしなくなった。世間的にも、公然と、愛人としての扱いを始めたのである。

今となっては、あの人の人間性までが疑われ、「あの人と結ばれたのは、まったく納得のゆかない、おかしな運命だった。そういう人との婚姻を断固としてことわらなかった自分の判断も、悔やまれる」と思う機会が増えてきたのだった。けれども、もはや子どもまで生《な》したからには、どうしようもなく、時間をあの人と出会う以前にまで巻き戻すことは不可能なのだった。

私たち夫婦は、このように危機を迎えていたが、同じ屋敷で暮らしている姉のもとには、夫が足しげく通ってきていた。姉の夫の藤原為雅《ためまさ》殿は、私の夫の兼家殿より身分は低いのだが、誠実さがある。私は、仲の良い姉夫婦を羨ましく眺めていたが、為雅殿は姉を、別の所に住まわせて、そこで新たな家庭を作りたいと考えるようになった。為雅殿としては、「自分は、毎晩、妻のもとに通って来ているのに、妻の妹……私のことである……のところには兼家殿の訪れがとだえがちであり、何となく気まずい」という、私への心配りだったのかもしれない。そうなると、後《あと》に残される私の孤独は、いっそう深くなってしまう。

「もう、姉君のお顔も、めったなことでは見られなくなってしまうのだろうか」と思うと、本心から悲しい。姉が、いよいよ屋敷を去るに当たって、牛車に乗り込もうとしている時、私は、次のようにお別れの歌を詠み贈った。


（道綱の母）何《な》ど斯《か》かる嘆《なげ》き《木(き)》は繁《しげ》さ増《ま》さりつつ人《ひと》のみ離《か》るる宿《やど》と成《な》るらむ

（どうして、私の人生は、深い「嘆き」という「木《き》」が生《お》い茂ってゆく一方なのでしょうか。「嘆き」は加わる一方なのに、一緒にこの建物で暮らしていた人は、父親が去り、姉君が去る、というように、少なくなる一方です。私の心も、枯野のように寂寥を極めています。そのことが不思議でなりません。姉君には、いつまでも一緒にいていただきたかったです。）

この歌の返事は、姉からではなく、その夫から贈られてきた。姉が、口に出しては言いにくいことを、夫が代弁してくれたのだろう。歌自体は、姉の立場で、その気持ちを詠んでいた。

（為雅）思《おも》ふてふ我《わ》が言《こと》の葉《は》を徒人《あだびと》の繁《しげ》き嘆《なげ》き《木(き)》に添《そ》へて恨《うら》むな

（親愛なる、我が妹よ。私は、あなたを心から愛していますし、これからのあなたの生き方を心配していますよ。こんなふうに口にしても、あなたは、巧言令色で仁の鮮《すくな》い兼家殿のお言葉を信じない習慣になっておられますから、私の言葉も信じられないかもしれません。けれども、私の愛情に溢れた言葉を、兼家殿の言葉と同列に考えて「嘘」だと思い込んで、恨んでくださいますな。）

このように言い置いて、姉たち夫婦は引っ越していった。

［評］　父親に続いて、姉も去った。作者の孤独は深まるばかりである。

本文の「虫食い算」を説明しておくと、この節の書き出し近くの「今は人をだに」の箇所は、写本では「本は人をだに」と書かれている。これを、「今は人をだに」と改めるのが通説なのだが、そのほかにも「本は人をだに」「本つ人だに」などと改める節があり、決着が付いていない。

また、「思《おも》ひ気《げ》」という言葉も珍しい。「日本国語大辞典」などで「おもいげ」が立項されているが、そこで挙がっている用例は、この『蜻蛉日記』の場面である。このように、「珍しい言葉だな」と思って辞書を引くと、『蜻蛉日記』の用例が書かれていることがしばしばある。『蜻蛉日記』が、険しい散文の道を切り開いたということでもあるだろうし、『蜻蛉日記』は「虫食い」だらけの本文なので、「本来の言葉」でない形で現在まで読まれてきたということなのかもしれない。

15　兼家の本妻・時姫と共闘できず

思《おも》ひしも著《しる》く、唯一人《ただひとり》、伏《ふ》し起《お》きす。

大方《おほかた》の世《よ》の打《う》ち合《あ》はぬ事《こと》は無《な》ければ、唯《ただ》、人《ひと》の心《こころ》の思《おも》はずなるを、我《われ》のみならず、（世間の噂）「年頃《としごろ》の所《ところ》にも、絶《た》えにたンなり」と聞《き》きて、文《ふみ》など通《かよ》ふ事《こと》有《あ》りければ、五月三日《さつきみか》・四日《よか》の程《ほど》に、斯《か》く、言《い》ひ遣《や》る。

（道綱の母）其所《そこ》（底（そこ））にさへ離《か》る（刈（か）る）ると言《い》ふなる真菰草《まこもぐさ》如何《いか》なる沢《さは》に根《ね》（寝（ね））を留《とど》むらむ

返《かへ》し、

（時姫）真菰草《まこもぐさ》離《か》る（刈（か）る）とは淀《よど》の沢《さは》なれや根《ね》（寝（ね））を留《とど》むてふ沢《さは》は其所《そこ》（底（そこ））とか

【訳】姉が、この家を去ってからは、かねて予想していた通り、来る日も来る日も、私は一人で、毎日を過ごすようになった。

世間的に見ると、私と兼家殿との夫婦関係は、子どもに恵まれたこともあって、取り立てて破綻しているなどということはないだろう。けれども、あの人の私への愛情は、確実に薄れつつあり、それがまことに不満であった。

あの人への不満を抱えているのは、私よりも先に、あの人の妻となっていた時姫《ときひめ》様も同じであるらしく、世間の人が、「兼家殿が町の小路の女の家に入りびたっているので、時姫様の所へも足が遠のいているようだ」と噂しているのを、私は女房たちとの会話で耳にした。

時姫様とは、これまでにも何度か、季節の挨拶や届け物などで手紙を交《か》わしたことがあったので、私は思い切って、彼女に歌を贈ることにした。時は、五月の三日か四日のことだった。というのは、「端午《たんご》の節句の直前だった」という記憶があるからである。

(道綱の母)其所《そこ》《底(そこ)》にさへ離《か》《刈(か)る》ると言《い》ふなる真菰草《まこもぐさ》如何《いか》なる沢《さは》に根《ね》《寝(ね)》を留《とど》むらむ

(今の季節、淀《よど》の沢辺《さわべ》では、生《お》い茂った真菰草の若草を刈り取っていることでしょう。刈り取られた真菰草は、水の底にある根っこから枯れてしまいます。水草のような兼家殿は、私の所だけでなく、あなたの所からも「離《か》る」、つまり足が遠のいて離れてしまった、と聞いています。真菰のようなあの人は、今頃、どんな所に根を下ろして、新しい芽生《めば》えを計画していることでしょう。私たち二人から夜離《よが》れしたあの人は、町の小路の女とやらの所で、共寝しているというではありませんか。時姫様、そんなことをさせておいて、よろしいのですか。私たち二人で協力してできることが、何かないでしょうか。)

私は、この歌を贈ることで、時姫様と力を合わせて、新しい愛人に現《うつつ》を抜かしているあの人を、とっちめてやろうという算段だったのだが、時姫様からの返事は、にべも無かった。

（時姫）真菰草《まこもぐさ》離《か》る《刈(か)る》とは淀《よど》の沢《さは》なれや根《ね》《寝(ね)》を留《とど》むてふ沢《さは》は其所《そこ》《底(そこ)》とか

（馴れ馴れしいお手紙は、迷惑千万です。真菰草のような兼家殿が「離《か》る」、遠ざかるのは、おっしゃるとおり私の所ですが、私の所を夜離《よが》れして、新しい根を下ろし、共寝しているのは、あなたの所だと理解しておりますよ。私から見ましたら、あなたも、町の小路の女も、同類なのですよ。）

［評］　この時、時姫は、まだ道隆しか生んでいないようである。時姫と作者は、まだ張り合える関係だった。

作者は、時姫に対して、自分の存在が彼女を苦しめているという自覚がない。「町の小路の女」に対して、あれほど憎悪をあらわにするのに、時姫とは友好関係を築こうとしている。時姫からしたら、まことに「ありがた迷惑」だろう。

ところで、「真菰草」を詠んだ和歌を調べてゆくと、平安時代を代表する女性歌人・和泉式部に用例が多いことに気づく。少し、『和泉式部集』の歌を記しておこう。

真菰草同じ汀《みぎは》に生《お》ふれども菖蒲《あやめ》を見てぞ人も引きける
淀渡《よどわた》り雨にはいとど真菰草まことにそれをねになかれにし
深沢田《ふかさはだ》汀隠《みぎはがく》れの真菰草昨日《きのふ》菖蒲に引かされにけり
真菰草まことに我《われ》は思へどもさも浅ましき淀《よど》の沢水《さはみづ》

ただし、これだけ真菰草を詠んでいるのに、『蜻蛉日記』の真菰草の歌と同じ掛詞はない。

16　男に飽きられる秋の訪れ

六月《みなづき》に成《な》りぬ。朔日掛《ついたちか》けて、長雨《ながあめ》、甚《いた》うす。見出《みい》だして、独《ひと》り言《ごと》に、

（道綱の母）我《わ》が宿《やど》の嘆《なげ》き《木(き)》の下葉《したば》色深《いろふか》く移《うつ》ろひにけり長雨降《ながめふ》る《眺(なが)め 経(ふ)る》間《ま》に

など言《い》ふ程《ほど》に、七月《ふみづき》に成《な》りぬ。

（道綱の母）「絶《た》えぬと見《み》ましかば、仮《かり》に来《く》るには増《ま》さりなまし」など、思《おも》ひ続《つづ》くる折《をり》に、

物《もの》したる日《ひ》、有《あ》り。物《もの》も言《い》はねば、索索《さうざう》し気《げ》なるに、前《まへ》なる人《ひと》、有《あ》りし「下葉《したば》」の事《こと》を、物《もの》の序《つい》でに、言《い》ひ出《い》でたれば、聞《き》きて、斯《か》く言《い》ふ。

（兼家）折《をり》ならで色付《いろづ》きにける紅葉葉《もみちば》は時《とき》に遇《あ》ひてぞ色増《いろま》さりける

と有《あ》れば、硯《すずり》、引《ひ》き寄《よ》せて、

（道綱の母）秋《あき》《飽(あ)き》に遇《あ》ふ色《いろ》こそ増《ま》して侘《わ》びしけれ下葉《したば》をだにも嘆《なげ》きしものを

とぞ書《か》き付《つ》くる。

［訳］　六月になった。この月の上旬から、例年になく長雨《ながあめ》が降り続いた。あの人の訪れも遠のいているので、ぼんやりと物思いに耽《ふけ》りつつ、部屋の中から庭のほうを眺めていた。すると、小野小町の「花の色は移りにけりな徒《いたづ》らに我《わ》が身世《みよ》に経《ふ》る眺《なが》めせし間《ま》に」という歌を思い出した。季節は異なるものの、小町の心境が、私には痛いほどに理解できた。そこで、独り言のようにして、歌を詠んだ。

（道綱の母）我《わ》が宿《やど》の嘆《なげ》き《木(き)》の下葉《したば》色深《いろふか》く移《うつ》ろひにけり長雨《ながめ》《眺(なが)め》降《ふ》る《経(ふ)る》間《ま》に

（夏も深くなった。我が宿の木々の緑は、生《お》い茂る一方であり、私の「嘆き、」という「木」

も、あの人が来ないので鬱蒼と伸び続けている。長雨が降り続くので、しばらく庭の景色を見ていなかった間《あいだ》に、木々の下葉《したは》の色が綺麗な緑から、くすんだ緑に色褪《いろあ》せてしまっている。まるで、私の容色の衰えのようだ。あの人の訪れが絶えたのは、そのためだったのか。)

あの人の訪れもないままに、七月になり、秋が来た。

「偶《たま》にやってくるよりは、いっそのこと、まったく訪れが無くなってしまうほうが、どんなにか気が楽なことだろう」などと悩んでいる折《おり》も折《おり》、あの人が、珍しく我が家に足を運んだことがあった。私は、あの人にどう話しかけて良いやら、そして、あの人の問いかけにどう応じたら良いやら、わかりかねて黙っていると、あの人は、手持ち無沙汰な様子だった。

それを見かねた女房が、あの人のご機嫌を取ろうと、どうした話の継ぎ目であったか、きっかけを見つけて、前の月に私が詠んだ「我《わ》が宿《やど》の嘆《なげ》きの下葉《したば》色深《いろふか》く移《うつ》ろひにけり長雨《ながめ》降《ふ》る間《ま》に」という歌のことを話題にして、あの人に紹介した。あの人は、私が詠んだ歌を耳で聞いて、すぐに口ずさみに返事をした。

(兼家)折《をり》ならで色付《いろづ》きにける紅葉葉《もみちば》は時《とき》に遇《あ》ひてぞ色増《いろま》さりける

（その歌を詠んだのは、六月で、まだ夏ではありませんか。夏なのに下葉の色が変わったというのは、見込みがあります。本当の秋が来ると、下葉だけでなく表面の葉っぱも、さらにいよいよ美しい紅葉に変わることでしょう。あなたの容色も、二十一歳の女盛りを迎えて、これからますます美しくなってゆくと思いますよ。）

この歌を聞いた瞬間、またしても小野小町の歌が脳裏をよぎった。「秋風に遭《あ》ふ頼《たの》みこそ悲しけれ我が身空《むな》しく成《な》りぬと思へば」。「頼み」と「田《た》の実《み》」、「我が身」と「実《み》」の掛詞である。

私は、あの人に、声を出して唱和するのは、気が進まないので、硯を引き寄せて、紙にはっきりとした文字で歌を書き記して、あの人に見せつけた。

（道綱の母）秋《あき》《飽(あ)き》に遇《あ》ふ色《いろ》こそ増《ま》して侘《わ》びしけれ下葉《したば》をだにも嘆《なげ》きしものを

（夏の頃は、ふだんは目に入らないはずの、長雨に当たって色褪せた下葉ですら、容貌の衰えつつある我が身になぞらえられて嘆いたものです。今は秋になって、表面の葉っぱまで目に見えて色変えるのは、容貌の衰えがますます顕著になったものと、悲しく思っています。それも、あなたの心に、私を「飽き」る「秋」が訪れたからですわ。）

［評］小野小町の歌を踏まえ、時の移ろいを嘆く述懐が詠まれている。一人の時は、心の中で無限の思いが増殖しているのに、いざ、兼家が目の前に座っていると、作者は急に無口になる。

美しい女が、目の前で無言で座っている。この時に男が感じる、いたたまれない気持ちは、たとえば『源氏物語』で、光源氏が葵の上を前にして感じる窮屈さと通じている。兼家が夢中になっている「町の小路の女」は、さしずめ夕顔か。『蜻蛉日記』を読んでいると、虚構の物語である『源氏物語』の人間関係が重なってくる。

17 煙比《けぶりくら》べ

斯《か》く、歩《あり》きつつ、絶《た》えずは来《く》れども、心《こころ》の解《と》くる世無《よな》きに、離《あ》れ増《ま》さりつつ、来《き》ては、気色悪《けしきあ》しければ、「倒《たふ》るるに、立山《たちやま》」と、立《た》ち帰《かへ》る時《とき》も有《あ》り。

近《ちか》き隣《となり》に、心延《こころば》へ知《し》れる人《ひと》、出《い》づるに合《あ》はせて、斯《か》く言《い》へり。

（隣の人）藻塩《もしほ》焼《や》く煙《けぶり》の空《そら》に立《た》ちぬるは燻《ふす》べやしつる燻《くゆ》る《悔(く)ゆる》思《おも》ひ《火(ひ)》に

など、隣賢《となりさか》しらするまで、燻《ふす》べ交《か》はして、此《こ》の頃《ごろ》は、事《こと》と、久《ひさ》しう見《み》えず。

［訳］　このように、あの人は、何人かの女たちの間を行ったり来たりしながら、平然と過ごしている。最初から、あの人は、こういう生き方をしたいと望んでいたのだろう。私との関係も、すっかり途絶え果てたかと言えば、そうでもなく、時たま、思い出したように姿を現すのだった。プライドが高すぎる私に、「何人かいる妻たちの中の一人」という扱いを受け容《い》れるようにと、あの人は仕向けているのだろう。

そういう訪問をされても、私が嬉しい顔をできるはずがない。私が心からあの人に打ち解けていないことが、はっきりわかるのだろう、あの人の足はいっそう遠のいてゆくのだった。

たまに我が家に来ても、私の機嫌がよくないので、あの人は、「倒《たお》るるに立山《たちやま》」という諺そのままに、来るやいなや、そそくさと帰っていったこともあった。この諺は、障害物に転んで倒れた人が、さっと立ち上がり、その嫌な場所を立ち去るように、嫌なことがあったり、困ったりしたことがあったら、すぐにその場から離れる、という意味である。あの人は、私の仏頂面《ぶっちょうづら》を目にすると、「困ったな、触《さわ》らぬ神に祟《たた》りなしだな」と言わんばかりの顔をして、とばっちりを避けるように、そそくさと立ち上がって部屋から出てゆくのである。

我が家の近くに、私たち夫婦の微妙な関係を知っている人が住んでいた。ある時、兼家殿が我が家に来てすぐ、憤然として立ち去った直後に、歌を寄越してきた。

（隣の人）藻塩焼《もしほや》く煙《けぶり》の空《そら》に立《た》ちぬるは燻《ふす》べやしつる燻《くゆ》る《悔(く)ゆる》思《おも》ひ《火(ひ)》に

（今、あなたのお屋敷を出て行かれたご主人の乗った牛車から、真っ白な湯気《ゆげ》が空に立ち上っているのが、私の目には見えましたよ。まるで、浜辺で海水を煮《に》つめて塩を作る海《あ》人《ま》たちが燃やしている藻塩《もしお》の煙のようでした。あれだけご主人がかっかしておられたのは、あなたのほうでもかっかと、嫉妬の焔《ほむら》を燃やしておられたからでしょう。夫婦で、どちらが相手よりもかっかするか、煙比《けぶりくら》べ（煙合戦）をしているのですか。今のままでは、お互いに後悔することになりますよ。）

隣人からも、こんな余計なお節介を焼かれるくらいに、私とあの人は、相手に対しての不満を燃やし合っていた。この頃は、特に、あの人の訪問が途絶えがちなのだった。

［評］この節の冒頭の「斯《か》く、歩《あり》きつつ」は、原文では「かくありつゝき」である。この虫食い算も復元は困難で、「斯く、ありありて」とする説もある。

「倒るるに立山」は、当時の諺だとされる。「山」という言葉を含む諺には、「恋の山には孔子《くじ》の倒《たお》れ」がある。礼を重んじる儒教を説いた聖人君子の孔子様であっても、女性を好きになると、奥山で道に迷って行き倒れになるように、恋で苦しむことになる、という意味である。

それにしても、作者に「嫉妬もほどほどにしなさい」とアドバイスした隣人は、誰なのだろう。姉は既に、その夫と共に去って行った。あるいは、同居している母親か叔母かとも思われるが、よくわからない。

お互いに我《が》を張って、自分から先に謝れない。二人の「煙比《けぶりくら》べ」が、かなり戯画的に描かれているが、悲劇の寸前なのでもある。

18 小弓の矢

直《ただ》なりし折《をり》は、然《さ》しもあらざりしを、斯《か》く、心憧《こころあくが》れて、如何《いか》なる物《もの》も、そこに、打《う》ち置《お》きたる物《もの》、留《とど》めぬ癖《くせ》なむ有りける。

（道綱の母）「斯《か》くて止《や》みぬらむ。其《そ》の物《もの》と思《おも》ひ出《い》づべき便《たよ》りだに無《な》くぞ有《あ》りけるかし」と思《おも》ふに、十日《とをか》許《ばか》り有《あ》りて、文《ふみ》有《あ》り。何《なに》くれと言《い》ひて、（兼家）「帳《ちやう》の柱《はしら》に、結《ゆ》ひ付《つ》けたりし小弓《こゆみ》の矢《や》、取《と》りて」と有《あ》れば、（道綱の母）「此《これ》ぞ有《あ》りけるかし」と思《おも》ひて、解《と》き下《お》ろして、

（道綱の母）思《おも》ひ出《い》づる時《とき》も有《あ》らじと思《おも》へども矢《や》と言《い》ふにこそ驚《おどろ》かれぬれ

とて、遣《や》りつ。

［訳］　あの人には、悪い癖があった。私たちの仲がうまくいっていた時には、この癖には気づくことはなかったのだが、あの人が「町の小路の女」に入れ揚《あ》げて、理性を失ってしまうと、それまでは隠れていた癖が、はっきりと見え始めたのだ。それは、私の家に持ってきた品物を、なるべく持ち帰って、後には残さないという性癖だった。

私は、「私たち夫婦の仲は、これで終わりだろう。完全に別れた後には、これがあの人の形見であると思うような品物は、もはや何一つとして我が家には残っていないだろう」と思うと、悲しいような、清々《せいせい》するような心境だった。

あの人が最後に顔を出してから十日ほどして、手紙が届いた。文面には、どうでもよいようなことが、くどくどと書かれていた。読みながら、「何が、この手紙の目的なのだろうか」と不審に思っていると、最後に、この手紙を書いた真の目的が書かれていた。「二人で息《やす》む帳台《ちょうだい》の柱に、魔除《まよ》けのために、小弓の矢が結び付けられていたはずなんだ。それを取りはずして、こちらに送り返してくれないかな」。

私は、「そうか。まだ、こんなものが、あの人の形見として、私の部屋に残っていたのか」と思うと、面白かった。早速、女房に命じて、小弓の矢を柱からほどいてはずさせ、その矢に歌を書いた紙を結び付けて、送り返した。

（道綱の母）思《おも》ひ出《い》づる時《とき》も有《あ》らじと思《おも》へども矢《や》と言《い》ふにこそ驚《おどろ》かれぬれ

（あなたが私をお忘れであるように、私もあなたの存在を忘れてしまいそうです。あなたを思い出す形見の品物すら、もはや、この家には何も残っていないのですから。でも、お手紙で「矢」を送ってほしい、と書いてあったので、「やっ（あっ、矢があった）」と、あなたを思い出す形見を発見したことです。）

［評］　この節の冒頭の「そこに、打《う》ち置《お》きたる物《もの》、留《と》めぬ癖《くせ》なむ有りける」とした箇所の原文は、「うかにうちをきたるものとみえぬくせなむありける」である。この「虫食い箅」の解決策の一つが、「そこに、打《う》ち置《お》きたる物《もの》、留《と》めぬ癖《くせ》なむ有りける」であり、兼家の側の癖を意味している。虫食い箅の解決策のもう一つは、「そこに、打ち置きたる物も、見《み》えぬ癖《くせ》なむありける」で、これは作者の側の癖だということになる。

本書の訳文では、兼家の癖として訳したので、作者の側の癖としても、訳しておこう。

「私には、良くない癖があった。あの人との仲がうまくいっていた時には、そんなことはなかったのだが、町の小路の女のせいで、あの人との仲がうまくゆかなくなると、私の心はぼっ〜っとしてしまい、それまでは自覚しなかった癖が顕在化してきたのだった。それは、そこにあるものでも、突然に、私の目には見えなくなってしまう、という病気だった」。

岡一男は、ここに『蜻蛉日記』の作者の「ヒステリー性失明症」を読み取った。私は、この作者に対して、『源氏物語』の六条御息所にも通じる「霊になりうる力」を感じ、畏《おそ》れに近い感情を抱く時がある。けれども、それは「ヒステリー性」とは違うのではないか。そこで、本書では兼家の側の癖と見て、訳した。

この歌は、『後拾遺和歌集』の「誹諧歌《はいかいか》」（駄洒落などの滑稽な歌）に入っている。

入道摂政、離《か》れ離《が》れにて、さすがに通《かよ》ひ侍りける頃、帳の柱に、小弓《こゆみ》の箭《や》を結《むす》び付けたりけるを、外《ほか》にて、取りに遣《おこ》せて侍りければ、遣《つか》はすとて、詠める

大納言道綱母

思《おも》ひ出《い》づる時《とき》も有《あ》らじと思《おも》へども矢《や》と言《い》ふにこそ驚《おどろ》かれぬれ

名詞の「矢《や》」と、感動詞の「や」との掛詞の面白さが、高く評価されている。作者の独創的な言語感覚である。これだけ巧みに自己表現できる人物が、ヒステリー性であることはないだろう。

19　家の前を、素通りされる

斯《か》くて、絶《た》えたる程《ほど》、我《わ》が家《いへ》は、内裏《うち》より参《まゐ》り罷出《まかづ》る道《みち》にしも有《あ》れば、夜中《よなか》・暁《あかつき》と、打《う》ち咳《しはぶ》きて打《う》ち渡《わた》るも、（道綱の母）「聞《き》かじ」と思《おも》へども、打《う》ち解《と》けたる寝《い》も寝《ね》られず。夜《よ》、長《なが》うして、眠《ねぶ》る事無《ことな》ければ、（道綱の母）「然《さ》、なンなり」と見聞《みき》く心地《ここち》は、何《なに》にかは似《に》たる。（道綱の母）「今《いま》は、如何《いか》で、見聞《みき》かずだに有《あ》りにしがな」と思《おも》ふに、（女房たち）「昔《むかし》、好《す》き事《こと》せし人《ひと》も、今《いま》は御座《おは》せずとか」など、人《ひと》に付《つ》きて、聞《き》こえ言《ご》つを聞《き》くを、物《もの》しうのみ思《おぼ》ゆれば、日暮《ひぐ》れは悲《かな》しうのみ思《おぼ》ゆ。

［訳］　このようにして、兼家殿の訪れは、途絶えてしまった。私の家は、一条西洞院《いちじょうにしのとういん》にあり、「左近《さこん》の馬場《ばば》」の端《はし》に接している。我が家の東のほうに、あの人が住んでいる京《きょう》極殿《ごくどの》がある。上東門《じょうとうもん》（土御門門《つちみかどもん》）から内裏《だいり》に入るあの人にとって、参内《さんだい》する時も退出する時も、我が家は彼の自宅と内裏を往復する途中にあったことになる。

あの人は、我が家に来ることはなくても、夜中や明け方に、内裏と自宅との往復の際に、我が家の前を、わざと「えへん、えへん」と大きな声を立てて咳払《せきばら》いをしながら、通り過ぎる。「ほら、僕だよ」ということを、訪れるつもりもない私に向かって知らせているのである。私は、あの人が我が家の前を「前渡《まえわた》り」する咳払いの声など、聞きたくもない。けれども、どうしても、聞こえてしまう。そうなると、私の心は千々《ちぢ》に乱れてしまい、もうそれからあとは眠ることもできない。

白楽天《はくらくてん》の「上陽白髪人《じょうようはくはつじん》」は、十六歳で玄宗皇帝の後宮《こうきゅう》に入った美女が、楊貴妃《ようきひ》に嫉《そね》まれて、上陽宮《じょうようきゅう》に幽閉され、空《むな》しく六十歳の白髪の人となったという漢詩である。さしずめ、容色が衰え、皇帝から忘れられた白髪人が「私」で、皇帝の寵愛をほしいままにしている楊貴妃が「町の小路の女」であろうか。白楽天の詩には、「秋の夜《よ》は長し。夜長《よなが》くして、眠ること無《な》ければ、天《てん》も明《あ》けず」とある。私もまた、白髪人の夜の嘆きを、再現しているのだった。だから、夜に、「あっ、あの人の咳払いだ」と聞いたり、昼間ならば、牛車が通るのを見たりする気持ちと言ったら、何にも喩えられないほど苦しい。

私は、「もう、こういう悲しい境遇になってしまったからには、あの人と関わることはいっさい見たくないし、聞きたくもない」と思うのだけれども、そうもいかないのが現実である。今日も、やはり、あの人の訪れは無かったと、私が絶望の淵に沈んでいる黄昏時《たそがれどき》に、私に仕えている女房たちが、世間話をしていて、「昔、兼家様と結婚なさる前に、奥方様に求婚したことのある男たちが、『最近、兼家殿は、とんとあなたをお見限りのようですね。私とお付き合いいただけませんか』などと言い寄ってきているようだ」などと、私の耳にも入るくらいの声で話しているのが、さらに私の悲しみを増大させるのだった。夕暮れ時は、まことに悲しい気持ちになる。

【評】「夜《よ》、長《なが》うして、眠《ねぶ》る事無《ことな》ければ」の部分が、白楽天の漢詩「上陽白髪《じょうようはくはつ》人《じん》」を踏まえている。この漢詩は、『源氏物語』でも引用されている。中でも、賢木《さかき》巻で、六条御息所が久しぶりに参内する場面で、「自分は十六歳で東宮に入内し、今また三十歳で参内した」と述懐する場面がある。この「十六歳」という年齢は、上陽白髪人を踏まえているとするのが丸山キヨ子説である。『蜻蛉日記』の作者と六条御息所の対応を考えている私から見て、はなはだ興味深いことである。

なお、『蜻蛉日記』の研究史では、この「夜《よ》、長《なが》うして、眠《ねぶ》る事無《ことな》ければ」を、「上陽白髪人」ではなくて『長恨歌』の引用だとする説も根強い。この場合には、

「孤灯挑尽未成眠、遅遅鐘鼓初長夜」を踏まえていることになる。ただし、「上陽白髪人」が、男に忘れられた女の嘆きがテーマであるのに対して、『長恨歌』は、愛する女と死に別れた男の嘆きをテーマとしている。『蜻蛉日記』の念頭には、「上陽白髪人」があったと考えるのが自然だろう。

なお、「『昔《むかし》、好《す》き事《ごと》せし人《ひと》も、今《いま》は御座《おは》せずとか』など、人《ひと》に付《つ》きて、聞《き》こえ言《ご》つ」の部分には、別の解釈がある。「まだ、結婚してから二年経《た》つか経《た》たないかですのに、もう大昔のような気がしますわ。昔は、あんなに気に入って、ここに通い詰めていたあのお方（＝兼家）も、今はまったくご無沙汰続きで、今日もおいでにならないようですわね」と読み解くのである。そう読めないこともない。

ただし、「2　最初からすれ違いだった」の、「然《さ》て、淡《あはつけ》かりし　好《す》き事《ごと》どもの、其《そ》れは其《そ》れとして」という文章との響き合いや、「30　あの人からの返事の長歌」との響き合いを考慮して、訳文を試みた。

20 切れた蜘蛛の糸のように訪れが絶えて

（世間の噂）「子《こ》ども、数多有《あまたあ》り」と聞《き》く所《ところ》も、（世間の噂）「無下《むげ》に絶《た》えぬ」と聞《き》く。（道綱の母）「哀《あは》れ。増《ま》して、如何許《いかばか》り」と思《おも》ひて、訪《とぶら》ふ。九月許《ながつきばか》りの事《こと》なりけり。（道綱の母）「哀《あは》れ」など、繁《しげ》く書《か》きて、

（道綱の母）吹《ふ》く風《かぜ》に付《つ》けても訪《と》はむ細蟹《ささがに》の通《かよ》ひし道《みち》は空《そら》に絶《た》ゆとも

返《かへ》り事《ごと》に、濃《こま》やかに、

（時姫）色変《いろか》はる心《こころ》と見《み》れば付《つ》けて訪《と》ふ風由由《かぜゆゆ》しくも思《おも》ほゆるかな

とぞ有《あ》る。

斯《か》くて、常《つね》にしも、え否《いな》び果《は》てで、時時見《ときどきみ》えて、冬《ふゆ》にも成《な》りぬ。伏《ふ》し起《お》きは、唯《ただ》、幼《をさな》き人《ひと》を翫《もてあそ》びて、（道綱の母）「如何《いか》にして、網代《あじろ》の氷魚《ひを》に言問《ことと》はむ」とぞ、心《こころ》にも有《あ》らで、打《う》ち言《い》はるる。

[訳]　兼家殿はこの頃は、「町の小路の女」に入れ揚げていた。私の家も、すっかりお

見限りである。また、私よりも早くあの人と結ばれて、私よりも多くの子どもに恵まれている時姫《ときひめ》様のお屋敷にも、「兼家殿の訪れは、まったくと言ってよいほどに途絶えている」と、世間でも噂されているようだ。私は時姫様の心境を思うと、「ああ、お労《いたわ》しい。私ですら打ちひしがれているのだから、まして、どのようにお嘆きのことであろうか」と思って、彼女に手紙を書いた。

時は九月くらいで、秋が深まる頃だった。私は、「ご同情申し上げます」など、心を込めて文章を書き綴った。そして、和歌を詠み添えた。

（道綱の母）吹《ふ》く風《かぜ》に付《つ》けても訪《と》はむ細蟹《ささがに》の通《かよ》ひし道《みち》は空《そら》に絶《た》ゆとも

（「我《わ》が背《せ》子《こ》が来《く》べき宵《よひ》なり細蟹《ささがに》の蜘蛛《くも》の振《ふ》る舞《ま》ひ兼《か》ねて著《しる》しも」という歌があります。夫が訪ねて来てくれる夕暮れには、蜘蛛の動きが活発になるそうです。その蜘蛛がまったく活動を止《と》めてしまい、あの人があなた様の許《もと》へと通う道が、まったく絶え果てまして、空には秋風だけが吹きすぎています。その風に言付《ことづ》けて、私はあなた様に、この手紙を届けたいと思います。）

時姫様からの返事は、以前には素《そ》っ気《け》もないものだったが、このたびは、こまごまと心境が書き連ねてあった。ただし、彼女の和歌には、私に対して含むところが感じられた。

（時姫）色変《いろか》はる心《こころ》と見《み》れば付《つ》けて訪《と》ふ風由由《かぜゆゆ》しくも思《おも》ほゆるかな

（秋風は、草や木の葉の色を変えてしまう力を持っています。人間の心にも、相手を思う心を変えてしまう、嫌な力が作用しています。あなたは今、秋風に言付《ことづ》けて私に手紙を送ってきましたが、人の心が簡単に移ろうことは、あの人との関係で身に沁《し》みて理解しています。あなたの心も、いつ変わるかもしれず、私への同情が、嫉妬や侮蔑に変わるかもしれません。そう考えると、秋風も、人の心も、あなたからの便りも、本当に忌々《いまいま》しく思えてなりません。）

こういうふうに、私と兼家殿との関係は冷えてゆく一方なのだったが、ごく稀には、どういう風の吹き回しか、あの人がやって来ることがある。そういう時に、私が仏頂面《ぶっちょうづら》をして、「あなたの顔など私の目は見たくありません」と言わんばかりの態度を取っても、あの人は平気で近寄ってくる。それを最後まで拒み通すこともできないので、ずるずると夫婦関係が、細々《ほそぼそ》とではあるが続いていた。そういうふうにして、季節は冬に入った。

ほとんど、あの人は来ないので、私は幼い息子の遊び相手をして、一日を過ごした。そんなある日、ふと私の口を出た言葉がある。「如何《いか》にして、網代《あじろ》の氷魚《ひを》に言問《ことと》はむ」。これは、「如何《いか》で猶網代《なほあじろ》の氷魚《ひを》に言問《ことと》はむ何《なに》に因《よ》りてか我《われ》を訪《と》はぬと」という歌の上の句である。

『拾遺和歌集』や『大和物語』には、「宇治に、網代《あじろ》の氷魚《ひお》を獲《と》る使いのため、公務出張するので、あなたとは逢えません」と言った男が、都に留《とど》まっているのを、女が咎《とが》めた歌として載っている。いつも、偽りの口実を楯にして訪問を怠けているあの人への恨《うら》み辛《つら》みが、その時は「冬」だったので、冬の風物詩である「氷魚」からの連想で、思わず口に出たのだろう。

この言葉を口にした私は、自分で言った言葉を耳にして、はっとした。「何《なに》に因《よ》りてか我《われ》を訪《と》はぬと」。あなたは、なぜ、私に逢いに来てくれないのですか。この歌を口ずさんだ私は、あの人を、心の奥底では待ち続けているのだろうか。私を顧《かえり》みない、薄情なあの人の訪れを。

こういうふうにして、私の二十一歳の一年は終わった。

［評］　この時点で、時姫の男の子は、まだ道隆のみだと推定される。超子（為尊《ためたか》親王や敦道親王の母）たち女の子も、生まれていたかどうか。時姫が「子《こ》ども、数多有《あまたあ》り」とされたのは、この時点での真実ではなくて、『蜻蛉日記』を執筆している時点の「時姫像」が流入・投影されているのである。

また、登場人物の官職名も、執筆時点でのものが記載されている。これも、作者が自分の永い人生を総括する際に、時間の軸が移動した結果である。男性貴族の「日記」は、毎日、その日に起きたことを備忘録として書き記すものである。『土佐日記』も、一応、日付がある。けれども、『蜻蛉日記』は、長い年数を、回顧するスタイルなので、厳密な「日記」ではない。『更級日記』も、『蜻蛉日記』のスタイルを踏襲している。

「網代の氷魚」の歌は、『源氏物語』総角《あげまき》巻でも引歌《ひきうた》されている。ただし、この歌の初句は、私が目にした範囲では「如何《いか》で猶《なほ》」である。『蜻蛉日記』で「如《い》何《か》にして」とあるのは、作者の記憶違いなのか。それとも、作者が書いた時点では「如何《いか》で猶《なほ》」だったのが、書写の過程で「如何《いか》にして」と書き誤られたのか。

V　天暦十一年＝天徳元年（九五七）　二十二歳

21　漢籍を返す

年《とし》、又《また》、越《こ》えて、春《はる》にも成《な》りぬ。此《こ》の頃《ごろ》、読《よ》むとて、持《も》て歩《あり》く書《ふみ》、取《と》り忘《わす》れても、猶《なほ》、取《と》りに致《おこ》せたり。包《つつ》みて遣《や》る紙《かみ》に、

（道綱の母）踏《ふ》み《書(ふみ)》置《お》きし浦《うら》も心《こころ》も荒《あ》れ《離(あ)れ》たれば跡《あと》を留《とど》めぬ千鳥《ちどり》なりけり

返《かへ》り事《ごと》、賢《さか》しらに、立《た》ち返《かへ》り、

（兼家）心荒《こころあ》る《離(あ)る》と踏《ふ》み《書(ふみ)》返《かへ》すとも浜千鳥浦《はまちどりうら》にのみこそ跡《あと》は留《とど》めめ

使《つか》ひ、有《あ》れば、

（道綱の母）浜千鳥跡《はまちどりあと》の止《と》まり《泊(と)まり》を訪《たづ》ぬとて行方《ゆくへ》も知《し》らぬ浦見《うらみ》《恨(うら)み》をやせむ

など言《い》ひつつ、夏《なつ》にも成《な》りぬ。

［訳］また、新しい年が来て、春が巡ってきた。私は二十二歳になった。この年から五年間は、私の記憶も曖昧なので、二十歳代の前半に起きた出来事を、まとめて書き記しておきたい。

兼家殿は、その頃、ある漢籍を熱心に読んでいて、どこへ行くにも持ち歩いて、少しずつ読み進めていたようだった。ある時、その書物を、私の家に置き忘れたことがあった。その頃は、既に述べたように、あの人の足が遠のいていて、私たちの夫婦関係がギクシャクしていたので、さすがにあの人も、私に「書物を送り届けてほしい」とは言い出しにくいだろうと予想していたが、彼にとってはよほど大切な書物だったと見えて、やはり、使いの者を取りに寄越《よこ》した。

私は、書物を綺麗な紙に包んで返してあげたが、その紙に、一首、歌を書き付けた。

（道綱の母）踏《ふ》み置《お》きし浦《うら》も心《こころ》も荒《あ》れたれば跡《あと》を留《とど》めぬ千鳥《ちどり》なりけり

（あちらこちら浜辺を踏み歩いた痕跡は、わずかに残っていましたけれども、海が荒れて高い波が押し寄せてきたので、千鳥の足跡《あしあと》はすっかり消えてしまいました。あなたも、ごく稀に我が家を訪ねてきて、漢籍まで置き忘れていきましたが、心が私からすっかり離れてしまっているのか、最近はとんとご無沙汰続きですね。）

これだけ批判されると、返事はしにくいだろうと思うものだが、あの人は、鉄面皮《てつめんぴ》に、すぐさま返事を寄越した。

（兼家）心《こころ》荒《あ》る《離(あ)る》と踏《ふ》み《書(ふみ)》返《かへ》すとも浜千鳥《はまちどり》浦《うら》にのみこそ跡《あと》は留《とど》めめ

（あなたは、書物を返却するついでに、私の心があなたから離れてしまったなどと不満を言ったけれども、私という浜千鳥は、あなたという浜辺を徘徊《もとお》り、そこを終《つい》の住みかとするしかないのだよ。）

この歌を持ってきた、あの人からの使いが、私からの手紙を待っているようすなので、返事したくはなかったけれども、歌を詠んで言《こと》づてた。

（道綱の母）浜千鳥《はまちどり》跡《あと》の止《と》まり《泊(と)まり》を訪《たづ》ぬとて行方《ゆくへ》も知《し》らぬ浦見《うらみ》《恨(うら)み》をやせむ

（さっきまで浜辺を歩いていた浜千鳥の姿が見えなくなったので、この浦の隅《すみ》から隅まで足跡を探し回りましたが、とうとう見つかりませんでした。浜千鳥は、どこへ行ってしまったのでしょう。浮気なあなたが、今日はどこへお泊まりなのか、探し求めても見つからず、私の心はあなたに裏切られた恨みでいっぱいです。）

こんなやりとりをしているうちに、夏になった。

［評］『蜻蛉日記』では、作者が二十二歳から二十六歳までの「年次《ねんじ》」、物語で言えば「年立《としだて》」が、はっきりしていない。『源氏物語』では、光源氏や薫の年齢を基準にすれば、作品の構造がすっきりと把握できる。物語では、巻と巻の間《あいだ》で、時間が何年も飛んだり、時間がさかのぼって過去の出来事が語られることがある。だから、主人公の年齢がしっかりしていないと、作品の全体像が見えなくなってしまう。

ところが、「日記」というジャンルは、基本的に、時間がさかのぼることはない。出来事が起きた順番で書き進められる。だからこそ、「新しい年になった」という記述が重要で、それによって、主人公である作者の年齢が確定する。それなのに、これから数年は、『蜻蛉日記』の作者の年齢は、あやふやである。この部分は、日記から物語に接近していると考えてもよいだろう。

22　町の小路の女、男児を生む

此《こ》の、時《とき》の所《ところ》に、子生《こう》むべき程《ほど》に成《な》りて、良《よ》き方選《かたえら》びて、一《ひと》つ車《くるま》に這《は》ひ乗《の》りて、一京《ひときやう》響《ひび》き続《つづ》きて、いと聞《き》き難《にく》きまで罵《ののし》りて、此《こ》の門《かど》の前《まへ》よりしも渡《わた》るものか。我《われ》は、我《われ》にもあらず、物《もの》だに言《い》はねば、見《み》る人《ひと》、使《つか》ふより始《はじ》めて、(侍女たち)「いと胸痛《むねいた》き業《わざ》かな。世《よ》に、道《みち》しもこそは有《あ》れ」など、言《い》ひ罵《ののし》るを聞《き》くに、「唯《ただ》、死《し》ぬるものにもがな」と思《おも》へど、心《こころ》にし適《かな》はねば、(道綱の母)「今《いま》より後《のち》、猛《たけ》くはあらずとも、絶《た》えて見《み》えずだに有《あ》らむ。いみじう心憂《こころう》し」と思《おも》ひて有《あ》るに、三日四日《みかよか》許《ばか》り有《あ》りて、文有《ふみあ》り。(道綱の母)「あさましう、冷《つべ》たまし」と思《おも》ふ思《おも》ふ、見《み》れば、(藤原兼家)「此《こ》の頃《ごろ》、此処《ここ》に患《わづら》はるる事有《ことあ》りて、え参《まゐ》らぬを。昨日《きのふ》なむ、平《たひ》らかに物《もの》せらるめる。穢《けが》らひもや忌《い》む、とてなむ」とぞ有《あ》る。あさましう、珍《めづら》かなる事《こと》、限《かぎ》り無《な》し。唯《ただ》、(道綱の母)「給《たま》はりぬ」とて、遣《や》りつ。使《つか》ひに、人《ひと》、問《と》ひければ、(兼家の使者)「男君《をとこぎみ》になむ」と言《い》ふを聞《き》くに、いと胸塞《むねふた》がる。

三日四日《みかよか》許《ばか》り有《あ》りて、自《みづか》ら、いともつれなく見《み》えたり。(道綱の母)「何《なに》か来《き》たる」とて、見入《みい》れねば、いとはしたなくて帰《かへ》る事《こと》、度々《たびたび》に成《な》りぬ。

[訳]　さて、例の、兼家殿の寵愛をほしいままにしている「町の小路の女」であるが、とうとうあの人の子を身ごもり、出産の日が近づいてきた。出産は、方角の良い場所でしようということで、出産にふさわしい家を占って決め、そこに移ることになった。

それはそれでよいとして、移動の仕方がはなはだ非常識であり、私から見て不愉快千万だった。同じ牛車に、あの女とあの人が相乗りし、その後《あと》にも二人に従う者たちの牛車が連なり、都中《じゅう》に響き渡るほどの大きな音を立てて車を引き回し、本人たちも、付き従っている従者たちも、わざとそういう声を上げているのだろうかと思えるほど、興奮した大声で喚《わめ》きちらしている。それだけでなく、私の家の前の道をわざわざ通って、まるで私に見せつけるかのように、牛車の列が通ってゆくではないか。「これ見よがし、聞こえよがし」とは、まさにこのことである。

私は、あまりの屈辱と怒りのため、理性も分別も吹き飛んでしまった。一言も口にできず、茫然自失《ぼうぜんじしつ》していると、私の面倒を見てくれる女房たちを始め、我が家に勤めている者たち全員が、「まことに、心臓が張り裂けそうなくらいの衝撃です」、「この世の中に、ほかに通って行く道は、いくらでもあるでしょうに」、「よりによって、この家の前を、しかも大声を上げて見せつけながら通ってゆくとは、何と悪意に満ちた仕打ちでしょう」などと、こちらも、我を忘れて大声で騒ぎ立てている。

家の外《そと》での、あの人と、あの女の仕打ち。家の中での、女房たちの動揺。内と外の両方から攻められて、この世に自分の居場所をなくした私は、「もう、一刻も早く死んでしまいたい」と思い詰めたのだが、命は、人間の自由になるものではないから、私は死ぬに死ねないで、屈辱の渦《うず》の真《ま》っ只中《ただなか》に投げ込まれたままだった。

私は、「もし、自分が死ねないのであれば、せめて次善の策として、これから先、死ぬまで、あの人と顔を合わせないで済ませたい。それくらい、つらくてならない」と思って、必死に耐えていた。すると、それから三日か四日しか経《た》たないうちに、あの人からの手紙が届いたではないか。私は驚きのあまり、「どうして、あの人は、あんな仕打ちをしておきながら、平然と私に便りができるのだろう。人間としての温かな感情や思いやりが、あの人には欠けている」と思いながら、いやいやあの人の手紙を開いて読んでみた。

すると、「最近、こちらのほうで、具合の良くない人がいて、その介抱でそちらには顔を出せなかったのだよ。それも、昨日、安産で、めでたく出産したという報告を受けている。ただし、出産は、赤不浄《あかふじょう》とか白不浄《しろふじょう》とか言って穢《けが》れの対象だから、そういう穢れを受けた身でそちらに伺うのも嫌われるかと遠慮しているのだよ」と書いてある。

何のことはない。町の小路の女に子どもが生まれたことを、この私に告げ知らせる手紙だったのだ。何ということを、あの人はするのだろう。いや、なぜ、こんなことができるのだろう。藤原兼家という男は、この世には滅多にいないほどの残酷な人だ、と私の怒りは、最高潮に達した。

返事を書く気持ちにもならないので、ただ、「手紙は、読みました」とだけ返事することにした。私の女房が、そのことを使いの者に伝えるついでに、「生まれたのは、男の子だったのかしら。それとも女の子かしら」と尋ねている。その質問に答える声が、私の耳にも聞こえてきた。「男君でした」。私からすると、最悪の結果なので、絶望のあまり、心臓が止まりそうになった。

それから三日か四日が経った頃、あの人が、のうのうと我が家に顔を出したではないか。申し訳なさなど、まったく感じていない鈍感な顔つきだった。私が、「何をしに来たのですか。何か御用でもおありですか。何の用もないのでしたら、お帰りください」と言わんばかりの顔で、意図的に目を合わせないようにしていたので、あの人は、さすがに居《い》づらくなったのか、すごすごと退散した。こんなことが、何度かあった。

［評］　作者が感じた屈辱は、『源氏物語』で、葵の上が光源氏の子を懐妊し、出産することを憎悪する、六条御息所の気持ちと重なる。

六条御息所は生霊《いきりょう》となって、葵の上を祟《たた》り殺した。『蜻蛉日記』の作者が、そうならずに済んだのは、彼女には『蜻蛉日記』の執筆があったからである。

むろん、町の小路の女の存在に苦しんでいる時点では、日記を書いてはいない。けれども、兼家と結婚してから、自分の人生を日記に書きたい、散文で自分の人生を総括したいという気持ちが強くなってきたのではないか。文学があれば、そして文学作品の作者の立場になれるのであれば、作中人物である六条御息所のようにならなくても済む。文学は、人の心を客観的なものにしてくれるからである。

23　裁縫の依頼

七月《ふみづき》に成《な》りて、相撲《すまひ》の頃《ころ》、古《ふる》き、新《あたら》しきと、一領《ひとくだり》づつ引《ひ》き包《つつ》みて、（町の小路の女）「此《これ》、せさせ給《たま》へ」とては有《あ》るものか。見《み》るに、目《め》、眩《く》るる心地《ここち》ぞする。古代《こだい》の人《ひと》は、（母親）「あな、いとほし。彼処《かしこ》には、え仕《つかうまつ》らずこそは有《あ》らめ」。生心《なまごころ》有《あ》る人《ひと》など、差《さ》し集《あつ》まりて、「漫《すず》ろはしや」、「えせで」、「悪《わ》ろからむをだにこそ聞《き》かめ」など定《さだ》めて、返《かへ》し遣《や》りつるも著《しる》く、（世間の噂）「此処《ここ》・彼処《かしこ》になむ、持《も》て散《ち》りてする」と聞《き》く。彼処《かしこ》にも、（兼家）「いと情《なさ》け無《な》し」とかや有《あ》らむ、二十日余《はつかあま》り、訪《おとづ》れも無《な》し。

［訳］　秋の初めの七月になって、下旬に催される相撲《すまい》の節会《せちえ》の頃となった。この年は、醍醐天皇の皇女で、兼家殿の父君・藤原師輔《もろすけ》様の妻である康子内親王様の逝去などがあり、結局は相撲の節会が中止になったのだが、中止が決まる以前に、兼家殿が着る衣服を調達してあげたことがあった。

すると、あの「町の小路の女」から、私の所に、手紙と、品物が届けられた。品物は、あの人の着古した着物を縫い直すのが一セット、新調すべき衣料が一セットだった。手紙には、「このお裁縫、よろしくお願い申し上げます」と書いてあるではないか。よりによって、この私に向かって、よくもまあ、ぬけぬけと、「お裁縫をお願いします」などと言えたものだ。私は、この手紙を読んだ瞬間に、目の前が真っ暗闇になったような怒りの感情に駆られた。

昔気質《むかしかたぎ》の母親は、性格もおっとりしているので、「まあ、かわいそうに。あちら様……町の小路の女のことである……には、きちんとしたお裁縫ができる女房が、誰もいないのでしょう」などと同情しているが、先方に対して含むところがある私の女房たちは、よってたかって、町の小路の女のことを悪し様《あざま》に批判し合う。「まったくもって、気に入らない頼み事です」、「あんな女のために、お裁縫をしてあげる必要など、絶対にありませんわ」、「自分たちだけでは、殿のお召し物が調達できなくて、恥を掻いたという噂を、ぜひとも聞きたいものです」などという具合である。この話し合いの結果、町の小路の女から届いた衣料は、そっくりそのままお返しした。

私たちが予想した通りで、あの女の所だけでは、兼家殿の着物の裁縫が間に合わなかったようだ。「あちらこちらに伝《つて》を頼って、部分部分を縫ってもらい、それを一つに組み合わせて、何とかその場を凌《しの》いだ」という噂は、後《あと》から聞いた。

今の兼家殿は、町の小路の女べったりだから、私の取った断固たる「突き返し」の処置を耳にして、私のことを「かわいげがない」と思ったのだろうか、その後、二十日間《はつかかん》ばかりは、訪れが絶えた。


［評］ 訳文では、作者が、「町の小路の女」から、兼家のための裁縫を頼まれた、という解釈に従った。このほか、町の小路の女が着るための裁縫を、作者が兼家から依頼された、とする解釈もある。

ちなみに、作者は、兼家の正室である時姫には、何度も手紙を出して、お付き合いを願っている。町の小路の女に対しては、完全無視である。このあたりの力関係が、興味深い。作者にとって、時姫は怒りの対象とはならず、町の小路の女はその存在のすべてが癪にさわるのである。

なお、『源氏物語』では、紫の上や花散里《はなちるさと》が、裁縫や染色の名手だった。『落窪物語』のヒロインの見事な裁縫も、称賛されている。

24　尾花に寄せて

如何《いか》なる折《をり》にか有《あ》らむ、文《ふみ》ぞ有《あ》る。（兼家）「参《まゐ》り来《こ》まほしけれど、慎《つつ》ましうてなむ。確《たし》かに、『来《こ》』と有《あ》らば、怖《お》づ怖《お》づも」と有《あ》り。（道綱の母）「返《かへ》り事《ごと》も、すまじ」と思《おも》ふも、此《これ》彼《かれ》、（女房たち）「いと情《なさ》け無《な》し」、「余《あま》りなり」など、物《もの》すれば、

（道綱の母）穂《ほ》に出《い》でて言《い》はじや更《さら》に大凡《おほよそ》の靡《なび》く尾花《をばな》に任《まか》せても見《み》む

立《た》ち返《かへ》り、

（兼家）穂《ほ》に出《い》でば先《ま》づ靡《なび》きなむ花薄《はなすすき》東風《こち》此方(こち)てふ風《かぜ》の吹《ふ》かむ随《まにま》に

使《つか》ひ有《あ》れば、

（道綱の母）嵐《あらし》のみ吹《ふ》くめる宿《やど》に花薄《はなすすき》穂《ほ》に出《い》でたりと甲斐《かひ》穎(かひ)や無《な》からむ

など、宜《よろ》しう言《い》ひ成《な》して、又《また》、見《み》えたり。

［訳］　いつ頃のことだったろうか、記憶は曖昧なのだが、尾花《おばな》（薄《すすき》）の季節だから、秋《あき》口《ぐち》であったことは確かだ。

あの人から、手紙があった。「あなたに逢《あ》いに行きたいのだけれども、例の女の件で、あなたがおかんむりのようだから、気が引けてね。あなたが、はっきりと『来てください』と言ってくれるのであれば、おそるおそるでも足を運びたいのだがね」と、いつもの鈍感さはどこへやら、変に下手《したて》に出て、私のご機嫌を取るように書いてある。

私としては、「返事もしたくない。ましてや、顔も見たくない」というのが本心なのだが、女房たちは、「それはあんまりです」、「あれだけプライドの高い殿様が、珍しく下手に出てくださっているのですから、ここでぴしゃりと拒絶するのは、あまりにもお心が冷たすぎます」などと、私たちの関係を融和させようと勧めるので、次のように言って遣《や》った。

（道綱の母）穂《ほ》に出《い》でて言《い》はじや更《さら》に大凡《おほよそ》の靡《なび》く尾花《をばな》に任《まか》せても見《み》む

（「薄《すすき》＝尾花《おばな》」から穂が顔を出して伸びると、高く抜きん出ているので、はっきりと人の目に見えるようになります。私も、「来てください」と言葉に出してはっきりわかるように言ってほしいと、あなたから期待されているのですが、そういう言葉を口に出すことはしたくないのです。薄は、北風が吹けば南に靡き、西風が吹けば東に靡きます。私も、あなたとのこれからの人生は、大体において、成りゆきに任せてみようと思っているのです。来るも来ないも、あなたの判断にお任せします。）

あの人からの返事は、すぐに届いた。

（兼家）穂《ほ》に出《い》でば先《ま》づ靡《なび》きなむ花薄《はなすすき》東風《こち》《此方（こち）》てふ風《かぜ》の吹《ふ》かむ随《まにま》に

（あなたが、薄の穂を出すように、「こちらに来てください」と言葉に出しておっしゃるのならば、薄の穂が東風に吹かれて西へ靡くように、すぐに私はあなたのもとに参上しますよ。人生を風に任せたいのは、私のほうです。）

この歌を持ってきたあの人の使いの者が、まだ残っていて、私の返事を待っているようなので、次のように詠んで、渡した。

（道綱の母）嵐《あらし》のみ吹《ふ》くめる宿《やど》に花薄《はなすすき》穂《ほ》に出《い》でたりと甲斐《かひ》《穎（かひ）》や無《な》からむ

（春を告げる東風ならば、薄は気持ちよさそうに西へと靡くでしょうが、激しい嵐が吹きつけると、せっかく伸びた「穎《かい》＝穂《ほ》」は吹き飛ばされてしまい、穂に出た甲斐がありません。あなたの冷たいお心に翻弄されている私としては、あなたに「来てください」と言葉に出しても、あなたから得られる愛はなく、何の効果もないことでしょう。）

このように、どうしようもない歌のやりとりをしているうちに、どういう風の吹き回しか、あの人がまた顔を出したのだった。

［評］「かひ」（頴）は、「かび」とも発音し、植物の芽や穂のことである。『古事記』に、ウマシアシカビヒコヂという神が語られるが、「アシカビ」は「葦の芽」のことである。

「薄」と「頴《かひ》」を詠んだ歌を、紹介しておく。

招くとてきつるかひなく花薄《はなすすき》穂に出でて風のはかるなりけり　紀貫之

穂に出《い》でて言ふかひあらば花薄《はなすすき》そよとも風に打ち靡《なび》かなむ　『落窪物語』

なお、作者の「嵐《あらし》のみ吹くめる宿《やど》に花薄《はなすすき》穂《ほ》に出《い》でたりと甲斐《かひ》や無《な》からむ」という歌の初句「嵐のみ」の部分に、「あらじ」が掛詞になっているという説もある。あなたが私の家に来ることは「あらじ」、ないだろうという意味になる。

25 露、そして月

前栽《せんざい》の花《はな》、色々《いろいろ》に咲《さ》き乱《みだ》れたるを、見遣《みや》りて、臥《ふ》しながら、斯《か》くぞ言《い》はるる。

互《かたみ》に、恨《うら》むる様《さま》の事《こと》ども、有《あ》るべし。

(兼家)百草《ももくさ》に乱《みだ》れて見《み》ゆる花《はな》の色《いろ》は唯白露《ただしらつゆ》の置《お》くにや有《あ》るらむ

と、打《う》ち言《い》ひたれば、斯《か》く言《い》ふ。

(道綱の母)身《み》の秋《あき》《飽(あ)き》を思《おも》ひ乱《みだ》るる花《はな》の上《うへ》の露《つゆ》の心《こころ》は言《い》へば更《さら》なり

など言《い》ひて、例《れい》の、つれなう成《な》りぬ。

寝待《ねま》ちの月《つき》の、山《やま》の端《は》出《い》づる程《ほど》に、出《い》でむとする気色《けしき》有《あ》り。(道綱の母)「然《さ》らでも有《あ》りぬべき夜《よ》かな」と思《おも》ふ気色《けしき》や見《み》えけむ、(兼家)「泊《と》まりぬべき事有《ことあ》らば」など言《い》へど、然《さ》しも覚《おぼ》えねば、

(道綱の母)如何《いか》がせむ山《やま》の端《は》にだに止《とど》まらで心《こころ》も空《そら》に出《い》でむ月《つき》をば

返《かへ》し、

(兼家)ひさかたの空《そら》に心《こころ》の出《い》づと言《い》へば影《かげ》は底《そこ》《其処(そこ)》にも止《と》まるべきかな

とて、止《とど》まりにけり。

[訳] 我が家の庭先に植えている花々が、秋を迎え、まさに「百花繚乱《ひゃっかりょうらん》」で、色とりど

りに咲き乱れている。その光景を、私たちは、横になったまま、二人で眺めていた。「同《どう》床《しょう》異《い》夢《む》」とは、このことだろう。

二人は、こんな歌を詠み合った。その頃は、お互いに、相手の心を辛《つら》く思うことがあったのであろう。まず、あの人が、こう詠んだ。

（兼家）百草《ももくさ》に乱《みだ》れて見《み》ゆる花《はな》の色《いろ》は唯白露《ただしらつゆ》の置《お》くにや有《あ》るらむ

（さまざまの種類の秋の花が、それぞれに色づいて咲き乱れているのは、白露が「置いて」、染め上げたからだろう。あなたの「花」のように綺麗な顔が、物思いに乱れているように見えるのは、あなたの心が、この私に「心を置いて」、つまり、含むところがあって、素直に接してくれないからだろう。もっと私に心を開いてくれないものだろうか。）

あの人が、溜息《ためいき》をつくように、こんな歌を詠んだので、私もこう応じた。

（道綱の母）身《み》の秋《あき》（飽《あ》き）を思《おも》ひ乱《みだ》るる花《はな》の上《うへ》の露《つゆ》の心《こころ》は言《い》へば更《さら》なり

（あなたに顧みられなくなって、男に飽きられる班女《はんじょ》の悲しみを知った私が、心乱れるのは当たり前のことでしょう。花の上に置いている露は、私の顔を伝い落ちた涙なのです。その涙が、どういう思いで溢れ出たかは、言葉で説明しようもありません。）

こんなふうに歌を詠み合った二人であるが、互いの心が接近することは、とうとうなかったのである。
また、こんなこともあった。「寝待《ねま》ちの月《つき》」、つまり十九日の月が、山の端《は》から空に上《のぼ》ってくる頃（午後八時半くらい）に、私の許《もと》を訪れていたあの人が、この家を出てゆこうかな、という素振りを見せた。
「こんな時間に、ここを去ってほしくない。ここに、留《とど》まってほしい」と思っている私の気持ちが、顔に表れたのだろうか、あの人は、「もし、私がここに、ぜひとも留まらなければならない理由があるのなら、ずっとここにいてもいいよ。たとえば、あなたが、そのことを歌に詠んだりするとか」などと言う。私としては、それほどまでに兼家殿にいてほしい理由はなかったので、歌で返事した。

（道綱の母）如何《いか》がせむ山《やま》の端《は》にだに止《とど》まらで心《こころ》も空《そら》に出《い》でむ月《つき》をば

（長く留まっていた山の端を出て、大空を上《のぼ》ってゆく月を、誰も留《とど》めることはできません。そのように、私の部屋から、ふらふらと上《うわ》の空で、ほかの女性のもとへとさまよい出ようとしているあなたをここに留める力は、私にはありませんわ。）

あの人の返事。

（兼家）ひさかたの空《そら》に心《こころ》の出《い》づと言《い》へば影《かげ》は底《そこ》《其処(そこ)》にも止《と》まるべきかな

（私の心が、大空を翔《か》けるとは、詩的な表現ですね。大いに気に入りました。空の上の月の光は、地上の水の底にも宿ると言われていますから、空の月に喩《たと》えられた私も、あなたのお家《うち》、つまり、「そこ」に宿ることにしましょうかな。）

こう言って、あの人は、我が家から夜遅くさまよい出ることを中止したのだった。

［評］　最初の二首を詠んだ人物は、逆でも通じる。与謝野晶子は、そのように解釈している。ただし、「身の秋」の歌は、男に飽きられ女の嘆きをモチーフとするものであるから、道綱の母の歌だと考えるのが自然だろう。

その「身の秋＝飽き」は、班女《はんじょ》（班婕妤《はんしょうよ》）の「秋の扇」の故事を踏まえている。

この場面は、男から飽きられ、忘れられかけた女が、男の心を打つ和歌を詠んで、男の心と愛を自分のもとに引き留めた、という「歌徳《かとく》説話」の構造である。ただし、歌徳説話特有の、女のけなげさ、いじらしさは、まったくない。涙で、男の心を引き留めるのではない。そこに『蜻蛉日記』の作者の芯の強さがある。

26 野分《のわき》の後に

然《さ》て、又《また》、野分《のわき》の様《やう》なる事《こと》して、二日《ふつか》許《ばか》り有《あ》りて、来《き》たり。（道綱の母）「一日《ひとひ》の風《かぜ》は、（世間の人）『如何《いか》に』とも、例《れい》の人《ひと》は、問《と》ひてまし」と言《い》へば、（兼家）「実《げ》に」とや思《おも》ひけむ、事無《ことな》しびに、

（兼家）言《こと》の葉《は》は散《ち》りもやすると留《と》め置《お》きて今日《けふ》は身柄《みから》《実幹（みから）》も訪《と》ふにやは有《あ》らぬ

と言《い》へば、

（道綱の母）散《ち》り来《き》ても訪《と》ひぞしてまし言《こと》の葉《は》を東風《こち》《此方（こち）》は然《さ》許《ばか》り吹《ふ》きし便《たよ》りに

斯《か》く言《い》ふ。

（兼家）東風《こち》《此方（こち）》と言《い》へば大雑《おほざふ》なりし風《かぜ》に如何《いか》が付《つ》けては訪《と》はむ可惜名《あたらなだ》立てに

負《ま》けじ心《ごころ》にて、又《また》、

（道綱の母）散《ち》らさじと惜《を》しみ置《お》きける言《こと》の葉《は》を来《き》《木（き）》ながらだにぞ今朝《けさ》は訪《と》はまし

此《これ》は、「然《さ》も、言《い》ふべし」とや、人《ひと》、理《ことわ》りけむ。

【訳】さて、これもまた、私たち夫婦の秋の情景である。野分《のわき》めいた強い風が吹き荒れてから、二日ほども経過した後《あと》になって、あの人がやって来た。私が、「先だっての野分ですが、あなたからは一言も、お見舞いの言葉がありませんでしたね。世間の普通の夫でしたら、『野分の被害は、ありませんでしたか』くらいのお尋ねがあるのではないですか」と皮肉を言ったところ、さすがに鈍感なあの人も、「確かに、そうだ」と思ったようだった。ただし、言葉だけは、平気であるように装って、歌を詠んだ。

（兼家）言《こと》の葉《は》は散《ち》りもやすると留《と》め置《お》きて今日《けふ》は身柄《みから》《実幹(みから)》も訪《と》ふにやは有《あ》らぬ

（先日の野分は、木々の葉っぱを、たくさん吹き飛ばしましたよね。同じように、「言葉＝言の葉」もまた、口にした途端に消えてしまいます。だから、私は野分見舞いの歌を詠んだことは詠んだのですよ。けれども、すぐに消えてしまう言の葉を手紙で伝えるのはよして、今日、葉っぱではなく、ちゃんとした「実《み》」と「幹《から》」、すなわち、「身柄《みから》＝みずから」、ここにお邪魔して、あなたが無事だったかを見届けているじゃありませんか。）

私は、次のように反論した。

（道綱の母）散《ち》り来《き》ても訪《と》ひぞしてまし言《こと》の葉《は》を東風《こち》《此方(こち)》は然許《さばか》り吹《ふ》きし便《たよ》りに

（もしも、あなたが言うように、私への野分見舞いの歌を詠んだという事実があったのでしたら、その言の葉の一枚なりとも、あれほど激しく東風《こち》が吹いたのですから、その風に乗って、こちらまで吹き寄ってきそうなものですのに。一言も手紙がなかったのは、あなたが歌など詠んでいなかった証拠です。嘘を言ってはいけません。）

すると、「ああ言えば、こう言う」で、あの人が反論した。

（兼家）東風《こち》《此方（こち）》と言《い》へば大雑《おほざふ》なりし風《かぜ》に如何《いか》が付《つ》けては訪《と》はむ可惜名立《あたらなだ》てに

（あなたは、「東風《こち》」と「此方《こち》」の掛詞を自慢げに使っていますが、この掛詞を最初に使って歌を詠んだのは、私ですよ。覚えていますか。「穂《ほ》に出《い》でば先《ま》づ靡《なび》きなむ花薄東風《はなすすきこち》てふ風《かぜ》の吹《ふ》かむ随《まにま》に」。私は、その歌を詠んだ時に、忸怩《じくじ》たるものがあったのですよ。東風は、春に吹く風なのに、掛詞を使いたくて秋の歌に使ってしまいました。今、あなたも、深い考えもなしに、たぶん、私の掛詞があなたの念頭にあったのでしょう、「東風《こち》」と「此方《こち》」の掛詞を踏襲しましたね。秋に、東風は吹かないのですよ。だから、そんなありもしない風に乗って、あなたに言の葉を吹き届けることは不可能なことでした。また、「こちらへどうぞ」などという言葉に簡単に応じて、あちらこちらに言の葉を散らせたら、とんだ浮名《うきな》が私に立ってしまいますからね。）

「東風《こち》」と「此方《こち》」の掛詞は、確かにあの人の言う通りで、さすがの私も言い負けそうになったけれども、負けじ魂を発揮して、こう反撃した。

（道綱の母）散《ち》らさじと惜《を》しみ置《お》きける言《こと》の葉《は》を来《き》《木(き)》ながらだにぞ今朝《けさ》は訪《と》はまし

（外《ほか》の場所に吹き飛ばされないようにと、こちらへは言の葉を向けなかったのでしたら、今日、こちらに来て早々に、あなたが大切に守り通した野分見舞いのお言葉とやらを、聞かせてほしかったですわ。）

この歌に関しては、あの人も、「そう来たか。なるほど、これには反論できないな」と納得したことだろう。というわけで、風の歌のやり取りは終わった。

【評】　兼家の歌の「東風《こち》と言《い》へば大雑《おほざふ》なりし風《かぜ》に如何《いか》が付《つ》けては訪《と》はむ可惜《あたら》名立《なだ》てに」という歌に用いられている「おほざふ」という言葉は、まだ正しい歴史的仮名づかいが決定していない。「おほざう」とする説もある。

又、この歌の第三句「風《かぜ》に如何《いか》が」が字余りなのは、兼家が和歌の素人だからだろう。和歌に熟達していれば、「〇〇〇かぜに／いかが〇〇〇〇」と、字余りを避けて歌ったことだろう。

作者が詠んだ、「散《ち》り来《き》ても訪《と》ひぞしてまし言《こと》の葉《は》を東風《こち》《此方(こち)》は然許《さばか》り吹《ふ》きし便《たよ》りに」という歌には、和泉式部の類似歌がある。

類《たぐ》ひなく憂《う》き身《み》なりけり思ひ知る人世《よ》にあらば訪《と》ひもしてまし

27　時雨は降り、男は留《とど》まる

又《また》、十月許《かみなづきばか》りに、「其《そ》れはしも、やんごとなき事《こと》、有《あ》り」とて、出《い》でむとするに、時雨《しぐれ》と言《い》ふ許《ばか》りにも有《あ》らず、生憎《あやにく》に有《あ》るに、猶《なほ》、出《い》でむとす。あさましさに、斯《か》く言《い》はる。

（道綱の母）理《ことわり》の折《をり》とは見《み》れど小夜更《さよふ》けて斯《か》くや時雨《しぐれ》の降《ふ》り《振(ふ)り》は出《い》づべき

と言《い》ふに、強《し》ひたる人《ひと》、有《あ》らむやは。

［訳］　また、こんなこともあった。十月に入り、冬が来た。ある夜、あの人が我が家を訪れていたのだが、「これは本当なんだよ。信じてほしいのだが、やむを得ない大切な用事があるのだ」と言って、夜ふけになってから出てゆこうとする。旧暦の十月と言えば、

「時雨《しぐれ》」が空から降ってくるものと、和歌では詠み慣らわされている。時雨は、ぱあ〜っと降ってきて、ぱあ〜っと止《や》むものである。ところが、あいにくなことに、この夜に降りだしたのは、「時雨」という概念をはるかに超えた豪雨なのだった。その豪雨の中、あの人は、何が何でも私の家から出てゆこうとする。私は、あきれ果て、歌を詠んで、たしなめた。

（道綱の母）理《ことわり》の折《をり》とは見《み》れど小夜更《さよふ》けて斯《か》くや時雨《しぐれ》の降《ふ》り振(ふ)りは出《い》づべき

（初冬の十月に時雨が降るのは、まことに道理もっともで、理屈にかなっています。けれども、こんな夜ふけに、これほど激しく降る雨を「時雨」と呼んでもよいものでしょうか。そして、こんな雨の中、女を一人にして残し、その女の愛情を振り切ってまで屋敷から出てゆく人を、「夫」と呼んでもよいのでしょうか。）

私が、ここまで思い詰めているのに、無理にでも振り切って出てゆく夫が、いるだろうか。さすがのあの人も、その夜は出てゆくのを思い留まったのだった。

【評】　この説の最後の文章「強《し》ひたる人《ひと》、有《あ》らむやは」の「やは」は反語である。「ここまで私が言ったのに、強情に我を通す人が、はたして世の中にいるものだろうか。いや、いないだろう」というのが、直訳である。結局、兼家は、留まったのか、出て行ったのか。

実は、出て行ったという説が有力である。その場合には、「世の中に、そういう男は、いないはずであるが、どっこい、ここに藤原兼家という男がいて、彼は何と出て行ったのである」という意味になる。そうであるならば、25の「歌徳説話」の敗北である。

私は、出てゆくのを留まった、と読みたい。作者と共に、「歌の力」を信じたいからである。

28 町の小路の女の凋落《ちょうらく》

斯《か》う様《やう》なる程《ほど》に、彼《か》のめでたき所《ところ》には、子《こ》、生《う》みてしより、凄《すさま》じ気《げ》に成《な》りにたンべかンめれば、人憎《ひとにく》かりし心《こころ》、思《おも》ひし様《やう》は、(道綱の母)「命《いのち》は有《あ》らせて、我《わ》が思《おも》ふ様《やう》に、押《お》し返《かへ》し、物《もの》を思《おも》はせばや」と思《おも》ひしを、然様《さやう》に成《な》り持《も》て行《い》く。果《は》ては、生《う》み罵《ののし》りし子《こ》さへ、死《し》ぬるものか。孫王《そんわう》の、歪《ひが》みたりし皇子《みこ》の落《お》とし胤《だね》なり。言《い》ふ甲斐無《かひな》く、悪《わ》ろき事《こと》、限《かぎ》り無《な》し。唯《ただ》、此《こ》の頃《ごろ》の知《し》らぬ人《ひと》の、持《も》て騒《さわ》ぎつるに掛《か》かりて、有《あ》りつるを、俄《にはか》に、斯《か》く成《な》りぬれば、如何《いか》なる心地《ここち》かはしけむ。

（道綱の母）「我《わ》が思《おも》ふには、今少《いますこ》し、打《う》ち増《ま》さりて、嘆《なげ》くらむ」と思《おも》ふに、今《いま》ぞ、胸《むね》は開《あ》きたる。今《いま》ぞ、例《れい》の所《ところ》に、「打《う》ち払《はら》ひて」など聞く。然《さ》れど、此処《ここ》には、例《れい》の程《ほど》にぞ通《かよ》ふめれば、ともすれば、心付《こころづ》き無《な》うのみ思《おも》ふ程《ほど》に、此処《ここ》なる人《ひと》、片言《かたこと》などする程《ほど》に成《な》りてぞ有《あ》る。出《い》づとては、必《かなら》ず、（兼家）「今《いま》、来《こ》むよ」と言《い》ふも、聞《き》き持《も》たりて、習《まね》び歩《あり》く。

［訳］　私とあの人は、こんなふうに、仲が完全に絶えることはなく、かと言って、盛り上がることもなく、か細い関係が続いていた。

ところで、私の心を永く苦しめていた、あの「町の小路の女」であるが、突然の凋落の運命に見舞われたのは痛快だった。あれほど兼家殿の寵愛を受け、我が世の春を謳歌《おうか》していたのに、男の子を生んでからというもの、あの人との仲がしっくりいかなくなったようだ。普通の男の人は、妻や愛人が自分の子どもを生んだならば、喜びそうなものなのに、あの人はまことに変わった性格の持ち主で、子どもを生んだ女には興味を失うようなのだ。私にしても、道綱を生んでから、あの人の足が遠のいたという、苦い体験がある。

私は、町の小路の女を、心から憎悪していたので、かねてから、「あの憎たらしい女には、せいぜい長生きしてもらって、浮気性の兼家殿から捨てられて、今まで私が苦しみ続けたのと同じ苦しみを、生きている間中《あだじゅう》、繰り返しずっと、味わわせてやりたいものだ」と願っていたものだ。すると、その願いが天に通じたものか、その通りの運命が、彼女の身の上に起きたのだった。しかも、「泣きっ面《つら》に蜂《はち》」で、あれほど大騒ぎして都中《みやこじゅう》を牛車で移動して、せっかく生んだ男の子までもが、あっけなく死んでしまったではないか。

ここで、この「町の小路の女」の素性を、書いておこう。私にも、それを書く心の余裕が、やっと出てきた。この女の祖父は、なんと天皇であった。つまり、この女の父親は、天皇の皇子である親王である。世間では、「色好み」として奇矯《ききょう》な振る舞いもする変人として知られていた、さる親王が、どうしようもなく身分の賤しい女に生ませた落胤《らくいん》が、この女なのだった。もちろん、父親から認知されてなどおらず、庶民の中で成長したのだ。母方《ははかた》の身分が示しているように、取るに足らない身分の出身なのである。そういう真実を知らない世間の人たちや、知っていても気に掛けない兼家殿から、ちやほやされ、有頂天《うちょうてん》になっていた身の程知らずの女は、突如として、こんな絶望のどん底に突き落とされて、今頃は、どんな気持ちがしていることだろうか。

私は、「あのにっくき女は、私があの女ゆえに嘗《な》め尽くした苦しみと比べても、少しは大きな苦しみを味わっていることだろう」と思うと、今になって、私の心はやっとのことですっきりした。溜飲《りゅういん》を下げたのである。

兼家殿は、町の小路の女を見捨ててしまい、元からの妻である時姫様の家にも、久しぶりに足を運ぶようになり、元の鞘《さや》に収まったという噂である。時姫様も、夫が長いご無沙汰だったので、積もりに積もった寝具の埃《ほこり》を払ったりしていることだろう。

けれども、あの人の訪れは、肝腎の私の家には、目に見えて回数が増えたわけではない。町の小路の女が寵愛を失う以前と、さほど変わらない程度にしか、あの人は顔を見せないので、私としては時として不満に思うこともある。だが、我が家で、すくすくと成長している子ども……道綱……は、最近になって、片言《かたこと》を話せるようになった。あの人が、帰る際に、口癖で、必ず「また来るからね」と言っているのを、何度も聞くうちに覚えて、「また来るからね」。「また来るからね」とあの人の口調を真似て、ハイハイしている。

［評］「町の小路の女」の衝撃的な末路が語られていて、読者は思わず息を呑《の》む。彼女を襲った悲劇は、六条御息所に祟られた葵の上の悲劇と、同じくらいの大きさである。『蜻蛉日記』の作者は、生霊にはならなかった。その代わりに、町の小路の女の悲惨な末路を、いかにも痛快でたまらないように書き綴るのである。

さて、「町の小路の女」の父親である親王であるが、「元良《もとよし》親王」とする説がある。元良親王は、在原業平と二条の后（藤原高子《たかいこ》）の不義の子だという噂のある陽成天皇の子である。『小倉百人一首』には、「侘《わ》びぬれば今はた同じ難波《なには》なる身を尽くしても逢はむとぞ思ふ」が選ばれている。稀代の「色好み」として、『大和物語』などにエピソードを残している。父の陽成天皇も、奇矯な振る舞いが多かった。そこで皇統は陽成天皇で断絶して、血筋が遠く離れた光孝天皇に移った。元良親王の落とし胤《だね》であるから、普通の女性ではない、と『蜻蛉日記』の作者は攻撃している。

さて、本文の「虫食い算」は、ここでも解釈の邪魔をしている。「然様《さやう》に成《な》り持《も》て行《い》く。果《は》ては」とある部分は、写本や版本では、「さやうになりそていてはては」などとある。このままでは、とうてい解釈不可能なので、さまざまな復元案が提出されている。本書では、その一つに従った。

「町の小路の女」の血筋が、本当に天皇の血を引いているかどうかは、定かではない。それと同じように、現代人の読んでいる『蜻蛉日記』の本文が、藤原倫寧の女《むすめ》で、右大将道綱の母と呼ばれた女性が書き下ろした文章そのものかどうかも、定かではない。

29　これまでの人生を長歌で回顧する

斯《か》くて、又《また》、心《こころ》の解《と》くる夜無《よな》く、嘆《なげ》かるるに、生賢《なまさか》しらなどする人《ひと》は、（女房たち）「若《わか》き御心地《みここち》に」、「何《な》ど、斯《か》くては」と言《い》ふ事《こと》も有《あ》れど、人《ひと》は、いとつれなう、（兼家）「我《われ》や悪《あ》しき」など、心《うら》も無《な》う、罪無《つみな》き様《さま》に持《も》て成《な》いたれば、（道綱の母）「如何《いか》がはすべき」など、万《よろづ》に思《おも》ふ事《こと》のみ繁《しげ》きを、（道綱の母）「如何《いか》で、委曲《つぶつぶ》と、言《い》ひ知《し》らする物《もの》にもがな」と思《おも》ひ乱《みだ》る る時《とき》、心付《こころづ》き無《な》き胸《むね》、打《う》ち騒《さわ》ぎて、物言《ものい》はれずのみ有《あ》り。（道綱の母）「猶《なほ》、書《か》き続《つづ》けても、見《み》せむ」と思《おも》ひて、

（道綱の母）思《おも》へ唯《ただ》　昔《むかし》も今《いま》も　我《わ》が心《こころ》　長閑《のどけ》からでや　果《は》てぬべき　見初《みそ》めし秋《あき》は言《こと》の葉《は》の　薄《うす》き色《いろ》にや　移《うつ》ろふと　嘆《なげ》きの下《した》に　嘆《なげ》かれき　冬《ふゆ》は雲居《くもゐ》に　別《わか》れ行《ゆ》く人《ひと》を惜《を》しむと　初時雨《はつしぐれ》　曇《くも》りも敢《あ》へず　降《ふ》り濡《そぼ》ち　心細《こころぼそ》くは　有《あ》りしかど　君《きみ》には霜《しも》の　忘《わす》るなと　言《い》ひ置《お》きつとか　聞《き》きしかば　然《さ》りともと思《おも》ふ　程《ほど》も無《な》く　頓《とみ》に遥《はる》けき　辺《わた》りにて　白雲許《しらくもばか》り　有《あ》りしかば　心空《こころそら》にて　経《へ》し程《ほど》に　霧《きり》も棚引《たなび》き　絶《た》えにけり　又故郷《またふるさと》に　雁《かりがね》の　帰《かへ》る列《つら》にやと　思《おも》ひつつ　経《ふ》れど甲斐無《かひな》し　斯《か》くしつつ　我《わ》が身空《みむな》しき　蟬《せみ》の羽《は》の　今《いま》しも人《ひと》の　薄《うす》からず　涙《なみだ》の川《かは》の　早《はや》くより　斯《か》くあさましき浦故《うらゆゑ》に　流《なが》るる事《こと》も　絶《た》えねども　如何《いか》なる罪《つみ》か　重《おも》からむ　行《ゆ》きも離《はな》れず　斯《か》くてのみ　人《ひと》の憂《う》き瀬《せ》に　漂《ただよ》ひて　辛《つら》き心《こころ》は　水《みづ》の泡《あわ》の　消《き》えば消《き》えなむと　思《おも》へども悲《かな》しき事《こと》は　陸奥《みちのく》の　躑躅《つつじ》の岡《をか》の　熊葛《くまつづら》　来《く》る程《ほど》をだに　待《ま》たでやは　宿世《すくせ》絶《た》ゆべき阿武隈《あぶくま》の　相見《あひみ》てだにと　思《おも》ひつつ　嘆《なげ》く涙《なみだ》の　衣手《ころもで》に　掛《か》からぬ世《よ》にも　経《ふ》べき身《み》

を　何《な》ぞやと思《おも》へど　逢《あ》ふ計《はか》り　掛《か》け離《はな》れては　然《しか》すがに　恋《こひ》しかるべき　唐衣《からごろも》　打《う》ち着《き》て人《ひと》の　裏《うら》も無《な》く　馴《な》れし心《こころ》を　思《おも》ひては　憂《う》き世《よ》を去《さ》れる　甲斐《かひ》も無《な》く　思《おも》ひ出《い》で泣《な》き　我《われ》やせむ　と思《おも》ひかく思《おも》ひ　思《おも》ふ間《ま》に　山《やま》と積《つ》もれる　敷栲《しきたへ》の　枕《まくら》の塵《ちり》も　独《ひと》り寝《ね》の　数《かず》にし取《と》らば　尽《つ》きぬべし　何《なに》か絶《た》えぬる　旅《たび》なりと　思《おも》ふものから　風《かぜ》吹《ふ》きて　一日《ひとひ》も見《み》えし　天雲《あまぐも》は　帰《かへ》りし時《とき》の　慰《なぐさ》めに　今来《いまこ》むと言《い》ひし　言《こと》の葉《は》を　然《さ》もやと松《まつ》の　緑児《みどりご》の　絶《た》えず習《まね》ぶも　聞《き》く毎《ごと》に　人悪《ひとわ》ろ気《げ》なる　涙《なみだ》のみ　我《わ》が身《み》を湖《うみ》と　湛《たた》へども　海松布《みるめ》も寄《よ》せぬ　御津《みつ》の浦《うら》は　貝《かひ》も有《あ》らじと　知《し》りながら　命《いのち》有《あ》らばと　頼《たの》め来《こ》し　事許《ことばか》りこそ　白波《しらなみ》の　立《た》ちも寄《よ》り来《こ》ば　問《と》はまほしけれ

と書《か》き付《つ》けて、二階《にかい》棚の中《なか》に置《お》きたり。

［訳］　一難去って、また一難。町の小路の女という障害はなくなったものの、また、あの人の来ない夜が続くという、根本的な障害が私を苦しめ始めた。心安らかな夜など、どこにもなくて、夜通し、眠ることなく、あの人との関係を嘆き続けた。女房たちは、そういう私を見かねて、いろいろと知ったかぶりの助言を口にする。彼女たちは、「まだ、お

若いので、男と女の事がわかっておられないのです」とか、「どうして、そんなに思い詰めるのですか。夫婦って、所詮はこんなものですわよ」などと助言するのだが、そんな助言を真《ま》に受けて、事態が好転した例《ためし》はない。

あの人は、「えっ、私が何か、あなたに悪いことをしましたか」などと、思いやりもなく、自分に責任など皆無であるという態度を、たまに訪れては私の前で見せつける。私は、「自分は、これからどう生きてゆけばよいのだろう」と、さまざまな面で思うことが山のようにある。「どうにかして、鈍感なあの人に、私の心の苦しみをはっきりと言い知らせることができないものか」と悩んでいる時に、不愉快な気分になり、どうしても黙ってはいられなくなったので、これを良い機会にして、「やはり、自分の心の中の思いを、言葉にして、あの人にぶつけてみよう」と思い立った。私の胸から熱いマグマのように噴火してきた「思ひ」という「火」は、「五七五七」を何度も繰り返して、最後を「七七」で結ぶ「長歌《ちょうか》」という珍しい形式の歌になった。

（道綱の母）思《おも》へ唯《ただ》　昔《むかし》も今《いま》も　我《わ》が心《こころ》　長閑《のどけ》からでや　果《は》てぬべき

（あなた　私の夫である藤原兼家殿よ　少しは私のことをわかってください　あなたと出会った昔から　あなたと暮らした日々が三年になる今日まで　私の心には一日の安穏も

ありませんでした　こんな心境のまま　私の命は尽きてしまうのでしょうか）
見初《みそ》めし秋《あき》は　言《こと》の葉《は》の　薄《うす》き色《いろ》にや　移《うつ》ろふと　嘆《なげ》きの下《した》に　嘆《なげ》かれき
（あなたと初めて結ばれたのは　秋でしたね　右兵衛佐《うひょうえのすけ》であったあなたは　柏《かしわ》の木にも喩《たと》えられる高木《こうぼく》　それに対する私は　柏の木《き》の下に生《は》える下草《したくさ》　下草は　秋には色づいて枯れてゆきます　あなたの私への愛も　いつかきっと色褪《あ》せ　私は忘れられるのではないかと　私は悲しい予感に　付きまとわれていました）
冬《ふゆ》は雲居《くもゐ》に　別《わか》れ行《ゆ》く　人《ひと》を惜《を》しむと　初時雨《はつしぐれ》　曇《くも》りも敢《あ》へず　降《ふ》り濡《そぼ》ち　心細《こころぼそ》くは　有《あ》りしかど　君《きみ》には霜《しも》の　忘《わす》るなと　言《い》ひ置《お》きつとか　聞《き》きしかば　然《さ》りともと思《おも》ふ　程《ほど》も無《な》く　頓《とみ》に遥《はる》けき　辺《わた》りにて　白雲許《しらくもばか》り　有《あ》りしかば　心空《こころそら》にて　経《へ》し程《ほど》に　霧《きり》も棚引《たなび》き　絶《た》えにけり
（私たちが結婚した年の冬に　父は遠い陸奥《むつ》の国へと　別れを惜しみながら赴任して行きました　時あたかも初時雨《はつしぐれ》が降り　空は雲間《くもま》もなくどんよりと閉ざされ　降り続ける時雨と争うように　私の袖にも涙の露が落ち　私の心は未来への不安で満たされましたけれども父はあなたに「娘をよろしく」とお願いする歌を残し　あなたも父に娘御《むすめご》のことは心配しなくてもよいと返事したと　私は聞いておりましたので　どんなことがあっ

ても　あなたは私を守ってくれるものとばかり信じていました　けれども　父が去った前後から　あなたの訪れは急速に遠のき　遠い山の上にかかる白雲のように　目には見えても手が届かない存在になりました　私の心は空《うつ》ろな状態で過ぎてゆき　私とあなたの間には分厚《ぶあつ》い霧の壁ができてしまい　あなたの訪れは絶え果てました）

又《また》故郷《ふるさと》に　雁《かりがね》の　帰《かへ》る列《つら》にやと　思《おも》ひつつ　経《ふ》れど甲斐無《かひな》し

（それでも春になれば　雁が故郷《ふるさと》へと列をなして帰ってゆくように　あなたも私のもとに戻ってきてくれるのではないかと　期待しながら生きていましたが　待っても待ってもあなたは帰ってきてくれませんでしたね）

斯《か》くしつつ　我《わ》が身空《みむな》しき　蟬《せみ》の羽《は》の　今《いま》しも人《ひと》の　薄《うす》からず　涙《なみだ》の川《かは》の　早《はや》くより
斯《か》くあさましき　浦故《うらゆゑ》《心(うら)》に　流《なが》《泣(な)か》るる事《こと》も　絶《た》えねども　如何《いか》なる罪《つみ》か　重《おも》からむ　行《ゆ》き
も離《はな》れず　斯《か》くてのみ　人《ひと》の浮《う》《憂(う)》き瀬《せ》に　漂《ただよ》ひて　辛《つら》き心《こころ》は　水《みづ》《見(み)》の泡《あわ》の　消《き》えば消《き》えな
むと　思《おも》へども

（あなたに見捨てられた我が身は　生きていても　心は空蟬《うつせみ》のように空《から》っぽ　あなたの心は　蟬の羽のように薄い　その愛情の薄さも　今に始まったものではない　最初からそうだったのだと気づかされました　結婚当初から　あなたを夫として信じられなくても

頼るのはあなたの心しかない　その苦しさゆえに　流れ始めた私の涙は　絶えることなく水量を増し　いつしか大きな川となりました　私は前世《ぜんせ》で　どのような悪事を犯したというので　現世《げんせ》でも　このような苦しみを　味わわねばならないのでしょうか　あなたとの腐れ縁は　切ろうとしても切れず　このようにあなたと二人で生きるしかない辛《つら》い世の中を　私は涙の川に浮かんで　流されてゆきます　あなたの恨めしい心を見るたびに　私は水の泡のように　はかなく消えてしまいたい　この命も　早くなくなってしまえと思うのです）

悲《かな》しき事《こと》は　陸奥《みちのく》《見(み)》の　躑躅《つつじ》の岡《をか》の　熊葛《くまつづら》　来《く》《繰(く)る》る程《ほど》をだに　待《ま》たでやは　宿世《すくせ》絶《た》ゆべき
阿武隈《あぶくま》の　相《あひ》《逢ひ》見てだにと　思《おも》ひつつ

（私は夫婦のことで　悲しい目を見るたびに　死にたいと願う一方で　陸奥《むつ》の国に赴任している父親の帰京を待たずに　自ら命を絶って　親子の縁を絶ち切ってしまうことはできません　陸奥にあるという歌枕の　躑躅《つつじ》の岡には　熊葛《くまつづら》という蔓《つる》が生《は》えているそうです　その熊葛を「繰《く》る」　手繰《たぐ》るようにして　父親が帰って「来る」のを　私は必死に待ち続けています　陸奥には阿武隈川《あぶくまがわ》という歌枕もあり　和歌では「逢《あ》ふ」の掛詞《かけことば》・序詞《じょことば》になっています　その阿武隈川を渡って　父親が早く都に戻ってきてほしい　父親の顔を

一目《ひとめ》相見たら　そのあとで命を絶とう　とばかり私は思い詰めていました）

嘆《なげ》く涙《なみだ》の　衣手《ころもで》に　掛《か》からぬ《斯(か)からぬ》世《よ》にも　経《ふ》べき身《み》を　何《な》ぞやと思《おも》へど　逢《あ》ふ計《はか》り《秤(はかり)》　掛《か》け
離《はな》れては　然《しか》すがに《然菅(しかすが)》　恋《こひ》しかるべき　唐衣《からごろも》　打《う》ち着《き》て人《ひと》の　裏《うら》《心(うら)》も無《な》く　馴《な》れ《褻(な)れ》し心《こころ》を
思《おも》ひては　憂《う》き世《よ》を去《さ》れる　甲斐《かひ》も無《な》く　思《おも》ひ出《い》で泣《な》き　我《われ》やせむ

（あなたの愛の薄さを嘆く涙が　私の袖の上に掛《か》かることのない　そして斯《か》かる世《よ》　こんな世界ではない　苦しみのない清らかな宗教の世界で　私は生きるべきかもしれませんなぜ私は　こんな愛欲の世界に　恋々《れんれん》と執着しているのだろうと　世俗と出家の二つの生き方を　秤《はかり》に掛けて私は考えました　あなたと逢うことを目的とする生き方を止《や》めたならば　しかすがに　そうは言っても　あなたと暮らした日々が恋しいかもしれません「然菅《しかすが》」の渡りは　三河の国の歌枕ですが　その三河の国には『伊勢物語』で有名な八橋《やつはし》もあります　在原業平が唐衣《からごろも》に寄せて　都に残した恋しい妻を偲《しの》んだように　私も出家した後になって　あなたの着古《きふる》した衣を見ては　昔を思い出して涙するかもしれませんそんなことがあれば　せっかく遁世《とんせい》した甲斐がありません）

と思《おも》ひかく思《おも》ひ　思《おも》ふ間《ま》に　山《やま》と積《つ》もれる　敷栲《しきたへ》の　枕《まくら》の塵《ちり》も　独《ひと》り寝《ね》の　数《かず》にし取《と》らば　尽《つ》きぬべし　何《なに》か絶《た》えぬる　旅《たび》なりと　思《おも》ふものから

（あなたとの夫婦関係を諦めて　出家しようか　それとももう少し　あなたの愛の蘇りを待とうか　などと思いあぐねているうちに　あなたと共寝《ともね》することも絶え果てて　枕の上には　たくさんの塵が　積もりに積もりました　あなたが来ずに　私が一人で寝た夜の数と　枕の上に置いた塵の数を比べると　独《ひと》り寝《ね》の夜の数が　何倍にも多いことでしょう　もはやどうしようもない　あなたとの夫婦関係は　もう終わってしまい　あなたは遠い旅に出たのだと思って諦めよう　そう思っては見ましたものの……）

風《かぜ》吹《ふ》きて　一日《ひとひ》も見《み》えし　天雲《あまぐも》は　帰《かへ》りし時《とき》の　慰《なぐさ》めに　今来《いまこ》むと言《い》ひし　言《こと》の葉《は》を
然《さ》もやと松《まつ》《待つ》の　緑児《みどりご》の　絶《た》えず習《まね》ぶも　聞《き》く毎《ごと》に　人悪《ひとわ》ろ気《げ》なる　涙《なみだ》のみ　我《わ》が身《み》を
湖《うみ》《憂(う)》と　湛《たた》へども　海松布《みるめ》《見(み)る目(め)》も寄《よ》せぬ　御津《みつ》の浦《うら》は　貝《かひ》《甲斐(かひ)》も有《あ》らじと　知《し》りながら　命有《いのちあ》ら
ばと　頼《たの》め来《こ》し　事許《ことばか》りこそ　白波《しらなみ》の　立《た》ちも寄《よ》り来《こ》ば　問《と》はまほしけれ

（野分が激しく吹いた後《あと》のある日　あなたは見舞いに来てくれました　遠くにしか見えなかった雲が　珍しく近くに寄ってきたかのように　あなたは帰りしなに　私たちの間《あいだ》に生まれた子どもに向かって「また来るからね」と　慰《なぐさ》め言《ごと》を口にしましたね　それを本当だと信じた幼い我が子は　口まねに何度も「また来るからね」と　片言《かたこと》で話しています　それを聞くたびに　私の目からは涙がこぼれます　我が子は　あなたが来た日の私

が　心から喜んでいると感じているのでしょうか　そう思うと　人には見られたくない
涙が溢れてきて　私の袖の上は　まるで琵琶湖のようにびしょ濡れです　でも琵琶湖は
淡水湖なので　御津《みつ》の浦《うら》には水が漫々《まんまん》と湛えられていますが　海水に生《は》える海松布《みるめ》は
生えていません　見る目も良くない私には　あなたを引き寄せる魅力が不足しています
あなたはかつて「私の命がある限りは　あなたを愛します」と　約束してくれました
その誓いを　私は今でも当てにしていますが　白波が立ち寄るように　あなたが我が家
に立ち寄ってくれた日には　その言葉が本当かどうか　あなたに直接　尋ねてみたいの
です）

私の思いは、溢れに溢れ、「五七五七」の連鎖がどこまでも続き、なかなか終わらなかった。やっと歌い終わった紙を、あの人の目に付きやすいように、二階棚《にかいだな》の中に置いておいた。

［評］　長歌は、『万葉集』に多いけれども、平安時代には激減した。『蜻蛉日記』の作者が、自らのほとばしる思いを長歌に託したのは、注目されてよい。「五七五七七」の和歌（短歌）には納まらない、心の奔流・激流・濁流が、彼女に

長歌を詠ませた。ただし、『万葉集』の長歌に付き物の「反歌」は付けられていない。

それは、和歌というジャンルでは表現し切れない「心の領域」が存在することに、作者が気づいたからであろう。しかも、その「心の領域」たるや、無限に広大である。

ここから、「散文への跳躍」は、あと一歩である。『源氏物語』への道筋を切り拓いた『蜻蛉日記』が書かれるべくして書かれたことは、この長歌からも伺える。

なお、この長歌の結び近くにある「人悪《ひとわ》ろ気《げ》なる　涙《なみだ》のみ」の箇所は、例によって、本文の「虫食い算」である。あるいは、「人笑《ひとわら》へなる」なのかもしれない。

30　あの人からの返事の長歌

例《れい》の程《ほど》に、物《もの》したれど、其方《そなた》にも出《い》でずなど有《あ》れば、居煩《ゐわづら》ひて、此《こ》の文許《ふみばか》りを取《と》りて、帰《かへ》りにけり。

然《さ》て、彼《かれ》より、斯《か》くぞ有《あ》る。

（兼家）折《を》り初《そ》めし　時《とき》の紅葉《もみぢ》の　定《さだ》め無《な》く　移《うつ》ろふ色《いろ》は　然《さ》のみこそ　遇《あ》ふ秋毎《あきごと》に　常《つね》ならめ　嘆《なげ》きの下《した》の　木《こ》の葉《は》には　いと言《い》ひ置《お》く　初霜《はつしも》に　深《ふか》き色《いろ》にや　成《な》りにけむ　思《おも》ふ思《おも》ひの　絶《た》えもせず　何時《いつ》しか松《まつ》の　緑児《みどりこ》を　行《ゆ》きては見《み》むと　駿河《するが》なる　田子《たご》の浦波《うらなみ》　立《た》ち寄《よ》れど　富士《ふじ》の山辺《やまべ》の　煙《けぶり》には　燻《ふすぶ》る事《こと》の　絶《た》えもせず　天雲《あまぐも》とのみ　棚引《たなび》けば　絶《た》えぬ我《わ》が身《み》は　白糸《しらいと》の　参来《まゐく》る程《ほど》を　思《おも》はじと　数多《あまた》の人《ひと》の　怨《ゑに》すれば　身《み》は鷂《はしたか》の　漫《すず》ろにて　懐《なつ》くる宿《やど》の　無《な》ければぞ　古巣《ふるす》に帰《かへ》る　随《まにま》には　訪《と》ひ来《く》る事《こと》の　有《あ》りしかば　独《ひと》り衾《ふすま》の　床《とこ》にして　寝覚《ねざ》めの月《つき》の　真木《まき》の戸《と》に　光残《ひかりのこ》さず　漏《も》りて来《く》る　影《かげ》だに見《み》えず　有《あ》りしより　疎《うと》む心《こころ》ぞ　付《つ》き初《そ》めし　誰《たれ》か夜妻《よづま》と　明《あ》かしけむ　如何《いか》なる罪《つみ》の　重《おも》きぞと　言《い》ふは此《これ》こそ　罪《つみ》ならし　今《いま》は阿武隈《あぶくま》の　相《あひ》も見《み》

で　斯《か》からぬ人《ひと》に　掛《か》かれかし　何《なに》の石木《いはき》の　身《み》ならねば　思《おも》ふ心《こころ》も　諫《いさ》めぬに　浦《うら》
の浜木綿《はまゆふ》　幾重《いくかさ》ね　隔《へだ》て果《は》てつる　唐衣《からころも》　涙《なみだ》の川《かは》に　濡《そぼ》つとも　思《おも》ひし出《い》でば　薫物《たきもの》
の　籠《こ》の目許《めばか》りは　乾《かわ》きなむ　甲斐無《かひな》き事《こと》は　甲斐《かひ》の国《くに》　速見《へみ》の御牧《みまき》に　荒《あ》るる馬《むま》を
如何《いか》でか人《ひと》は　掛《か》け留《と》めむと　思《おも》ふものから　垂乳根《たらちね》の　親《おや》と知《し》るらむ　片飼《かたか》ひの
駒《こま》や恋《こ》ひつつ　嘶《いな》かせむと　思《おも》ふ許《ばか》りぞ　哀《あは》れなるべき

とか。

［訳］　さて、あの人は、かなりの夜離《よが》れが続いた後《あと》で、忘れた頃に顔を見せた。私のほうでも、あの人に顔を合わせて応対することはしなかったので、時間を持て余して、あの人は帰っていった。長いこと、部屋の中に一人にしておいたので、二階棚に乗せておいた私の長歌の存在に気づいたようだった。あの人が帰宅した後で、棚を見てみると、長歌を書き記した紙だけが、なくなっていた。

　それから暫くして、あの人から手紙が届いた。見ると、私の長歌に対する返歌を、あの人としては精一杯に詠んでいた。

（兼家）折《を》り初《そ》めし　時《とき》の紅葉《もみち》の　定《さだ》め無《な》く　移《うつ》ろふ色《いろ》は　然《さ》のみこそ　遇《あ》ふ秋毎《あきごと》に
常《つね》ならめ

（私とあなたが　初めて結ばれた頃　秋の盛りの紅葉《もみじ》のようにあなたは美しく　私は良い結婚をしたと嬉しかった　いつまでも二人で幸せに生きてゆきたいと　切《せつ》に願ったものだった　世間によくあることでは　時の流れと共に　夫の妻への愛が薄れ　木《こ》の葉《は》の色が変わるように　人の心も変わってしまう　けれども私たちに限って、そんなことはないと私は固く信じていた）

嘆《なげ》き《木(き)》の下《した》の　木《こ》の葉《は》には　いとど言《い》ひ置《お》く　初霜《はつしも》に　深《ふか》き色《いろ》にや　成《な》りにけむ

（あなたの父君が　遠い陸奥《むつ》の国に旅立たれる際に　娘をくれぐれもよろしくと　わざわざ私の心に沁《し》みる歌を残された　そのお心に応《こた》えるためにも　私のあなたへの愛情はいよいよ深くなったのだよ）

思《おも》ふ思《おも》ひ《火(ひ)》の　絶《た》えもせず　何時《いつ》しか松《まつ》《待(ま)つ》の　緑児《みどりご》を　行《ゆ》きては見《み》むと　駿《す》《する》河《が》なる　田子《たご》の浦波《うらなみ》　立《た》ち寄《よ》れど　富士《ふじ》の山辺《やまべ》の　煙《けぶり》には　燻《ふすぶ》る事《こと》の　絶《た》えもせず　天雲《あまぐも》とのみ　棚引《たなび》けば　絶《た》えぬ我《わ》が身《み》は　白糸《しらいと》の　参来《まゐく》《繰(く)る》る程《ほど》を　思《おも》はじと　数多《あまた》の人《ひと》の　怨《ゑに》《餌(ゑ)に》すれば　身《み》は鵠《はしたか》《はしたなし》の　漫《すず》ろにて　懐《なつ》くる宿《やど》の　無《な》ければぞ　古巣《ふるす》に帰《かへ》る

（私があなたを思う愛情という「火《ひ》」は　絶えることなく燃え続けているので　「早く来てほしい」と　私の訪れを待っている我が子……道綱……に会おうと　駿河《するが》の国の田子《たご》の浦《うら》に　波が打ち寄せるように　私もあなたの家に立ち寄るのだけれども　田子の浦から見える富士山の頂に　噴煙が燃えあがっているように　あなたの心には「町の小路の女」への激しい嫉妬の焔《ほむら》が燃えさかっているのだった　あなたの私への怒りの焔は　煙となって雲のように大空を漂う　あなたは私を　遠くに見えるだけで近づいてこない雲に喩えたけれども　実際のところは　あなたのほうこそが雲だったのだ　あなたが燃え立たせている　瞋恚《しんに》の炎にも負けずに　私は絶えることなく　あなたの家に足を運び続けたけれども「本朝三美人」の一人だと　称えられているあなたの美貌を　一目見ようとする好《す》き心《ごころ》の男たちが　あなたの周りに引きつけられてきては　相手にされないことを恨んだりしていた　私は餌《えさ》を求めて富士の裾野《すその》を飛び回るハシタカのように　はしたない中途半端で落ち着かない気持ちになって　面白くないのだけれども　ほかに帰るべき宿もないので　古巣《ふるす》であるあなたの屋敷に戻ってきていた）

随《まにま》には　訪《と》ひ《飛び》来《く》る事《こと》の　有《あ》りしかば　独《ひと》り衾《ふすま》の《臥(ふ)す間(ま)の》　床《とこ》にして　寝覚《ねざ》めの月《つき》の　真木《まき》の戸《と》に　光残《ひかりのこ》さず　漏《も》りて来《く》る　影《かげ》だに見《み》えず　有《あ》りしより　疎《うと》む心《こころ》ぞ　付《つ》き初《そ》めし　誰《たれ》

か夜妻《よづま》と　明《あ》かしけむ

（途切れ途切れではあったが　絶えることなく　私はあなたを訪《と》い続けた　だがあなたからはよそよそしい待遇を受けて　門の中にも入れてもらえなかった　帰宅して男一人で空しく床《とこ》に伏《ふ》し　一睡もできずに　悲しい気持ちで見上げた空には月が架かっていたその月の光は　真木《まき》の戸から私の部屋の中に差し込んできたが　あなたの姿は　とうとう目にできなかった　その時だ　私とあなたの関係が　どうにもしっくりいかないことを初めて自覚したのは　もう一度言おう　あなたに閉め出された私は、そのあとで自宅に戻り　一人で寝ていた　決してあなたが邪推したように「町の小路の女」などと共寝していたのではないのだ）

如何《いか》なる罪《つみ》の　重《おも》きぞと　言《い》ふは此《これ》こそ　罪《つみ》ならし　今《いま》は阿武隈《あぶくま》の　相《あひ》逢(あ)ひも見《み》で　斯《か》からぬ人《ひと》に　掛《か》かれかし　何《なに》の石木《いはき》の　身《み》ならねば　思《おも》ふ心《こころ》も　諫《いさ》めぬに　浦《うら》の浜木綿《はまゆふ》幾重《いくかさ》ね　隔《へだ》て果《は》てつる　唐衣《からごろも》　涙《なみだ》の川《かは》に　濡《そぼ》つとも　思《おも》ひし出《い》でば　薫物《たきもの》の　籠《こ》此(こ)の目《め》許《ばか》りは　乾《かわ》きなむ

（あなたは自分が　前世でどんな罪を作ったから　こんなに私との夫婦関係で苦しむのだろうかと　嘆いているが　そういうことを言って　私を苦しめるのが　あなたの本当の

罪なのだよ　そんなに私との関係が　あなたの心を苦しめているのであれば　今は阿武《あぶ》隈川《くまがわ》の名前にある「逢ふ」ことをいっさい止《や》めて　私ではない別の男と　幸福な夫婦生活とやらを　過ごしてみたらいかがですか　そんな理想の男など　どこにもいないはずだから　あなたの求めている理想の夫婦像なんて幻なのだよ　『白氏文集《はくしもんじゅう》』には　「人《ひと》、木《ぼく》石《せき》にあらず、皆《みな》、情有《こころあ》り」という言葉があります　私のようなつまらない男にだって「心」があるんだ　あなたへの深い愛情を　自制することはできません　「三熊野《みくまの》の浦《うら》の浜《はま》木綿幾重《ゆふいくかさ》ね我《われ》をば君《きみ》が思《おも》ひ隔《へだ》つる」という歌そのままに　あなたは　私の心とあなたの心との間に　いくつもの障壁を作って　私と逢わないようにしている　わたしの着ている唐衣《からごろも》は　私の涙でよれよれになったうえに　濡れそぼっている　それでも　あなたと相思相愛であった　当初のことを思い出せば　私の心は一挙に温かくなる　出かける時に着物に香を薫《た》きしめるために用いる籠《こ》には　たくさんの目があるけれども　私の目を濡らしている涙も　乾いてしまうことだろう）

甲斐無《かひな》き事《こと》は　甲斐《かひ》の国《くに》　速見《へみ》の御牧《みまき》に　荒《あ》るる馬《むま》を　如何《いか》でか人《ひと》は　掛《か》け留《と》めむと思《おも》ふものから　垂乳根《たらちね》の　親《おや》と知《し》るらむ　片飼《かたか》ひの　駒《こま》や恋《こ》ひつつ　嘶《いな》かせむと《い泣(な)かせむと》　思《おも》ふ許《ばか》りぞ　哀《あは》れなるべき

（あなたの心が　ここまで私から離れた　今となっては　言っても何の甲斐《かい》もないことだが　あなたはまるで　甲斐の国の速見《へみ》の牧場を駆け回る暴れ馬のような「じゃじゃ馬」だそんな気性の激しい馬を　私はどうすれば飼い慣らせるだろうか　もう無理だと　あなたとの関係の修復を諦める一方で　たった一つの心残りは　こんな私でも大切な父親だと　慕ってくれる幼子《おさなご》の存在だ　道綱は喩えてみれば　父親から顧みられずに母親だけから育てられている「片飼《かたが》ひの駒《こま》」だ　その幼子が私と会えないことで　子馬が嘶《いなな》くように　泣き叫んでいるかと思うと　私の心は悲しみと愛《いと》おしさで　胸が一杯になる）

このように、あの人は詠んでいた。歌の素人《しろうと》なのに、私が長歌に込めた思いと祈りを正しく読み取り、彼なりの誠実さで応えている。私の心は少しは慰んだ。

［評］　兼家の長歌は、作者が詠んだ長歌よりも短い。けれども、作者の渾身の問いかけを、真摯に受け止めている。彼の言葉には、それなりの説得力がある。

兼家に、これほどの長歌を詠む技量はなかったであろうから、ここにも『蜻蛉日記』作者の添削や推敲がなされている可能性が高い。

作者は兼家の長歌に手を入れて推敲しながら、自分と夫との実人生も、よりよいものへと改変したいという思いを強くしたことだろう。

31 馬の家族

使《つか》ひ有《あ》れば、斯《か》く物《もの》す。

（道綱の母）懐《なつ》くべき人《ひと》も放《はな》てば陸奥《みちのく》の馬《むま》や《今(いま)や》限《かぎ》りに成《な》らむとすらむ

如何《いか》が思《おも》ひけむ、立《た》ち返《かへ》り、

（兼家）我《われ》が名《な》を尾駮《をぶち》の駒《こま》の荒《あ》れ《有(あ)れ》ばこそ懐《なつ》くに付《つ》かぬ身《み》とも知《し》られめ

返《かへ》し、又《また》、

（道綱の母）来《こ》ま《駒(こま)》憂《う》気《げ》に成《な》り増《ま》さりつつ懐《なつ》けぬを小《こ》《子(こ)》縄絶《なはた》えずぞ頼《たの》み来《き》にける

又《また》、返《かへ》し、

（兼家）白河《しらかは》の関《せき》の塞《せ》けばや来《こ》ま《駒(こま)》憂《う》くて数多《あまた》の日《ひ》をば引《ひ》き渡《わた》りつる

〔訳〕 兼家殿の長歌を持参した使いの者が、返事を待っていたので、私はあの人の歌の中の「駒」という言葉が印象深かったので、馬のことを詠んだ。

(道綱の母) 懐《なつ》くべき人《ひと》も放《はな》てば陸奥《みちのく》の馬《むま》や《今(いま)や》限《かぎ》りに成《な》らむとすらむ

(あなたと私の関係がもしも絶え果てたとして、私の気がかりは我が子、道綱のことです。道綱は、あなたの子でもあります。子馬が父馬を慕って近づき甘えようとしても、その親馬が子馬を邪険に追い払ってしまうならば、どうなってしまうことでしょう。陸奥《みちのく》の馬は、飼い主が相手にせずに解き放ってしまうと、そのまま元に戻ってこないと言われています。道綱も、父親に可愛がられなくては、人間らしい心の持ち主には成長できないでしょう。息子だけは、どうか見捨てないでくださいな。)

あの人は、この歌を詠んで、どう思ったことだろう。折り返し、こんな返事が返ってきた。

(兼家) 我《われ》が名《な》を尾駁《をぶち》の駒《こま》の荒《あ》れ《有(あ)れ》ばこそ懐《なつ》くに付《つ》かぬ身《み》とも知《し》られめ

(「陸奥《みちのく》の馬」ですか。陸奥には、「尾駁《おぶち》」という牧場があり、そこの馬は気性の荒いことで有名です。もしも私が、その尾駁《おぶち》で育った馬のように気性が荒く、親子の情愛の薄い男であれば、子どもがどんなに近づいて懐《なつ》こうとしても邪険に振り放って、親のほうから遠ざかることもあるでしょうね。実際の私はそうでないですから、心配には及びませんよ。）

その歌に対する私の返事。

（道綱の母）来《こ》ま《駒(こま)》憂気《うげ》に成《な》り増《ま》さりつつ懐《なつ》けぬを小縄《こなは》《子(こ)》絶《た》えずぞ頼《たの》み来《き》にける

（あなたという親駒は、子どもの母駒である私の家に来ることに、気が進まない心境のようですが、子駒である道綱は、自分をつないでいる小縄を引っ張ってくれる父親のことを、ずっと当てにしているのですよ。）

これについても、返事があった。

（兼家）白河《しらかは》の関《せき》の塞《せ》けばや来《こ》ま《駒(こま)》憂《う》くて数多《あまた》の日《ひ》をば引《ひ》き渡《わた》りつる

（陸奥から都へと、馬を連れてくる「駒牽《こまひき》」をして、私も子どもと一緒にいたいと思っているのだけれども、あなたという「白河《しらかわ》の関《せき》」が厳しく通行を堰《せ》き止めているので、そちらに来るのが困難となり、もう何日も何十日も、足止めを食らっているのだ。）

こんな歌のやり取りをしているうちに、私の二十六歳も暮れていった。

［評］　この章には、二十二歳から二十六歳までの作者の人生が、凝縮して書き記されていた。三歳だった道綱は、七歳になっている。それにしては、父親を慕う姿も、子馬に喩えられていることも、はなはだ幼稚である。そのことが、母親の心を、いっそう苦しめ、焦らせるのだろう。

Ⅵ　応和二年（九六二）　二十七歳

32　七夕の前後

（兼家）「明後日《あさて》許《ばか》りは、逢坂《あふさか》」とぞ有《あ》る。時《とき》は、七月五日《ふみづきいつか》の事《こと》なり。長《なが》き物忌《ものい》みに、鎖《さ》し籠《こ》もりたる程《ほど》に、斯《か》く有《あ》りし返《かへ》り事《ごと》には、

（道綱の母）天《あま》の川《がは》七日《なぬか》を契《ちぎ》る心《こころ》有《あ》らば星合《ほしあひ》許《ばか》りの影《かげ》を見《み》よとや

理《ことわり》にもや思《おも》ひけむ、少《すこ》し、心《こころ》を留《と》めたる様《やう》にて、月頃《つきごろ》に成《な》り行《ゆ》く。

［訳］　前の年の最後が「白河の関」の歌だったので、その連想から「逢坂の関」の歌を思い出した。忘れないうちに、ここに書き記しておこう。時は、応和二年、私は二十七歳で

ある。この年には、こんなことがあった。

兼家殿から、久しぶりにお便りがあり、「明後日《あさって》くらいに、逢坂の関を越えたいと思っていますよ」と書いてあった。逢坂の関を越えるのは、男と女が逢うことの比喩である。その手紙が届けられたのは七月五日だったので、あの人からは、「明後日の七夕の夜は、訪問したいです。二人一緒に過ごして、永遠の愛を誓い合いましょう」という申し出がなされたのである。

私は、その頃ずっと、長い物忌《ものい》みだったので、籠《こ》もってばかりいた。だから、あの人の訪れも、こちらからお断りしていたのである。

私の返事。

（道綱の母）天《あま》の川七日《がはなぬか》を契《ちぎ》る心有《こころあ》らば星合許《ほしあひばか》りの影《かげ》を見《み》よとや

（牽牛と織女が天の川の隔てを乗り越えて逢う七夕の夜を選んで、私と逢いたいという深い心をあなたはお持ちのようです。そこまで深い心をお持ちならば、まさか、七月七日の、星と星が合う一夜限りの逢瀬《おうせ》で、自分たちも済ませてしまおう、来年の七月までは姿を見せないつもりだ、などということはないでしょうね。）

あの人は、私の歌を詠んで「尤《もっと》もだ」と思ったのだろうか、その後《あと》の何か月かは、私のことを少しは気にしてくれて、いつもよりは訪れる回数が増えたようだった。

【評】この箇所は、前の年の記述に続いているとする説もある。その場合には、東国の馬を都へ連れてくる「駒牽《こまひき》」の一行が、白河の関をやっとのことで越え、都へはあと一歩の逢坂の関まで来た、という流れになる。けれども、白河の関の歌と、逢坂の関の歌との間には、相当な時間の間隔があるように感じられる。

「七夕」と「逢坂」を同時に含む歌は、意外に少ない。『蜻蛉日記』以後の歌だが、一首挙げておく。

七夕《たなばた》の行《ゆ》き合《あ》ふ坂に成《な》りぬればつれなき人も頼まるるかな　藤原経衡《つねひら》

33 夫の閑職は、家庭の幸福

（道綱の母）「目覚《めざ》まし」と思《おも》ひし所《ところ》は、（世間の噂）「今《いま》は、天下《てんげ》の業《わざ》をし騒《さわ》ぐ」と聞《き》けば、心安《こころやす》し。（道綱の母）「昔《むかし》よりの事《こと》をば、如何《いか》がはせむ。耐《た》へ難《がた》くとも、我《わ》が宿世《すくせ》の怠《おこた》りにこそあンめれ」など、心《こころ》を千々《ちぢ》に思《おも》ひ成《な》しつつ有《あ》り経《ふ》る程《ほど》に、少納言《せうなごん》の、年経《としへ》て、四《よ》つの品《しな》に成《な》りぬれば、殿上《てんじやう》も下《お》りて、司召《つかさめし》に、いと拗《ねち》けたる「物《もの》の大輔《たいふ》」など言《い》はれぬれば、世《よ》の中《なか》をいと疎《うと》まし気《げ》にて、此処彼処《ここかしこ》、通《かよ》ふより外《ほか》の歩《あり》きなども無《な》ければ、いと長閑《のどか》にて、二日三日《ふつかみか》など有《あ》り。

［訳］この年は、思っても見なかった理由で、私と兼家殿との夫婦関係が好転した。まず、これまで、私が事あるごとに、「気に入らない。目障《めざわ》りな女だ」と敵視していたあの憎い女……町の小路の女……だが、この頃はすっかりあの人の愛が冷めてしまっていた。彼女は、兼家殿の愛を取り戻そうと、ありとあらゆる手段を使って、加持祈禱《かじきとう》や呪術《じゅつ》などにも頼っているが、まったくその効き目がないという噂を聞くと、私の心はすっきりとして、まことに爽快である。快哉《かいさい》を叫びたい心境だ。世の中に、こんなに愉快なことはない。

　こうなると、私の心配事はただ一つ。兼家殿との関係だけである。私としては、「結婚当初からギクシャクしていた二人の仲だから、今さらどうしようもないだろう。自分があの人と夫婦として歩む人生に耐えられるか、耐えられないかは、自分の持って生まれた宿《すく》世《せ》次第だ」と考えるしかない。あの人の来ない日が多いので、私の心は千々《ちぢ》に乱れ、引き裂かれることがほとんどなのだが、これまではそれでも何とか我慢して生きてこられた。するると、少しずつ風向きが変わり始めた。

あの人は、天暦十年（九五六）、つまり、私たちが結婚した二年後に、少納言の位《くらい》に上った。そして、応和二年（九六二）、つまりこの日記で記述している年であるが、従四位下《じゅしいげ》に任じられた。ただし少納言の任を解かれたので、清涼殿への昇殿がなくなった。

加えて、五月の人事異動で、とても捻《ひね》くれている人物が任命されると世間で噂されている「兵部《ひょうぶ》の大輔《たゆう》」に任命された。さすがに、あの人も政治の世界で生きてゆくことが疎《うと》ましくなり、気に病んでいるようで、役職を与えられた兵部省に出仕することはほとんどなく、私を含めて何人かいる、妻や愛人の屋敷に出かけるほかは、外出をしなくなった。夫の不幸は、妻の幸福。あの人は、私を含む妻や愛人の間を、往復移動するしかなく、あの人はとてものどかな心持ちで過ごしている。私の家に来た時も、二、三日続けて留まっていたりする。

［評］「町の小路の女」への作者の憎悪は、すさまじい。読者も、思わず引いてしまう。作者は、六条御息所タイプなのだろう。

ところで、「人間万事塞翁が馬」と言うが、何が幸福で何が不幸かはわからない。夫の政治的な不遇が、作者の家庭的な幸福をもたらしたのである。

少納言（五位相当）から従四位下へは昇格ではあるが、政治の中心である清涼殿への出仕がなくなった。兼家が新たに任命されたのは、閑職だった。兵部の大輔は、五位相当の役職であり、それも兼家は不満だったのだろう。

兼家に「公《おおやけ》」の時間が少なくなったことで、作者たちとの「私《わたくし》」の時間が増加した。これが、『蜻蛉日記』に新たな展開をもたらすことになった。

『落窪物語』に、滑稽な笑われ役として「面白《おもしろ》の駒」という人物が登場するが、彼の役職が「兵部《ひょうぶ》の少輔《しょうゆう》」だった。

34　兵部卿の宮は風流皇子

然《さ》て、彼《か》の、心《こころ》も行《ゆ》かぬ司《つかさ》の宮《みや》より、斯《か》く宣《のたま》へり。

（章明親王）乱《みだ》れ糸《いと》の司《つかさひと》〔束(つか)〕一つに成《な》りてしも来《く》る〔繰(く)る〕事《こと》の何《な》ど絶《た》えにたるらむ

御返《おんかへ》り、

（兼家＋道綱の母）絶《た》ゆ〔大輔(たいふ)〕と言《い》へばいと〔糸(いと)〕ぞ悲《かな》しき君《きみ》により〔縒(よ)り〕同《おな》じ司《つかさ》〔束(つか)〕に来《く》る〔繰(く)る〕甲斐《かひ》も無《な》く

又《また》、立《た》ち返《かへ》り、

（章明親王）夏引《なつびき》のいと〔糸(いと)〕理《ことわり》や二妻三妻《ふためみめ》〔二目三目(ふためみめ)〕寄《よ》り〔縒(よ)り〕歩《あり》く間《ま》に程《ほど》の経《ふ》る〔綜(ふ)る〕かも

御返《おんかへ》り、

（兼家＋道綱の母）七許《ななばか》り〔秤(はかり)〕有《あ》るもこそ有《あ》れ夏引《なつびき》の暇《いとま》〔糸(いと)〕やは無《な》き一妻二妻《ひとめふため》〔一目二目(ひとめふため)〕に

又《また》、宮《みや》より、

（章明親王）君《きみ》と我猶白糸《われなほしらいと》の如何《いか》にして憂《う》き節《ふし》無《な》くて絶《た》えむとぞ思《おも》ふ

（章明親王）「二妻三妻《ふためみめ》は、実《げ》に、少《すく》なくしてけり。忌《い》み有《あ》れば、止《と》めつ」と宣《のたま》へる、御返《おんかへ》り、

（兼家＋道綱の母）世《よ》を経《ふ》《綜（ふ）》とも契《ちぎ》り掟《おき》てし中《なか》より《縒（よ）り》はいと《糸（いと）》ど由々《ゆゆ》しき事《こと》も見《み》ゆらむ
と聞《き》こえらる。

【訳】さて、納得のゆかぬ官職である「兵部《ひょうぶ》の大輔《たゆう》」となった兼家殿は、悶々とした日々を送っていた。役所にも、顔を出していないようだった。兵部省のトップである兵部《ひょうぶ》卿《きょう》には、皇族が任命されることが多く、「兵部卿の宮」と呼ばれる。この時の兵部卿の宮は、章明《のりあきら》親王とおっしゃられた。醍醐《だいご》天皇の皇子で、漢詩文に秀でた、風雅な宮様であられた。その章明親王様から、次のような歌が、夫である兼家殿に贈ってきた。掛詞を巧みに用いた、見事な歌である。

（章明親王）乱《みだ》れ糸《いと》の司《つかさひと》《束（つか）》一つに成《な》りてしも来《く》る《繰（く）る》事《こと》の何《な》ど絶《た》えにたるらむ
（ばらばらに乱れていた糸が一つの束《つか》にたばねられてすっきりするように、あなたと私は同じ兵部省の同僚になれました。なのに、糸をくるくる「繰《く》る」ことができず、糸が絶え、ぷっつりと切れたように、あなたが役所にまったく「来《く》る」こともないのが残念なことです。）

「糸」の縁語で綴られた、とても凝《こ》った造《つく》りの歌である。同時に、部下である兼家殿への好意がにじんでいた。早速返事をしようとしたあの人だが、和歌には自信がないということなので、私と相談して、私が代作した返事に、あの人が手を加えて清書するというやり方で、お返事することにした。その返事は、やはり「糸」の縁語仕立てにした。

（兼家＋道綱の母）絶《た》ゆ《大輔(たいふ)》と言《い》へばいと《糸(いと)》ぞ悲《かな》しき君《きみ》により《縒(よ)り》同《おな》じ司《つかさ》《束(つか)》に来《く》る《繰(く)る》甲斐《かひ》も無《な》く

（糸が絶え、切れるのは、とても悲しいことです。私も、兵部の大輔《たゆう》という無骨な官職に追いやられて、悲しく思っています。糸が縒《よ》り合わされるように、以前からぜひお近づきになりたく思っていた宮様と同じ役所になれました。私たちの心という二つの糸は、一つの束《つか》に縒《よ》り合わされ、繰《く》り合わせられました。ですから、深い交流がなければ、この役職になった甲斐がありません。今後、よろしくお願いします。）

「絶《た》ゆ」（タユ）と「大輔《たゆう》」（タユウ）の掛詞を、いきなり初句に持ってきたこと、章明親王様が贈歌で用いておられなかった「縒《よ》る」の縁語を用いたことが、この歌の自慢である。親王様は、私が代作していることに気づかれものと思われる。直ちに、お返事が届けられた。

親王様は、新機軸を打ち出しておられ、催馬楽《さいばら》の「夏引《なつびき》」という歌を引用しておられた。

その歌詞は、「夏引《なつびき》の　白糸《しらいと》　七秤《ななはかり》あり　狭衣《さごろも》に　織《お》りても着《き》せむ　汝妻離《ましめはな》れよ」という
ものである。夏に織った白糸が「七秤」（たくさん）ありますから、あなたに綺麗な衣を織って着せてあげましょう、だから、あなたの奥さんと別れてくださいな、という愛人の立場で歌われた催馬楽である。

（章明親王）夏引《なつびき》のいと《糸(いと)》理《ことわり》や二妻三妻《ふためみめ》《二目三目(ふためみめ)》寄《よ》り《縒(よ)り》歩《あり》く間《ま》に程《ほど》の経《ふ》る《綜(ふ)る》かも

（兼家殿が「兵部の大輔」という役職をお嫌いなのは、道理もっともなことだと同意しますぞ。加えて、催馬楽の「夏引」のように、二人も三人も奥さんや愛人をお持ちの兼家殿は、彼女たちの間を忙しく行ったり来たりしているのに時間が取られて、役所に顔を出す暇《いとま》がなくなったのは、なおさらもっともなことです。糸を二目三目《ふためみめ》と縒《よ》り合わせて、経糸《たていと》を伸ばす（綜《ふ》る）作業も時間がかかるものですからな。ところで、先ほどの歌を実際に詠まれたのは、兼家殿の何人かいる夫人のうちのどなたですかな。才媛として名高い藤原倫寧《ともやす》殿の娘御《むすめご》ではないかの。）

私たちは、恐縮しながら、お返事した。

（兼家＋道綱の母）七許《ななばか》り《秤(はかり)》有《あ》るもこそ有《あ》れ夏引《なつびき》の暇《いとま》《糸(いと)》やは無《な》き一妻二妻《ひとめふため》《一目二目(ひとめふため)》に

（「二妻三妻《ふためみめ》」とは恐れ入ります。確かに、世間には、例えば親王様《あなたさま》のように、「二妻三妻《ふためみめ》」

どころか「七人ばかり」も、妻や愛人を抱えている男性もいるようです。けれども私は、たった「一妻二妻《ひとめふため》」です。二人だけしかおりませんので、行ったり来たりで時間を取られるようなことはありません。「七秤《ななはかり》」ものたくさんの夏引の糸があったら織るのも大変でしょうが、そうでもなくて、「一目二目《ひとめふため》」を織るだけですから、時間の余裕はございます。そのうちに役所に顔を出して、親王様にはご挨拶させていただきます。）

私としては、時姫様と私、この二人しか兼家殿の正式の妻はいないのだと、主張したつもりなのである。すると、また親王様からお歌が届いた。親王様は、私たちの歌をあえて読み間違えたふりをして、大仰《おおぎょう》に驚いた演技をしておられた。とても剽《ひょう》げた宮様でいらっしゃる。

（章明親王）君《きみ》と我《われ》猶《なほ》白糸《しらいと》の如何《いか》にして憂《う》き節《ふし》無くて絶《た》えむとぞ思《おも》ふ

（なになに。兼家殿には、「二妻三妻《ふためみめ》」と「一妻二妻《ひとめふため》」は同じことであると言われるか。ならば、「七許り《ななばかり》」も通い所を持っているのは、世間の男ではなく、ましてこの私でもなく、兼家殿本人のことであろうぞ。そんなに女性がお好きなあなたとお付き合いすると、私もさすがに嫌な思いをすることがあるであろうから、真っ白な白糸が、どんな色にも染められないうちに、何の交流もない今の段階で、あなたとのご縁を断ち切って、私の心は真っ白な状態でいたいものじゃ。）

親王様は、この歌の跡に、「いやあ、最初にそなたに贈った歌に『二妻三妻《ふためみめ》』と書いたのは、まずかった。たくさんの愛人を誇るあなたの自尊心を、いたく傷つけたようじゃ。これ以上書くと、そなたの歌の代作をしている才媛の女性が、嫌な気持ちになるであろうから、ここで止《や》めておこう」と記してあった。

私たちのお返事。

（兼家＋道綱の母）世《よ》を経《ふ》《綜（ふ）》とも契《ちぎ》り掟《おき》てし中《なか》より《縒（よ）り》はいと《糸（いと）》ど由々《ゆゆ》しき事《こと》も見《み》ゆらむ

（永く着続けていると、どんなに固く縒《よ》りあわせた糸であっても、残念なことに綻《ほころ》びや裂け目が生じてしまいます。そのように、どんなに仲の良い夫婦であっても、いつの間《ま》にかすれ違いが生じて、別れ話になることもあるでしょう。けれども、男同士の友情や信頼関係には、そのようなことは起きる懼《おそ》れがありません。お付き合いを止《や》めるなどとおっしゃられずに、どうか、末永くよろしく交際させてくださいませ。）

このように私が詠んだ歌を、あの人はそのまま自分の歌として親王様に申し上げられた。

［評］『源氏物語』では、螢宮（光源氏の異母弟）や匂宮（光源氏の孫）が兵部卿

の宮である。

章明親王は、色好みで知られる醍醐天皇の皇子の一人である。醍醐天皇の皇子はたくさんいるが、源高明《たかあきら》は、『源氏物語』の主人公光源氏の「准拠《じゅんきょ》」（モデル）とされた人物である。賜姓源氏である点や、失脚して左遷された点などが、その根拠である。その高明が失脚した「安和《あんな》の変」は、『蜻蛉日記』中巻で語られる。

35 長雨と恋路《こいじ》

其《そ》の頃《ころ》、五月《さつき》二十日《はつか》余《あま》り許《ばか》りより、（兼家）「四十五日《しじふごにち》の忌《い》み、違《たが》へむ」とて、県歩《あがたあり》きの所《ところ》に渡《わた》りたるに、宮《みや》、唯《ただ》、垣《かき》を隔《へだ》てたる所《ところ》に、渡《わた》り給《たま》ひて有《あ》るに、六月許《みなづきばか》り掛《か》けて、雨《あめ》、甚《いた》う降《ふ》りたるに、誰《たれ》も降《ふ》り籠《こ》められたるなるべし、此方《こなた》には、賤《あや》しき所《ところ》なれば、漏《も》り濡《ぬ》るる騒《さわ》ぎをするに、斯《か》く宣《のたま》へるぞ、いと物狂《ものぐる》ほしき。

（章明親王）徒然《つれづれ》の長雨《ながめ》（眺(なが)め）の中《うち》に注《そそ》（喋(そそ)く）くらむ事《こと》の筋《すち》こそをかしかりけれ

御返《おんかへ》り、

（兼家＋道綱の母）何処《いづこ》にも長雨《ながめ》の注《そそ》（喋(そそ)く）く頃《ころ》なれば世《よ》に経《ふ》（降(ふ)る）る人《ひと》は長閑《のどけ》からじを

又《また》、宣《のたま》へり。（章明親王）「長閑《のどけ》からじとか」。

（章明親王）天《あめ》（雨(あめ)）の下騒《したさわ》ぐ頃《ころ》しも大水《おほみづ》（多(おほ)）に誰《たれ》も恋路《こひぢ》（泥(こひぢ)）に濡《ぬ》れざらめやは

御返《おんかへ》り、

（兼家＋道綱の母）世《よ》と共《とも》に且《か》つ見《み》る人《ひと》の恋路《こひぢ》（泥(こひぢ)）をも干《ほ》す世《よ》あらじと思《おも》ひこそ遣《や》れ

又《また》、宮《みや》より、

（章明親王）然《しか》も居《ゐ》ぬ君《きみ》ぞ濡《ぬ》るらむ常《つね》に住《す》（澄(す)む）む所《ところ》には未《ま》だ恋路《こひぢ》（泥(こひぢ)）だに無《な》し

（兼家＋道綱の母）「然《さ》も、怪《け》しからぬ御様《おんさま》かな」など言《い》ひつつ、諸共《もろとも》に見《み》る。

［訳］　章明《のりあきら》親王様との交流が始まった頃、五月の二十日過ぎから、兼家殿は「四十五《しじゅうご》日《にち》の物忌み」のため、私の父親の屋敷に移っていた。父の本邸ではなく、別邸である。受領《ずりょう》階級である父は、地方の国司を歴任して、田舎《いなか》歩きをしていたのだが、この時期

には、陸奥《むつ》の国から帰京していた。父が陸奥に赴任した経緯は、この日記にも詳しく書いた。この日記では、二十三歳から二十七歳までの詳しい出来事は圧縮して書いたのだが、その間に、父は帰京していたのである。

父の屋敷なので、私も移り住んで、あの人とは仲良く暮らしていた。ところが、何と、その父の屋敷と、垣根を隔てたすぐそこの場所に、親王様のほうでもお移りになって暮らしておられたのは、偶然とはいえまことに不思議なことだった。

その年は、五月下旬から六月にかけて、雨がたいそう降り続いた。誰も皆、雨に降り籠《こ》められて、なすこともなく時間を持てあましていた。そこで、私たち夫婦と親王様とで、再び和歌の「掛け合い」がなされたのだった。

私どもが住んでいる父親の屋敷は、受領階級の家なので、普請《ふしん》も粗末で、漏ってくる雨の対策で、大騒ぎしていた。その騒ぎが、お隣に住んでおられる親王様のお耳にも入ったのだろう。むろん、宮様のお屋敷は立派で、雨漏りなどは起きるはずがない。

それにしても、宮様がお寄越しになった歌は、掛詞が軽妙で、まことに酔狂な内容だった。

（章明親王）徒然《つれづれ》の長雨《ながめ》の中《うち》に注《そそ》くらむ事《こと》の筋《すち》こそをかしかりけれ
眺(ながめ)　　噪(そそ)く

（長雨に降り籠められて、ほかにすることもなく、所在なげにぼんやりと家の周りを眺めていたのだが、最近、お隣に移ってこられた兼家殿とその夫人の二人が、何事かを大声で騒いでいるのが、筒抜けで聞こえてきた。その「事《こと》の筋《すじ》」（理由）が雨漏りだとわかって、とてもおかしかった。家の外を降る「雨の筋」は、私も知っているけれども、屋根を突き抜けて家の中にまで降ってくる「雨の筋」というのは、どういうものか、私は見たことがないので、大変に興味がありますな。）

例によって、返事は私が代作して、あの人が清書して贈った。

（兼家＋道綱の母）何処《いづこ》にも長雨《ながめ》の注《そそ》く《噪（そそ）く》頃《ころ》なれば世《よ》に経《ふ》る《降（ふ）る》人《ひと》は長閑《のどけ》からじを

（宮様は、大変にのんびりした悠長な歌をお寄越しになりました。降り続く長雨で、大袈《おおげ》裟《さ》に言えば、この世界中が水浸しになって、大騒ぎしています。この世界の中に住んでいるかぎりは、さすがの宮様とて、ご自分はお気づきにならなくても、実際のところはそうそうのんびりできないのではありませんか。）

すると、またお返事があった。「私がのんびりしていられない、だと。なるほどな」とお書きになった後で、歌が書かれていた。

（章明親王）天《あめ》《雨（あめ）》の下騒《したさわ》ぐ頃《ころ》しも大水《おほみづ》《多（おほ）》に誰《たれ》も恋路《こひぢ》《泥（こひぢ）》に濡《ぬ》れざらめやは

（雨が降り続いているので、天下の人々は、私も含めて皆が困っている。多くの人は、たくさんの水が地上に降って、道が「こひじ＝泥《どろ》たまり」になって難渋《なんじゅう》しているし、加えて恋しい人と逢うための外出もままならないので、「恋路《こいじ》」に苦しんで、涙をこぼしている。この私は、やはり、恋路に苦しんでいるほうの口《くち》かな。）

お返しの歌では、宮様が用いられた「恋路」という言葉をお借りした。

（兼家＋道綱の母）世《よ》と共《とも》に且《か》つ見《み》る人《ひと》の恋路《こひぢ》《泥(こひぢ)》をも干《ほ》す世《よ》あらじと思《おも》ひこそ遣《や》れ

（宮様は、私……兼家……のことを「二妻三妻《ふためみめ》」を持つ男だと諷刺されたことがありましたが、そういう宮様のほうも、四六時中《しろくじちゅう》、次から次へと新しい恋人を見つけては、お逢いになっておられるようです。宮様こそが、雨にも負けずに出かけては「こひじ＝泥《どろ》たまり」で汚れ、「恋路《こいじ》」の苦しみゆえの涙で、袖が乾くいとまもないのではないかと拝察いたします。まことにご苦労なことでございます。）

すると、宮様からのお返事があった。

（章明親王）然《しか》も居《ゐ》ぬ君《きみ》ぞ濡《ぬ》るらむ常《つね》に住《す》む《澄(す)む》所《ところ》には未《ま》だ恋路《こひぢ》《泥(こひぢ)》だに無《な》し

（この私が「四六時中、次から次へと新しい恋人を見つけては、通い詰めている」だと。次から次へと女たちを追いかけて、恋路ゆえの泥沼で苦しんでいるのは、一つの場所にじっと留まっていない、あなたのほうでしょうよ。私のほうは、心を清らかに澄まして、一人の女性をひたすら愛していますから、雨の中、ひょこひょこ出かけて泥沼にはまるようなことはないのですぞ。）

この返事を見て、私と兼家殿は、「楽しいやりとりですけれども、あなた、ひどい言われ方ですね」などと苦笑いしながら、この手紙を二人で代わる代わる手に取って、読んだものだった。

【評】『日本紀略《にほんきりゃく》』には、この年の五月二十九日に、「洪水汎溢、京路不通、鴨河堤壊破」とある。

章明親王の屋敷と、作者の父親の屋敷が隣だったという偶然から、和歌の贈答ゲームが繰り広げられた。父の屋敷（本邸）は、京都の四条・五条のあたりにあったが、ここはそこではなく、賀茂川近くの別邸だろうと考えられている。後に（九七三年）、兼家と「床離《とこばな》れ」した作者は、父の屋敷の一つである「広幡中川《ひろはたなかがわ》」に移り住むが、それがこの節での舞台となっている。現在の、上京区寺町通荒神口《こうじんぐち》あたりだと推定されている。

「雨漏り」と聞けば、『源氏物語』蓬生《よもぎう》巻で、末摘花の屋敷が荒れ果てたことを連想する。末摘花が、久しぶりに光源氏と再会した日も、「漏《も》り濡れたる廂《ひさし》の端《はし》つ方《かた》、押《お》し拭《のご》はせて、ここかしこの御座《おまし》、引き繕《つくろ》はせなど」していたのだった。

「泥《こひち》」と「恋路《こひち》」の掛詞としては、これまた『源氏物語』葵巻で、六条御息所が詠んだ歌が連想される。

袖濡るる恋路《こひち》泥(こひち)とかつは知りながら下《お》り立《た》つ田子《たご》の自《みづか》ら水(みづ)ぞ憂《う》き

室町時代の『細流抄』は、この歌を、「この物語第一の歌」、つまり、全部で七九五首が含まれる『源氏物語』全体の中で、最高傑作であると絶賛している。その歌の眼目が「泥《こひち》」と「恋路《こひち》」の掛詞である。『蜻蛉日記』の掛詞は軽妙でコミカルであるが、『源氏物語』に影響を与えた可能性も想定されるだろう。

36　常夏《とこなつ》の文、三角関係発生か

雨間《あまま》に、例《れい》の通《かよ》ひ所《どころ》に物《もの》したる日《ひ》、例《れい》の御文《おんふみ》、有《あ》り。（道綱の母の女房）「『御座《おは》せず』と言《い》へど、（宮の使者）『猶《なほ》』とのみ給《たま》ふ」とて、入《い》れたるを見《み》れば、

（章明親王）「常夏《とこなつ》《永久(とこ)》に恋《こひ》しき事《こと》や慰《なぐさ》むと君《きみ》が垣穂《かきほ》に折《を》《居(を)》ると知《し》らずや

然《さ》ても甲斐《かひ》無《な》ければ、罷《まか》りぬる」とぞ有《あ》る。

然《さ》て、二日《ふつか》許《ばか》り有《あ》りて、見《み》えたれば、（道綱の母）「此《これ》、然《さ》てなむ有《あ》りし」とて見《み》すれば、（兼家）「程経《ほどへ》にければ、便無《びんな》し」とて、唯《ただ》、（兼家）「此《こ》の頃《ごろ》は、仰《おほ》せ言《ごと》も無《な》き事《こと》」と聞《き》こえられたれば、斯《か》く宣《のたま》へる、

（章明親王）「水増《みづま》さり浦《うら》《心(うら)》も渚《なぎさ》《無(な)》の頃《ころ》なれば千鳥《ちどり》の跡《あと》を踏《ふ》《文(ふみ)》みは惑《まど》ふか

とこそ見《み》つれ。恨《うら》み給《たま》ふが理無《わりな》さ。（兼家）『自《みづか》ら』と有《あ》るは真《まこと》か」と、女手《をんなで》に書《か》き給《たま》へり。

男《をとこ》の手《て》にてこそ、苦《くる》しけれ。

（兼家＋道綱の母）浦隠《うらがく》れ見《み》《海松(みる)》る事難《ことかた》き跡《あと》ならば潮干《しほひ》を待《ま》たむ鹹《から》《辛(から)き》き業《わざ》かな

又《また》、宮《みや》、

（章明親王）「浦《うら》《心(うら)》も無《な》く踏《ふ》み《文(ふみ)》遣《や》る跡《あと》を渡《わた》つ海《うみ》の潮《しほ》の干《ひ》る間《ま》も何《なに》にかはせむ

とこそ思《おも》ひつれ。異様《ことざま》にも、将《はた》」と、有《あ》り。

【訳】長く降り続いた雨の晴れ間を盗んで、あの人が、いつもの女性の家に他出したことがあった。この頃は、あの人は「町の小路の女」のもとを訪れることはなくなっていた。町の小路の女に対して、私は激しい憎しみを抱いて苦しんだものだが、その日、あの人が出かけていった時姫様に対しては、なぜか私の心は平静である。

あの人の不在中に、お隣の章明親王様から、いつものようにお便りがあった。むろん、宛先は兼家殿である。私に仕えている女房が、「『本日は、兼家様《ごしゅじん》はお出かけで、お留守です』と言って、受け取りを断《ことわ》ろうとしたのですけれども、宮様のお手紙を持参した使いの者は、『兼家様がお留守でも、ぜひ、受け取ってください』と何度も言ってきかないのです」と言う。私はしかたなく、宮様のお手紙を受け取って、中を拝見した。すると意外なことに、宮様のお歌は、あの人宛《あ》てではなく、私に向けたもので、宮様はあの人の不在を知ったうえで、私にこっそりと歌を寄越されたようなのだった。

（章明親王）「常夏《とこなつ》《永久(とこ)》に恋《こひ》しき事《こと》や慰《なぐさ》むと君《きみ》が垣穂《かきほ》に折《を》《居(を)る》ると知《し》らずや

（今、庭では撫子《なでしこ》の花が咲いています。撫子の別名は、常夏《とこなつ》です。「とこなつ」の「とこ」は「とこしなえ」（永久）の「とこ」。私がここ、あなたのお屋敷の隣にずっと滞在しているのは、あなたをずっと以前から、そしてずっと未来までも恋しているという苦しみを癒《いや》したいからです。あなたのお屋敷の垣根に咲いている常夏の花を折りながら、近くに住んでいることを喜びとしているのです。）

歌の後《あと》には、「本日は、ご主人のお留守を見澄まして、私の本心をお伝えしましたが、人妻であるあなたを、いくら私が恋い慕っても無駄でしょうから、そろそろこの屋敷を去ろうかと思案しています」と書いてあった。宮様は、遊び心で、私との「仮想恋愛」を楽しみ、兼家殿をも巻き込んで、退屈しのぎに、もうしばらく歌問答を繰り広げたいのであろう。

私の一存では、宮様にお返事ができないので、あの人の訪れを待った。二日ほどして、あの人がやってきた。私は、「おなたがお留守の間に、お隣の宮様からこんな歌が贈られてきましたのよ。どうお返事したものでしょうか」と水を向けると、あの人は、さすがに憮然《ぶぜん》とした顔つきで、「お手紙を受け取ってから、もう二日も経《た》っている。今さら、まともに返事しても、間《ま》が抜けるだけだろう」と言って、あっさりと、お返事した。
あの人は、「ここのところ、宮様からは私をお見限りのようで、長いことお手紙を受け取っておりませんが、お元気でお過ごしでしょうか」とだけ書いて、宮様の色めいた歌は受け取っていないという演技をして、お返事を申し上げなさった。
すると、宮様からは、すぐにお返事が来た。何と、柔らかい仮名《かな》文字の書体で書いてあったので、女性からの手紙のように見えた。

（章明親王）「水増《みづま》さり浦《うら》《心（うら）》も渚《なぎさ》《無（な）》の頃《ころ》なれば千鳥《ちどり》の跡《あと》を踏《ふ》み《文（ふみ）》は惑《まど》ふか

（私は、あなたがたご夫妻に、腹蔵なく、楽しいお手紙を差し上げたのですが、そちらにはなぜか届いていないようですね。長雨が降り続いていて、川の水量も増えています。海辺でも、水が満潮で押し寄せてきて、渚も波で隠れ、浜千鳥の足跡も消えてしまったのでしょうか。私の手紙も、確実にそちらには届いたはずなのですが、その後《あと》で行方不明になったのは不思議なことです。もしかしたら、奥方様が、兼家殿に私からの手紙を見せていないのかもしれませんな。）

宮様は、「この歌のように、私はあなた方と隔心なく交際しているつもりですが、あなた方のほうで、私が手紙を差し上げていないと苦情を言われるのは、筋違いかと思います。

兼家殿が『こちらから挨拶に立ち寄ってもよい』とお書きになっているのは、本心でしょうか」と、女性言葉でお書きになっていた。それに対する返事は、私が代作した。なおかつ、兼家殿本人が書いたという演出で、ごつごつした、いかにも男性の文字づかいに見える書体を用いて私が書いたのだが、どうしても女の筆跡であることが見え見えなので、宮様には申しわけのないことだった。

（兼家＋道綱の母）浦隠《うらがく》れ見《み》る《海松（みる）》事難《ことかた》き跡《あと》ならば潮干《しほひ》を待《ま》たむ鹹《から》き《辛（から）き》業《わざ》かな

（なるほど、私の妻が、私には見せられない内容だったので、隠して私には見せなかったのかもしれませんですね。千鳥が付けた足跡が、海底の海藻のように満潮で覆われて見えなくなっているのでしたら、干潮まで待てばまた見えるようになるかもしれません。私も、もう少し様子を見れば、妻が隠している手紙を見つけて読めるかもしれません。いずれにしても、私としては辛《つら》いことです。）

宮様からのお返事。

（章明親王）「浦《うら》《心（うら）》も無《な》く踏《ふ》み《文（ふみ）》遣《や》る跡《あと》を渡《わた》つ海《うみ》の潮《しほ》の干《ひ》る間《ま》も何《なに》にかはせむ

（私は、奥方に対して、下心《したごころ》のある、色めいた手紙を出したわけではありません。ですから、潮が引いてから、千鳥の付けた足跡を捜し出すように、私の書いた手紙を見つけて

読んだとしても、別に大した内容が書いてあるわけではないから、拍子抜けがすること
でしょうよ。）

宮様の手紙には、なおも、「まあ、こんなところです。兼家殿は、私が奥方に好意を寄せているなどと、邪推をしているようだが、とんだ言いがかりですぞ」と書いてあった。

【評】「常夏《とこなつ》」は、撫子《なでしこ》のこと。作者が兼家との結婚後まもなく、詠んだ歌のテーマになっていた。「5　撫子の露、新妻の涙」の歌である。

（道綱の母）思《おも》ほえぬ垣穂《かきほ》に居《を》れば《折(を)れば》撫子《なでしこ》の花《はな》にぞ露《つゆ》は溜《た》まらざりける

「居《を》る」と「折《を》る」の掛詞である。これと、この節の章明親王の歌とは、酷似している。だから、親王が作者の歌を知っていて、それを踏まえたとする説がある。もし、そうだとすれば、作者の和歌の才能は、広く知られていたのか。疑似三角関係を楽しむ親王の遊び心は、作者の和歌の才能を改めて兼家に意識させ、兼家の作者への愛を復活させただろうか。

37 山寺の盂蘭盆《うらぼん》

斯《か》かる程《ほど》に、祓《はら》への程《ほど》も、過《す》ぎぬらむ。「七夕《たなばた》は明日《あす》許《ばか》り」と思《おも》ふ。忌《い》みも、四十日許《しじふにちばか》りに成《な》りにたり。日頃《ひごろ》、悩《なや》ましうて、咳《しはぶき》など、甚《いた》うせらるるを、物《もの》の怪《け》にや有《あ》らむ、加持《かち》も試《こころ》みむ、狭所《せばどころ》の理《わり》無《な》く暑《あつ》き頃《ころ》なるを、例《れい》も物《もの》する山寺《やまでら》へ上《のぼ》る。

十五日《とをかあまりいつか》・六日《むいか》に成《な》りぬれば、盆《ぼに》などする程《ほど》に成《な》りにけり。見《み》れば、奇《あや》しき様《さま》に荷《にな》ひ、戴《いただ》き、様々《さまざま》に急《いそ》ぎつつ集《あつ》まるを、諸共《もろとも》に見《み》て、哀《あは》れがりも、笑《わら》ひもす。然《さ》て、心地《ここち》も異《こと》なる事《こと》無《な》くて、忌《い》みも過《す》ぎぬれば、京《きやう》に出《い》でぬ。

秋《あき》・冬《ふゆ》、儚《はかな》う過《す》ぎぬ。

［訳］ こんなふうに、兼家殿とも融和し、章明親王と楽しいお付き合いをしているうちに、六月の終わり（夏の終わり）に行う「六月祓《みなづきばら》え」も過ぎ、初秋の七月に入った。「明日は七夕《たなばた》だろうか」と思った記憶があるので、おそらく七月六日のことだろう。さしもの長きにわたった兼家殿の「四十五日の物忌み」も、四十日くらいが過ぎ、あと五日

ほどを残すばかりとなっていた。

このところ数日間、私の体調が優れず、咳《せき》などにも苦しめられるようになったので、もしかしたら、悪い物の怪《もののけ》に祟《たた》られているのかもしれない、加持祈禱《かじきとう》をしたら快方に向かうかもしれないと考えた。今まで仮住まいしている父の屋敷は狭くて、我慢できないくらいに残暑が苦しいので、いつもこういう時に頼っている山寺……鳴滝《なるたき》の般若寺《はんにゃじ》……へと出かけることにした。あの人も、一緒に付いてきてくれた。

七月の十五日・十六日になると、盂蘭盆《うらぼん》である。山寺の近くに住んでいる人々が、お盆の祈りをするというのでお盆のお供え物を、頭に被《かず》くという、これまで見たこともない奇妙な恰好で、それぞれが準備して、三々五々、お寺に集まってくる。その不思議な光景を、私は　あの人と一緒に眺めて、そこまでして先祖を祀《まつ》るのかと感動したり、さすがに珍妙な恰好がおかしくて笑ったりする。

そんなこんなで、私の体調も特に良いわけでもないし、特に悪いわけでもないという状態にまで戻った。あの人の四十五日の物忌みも無事に終わっていたので、都へと戻った。

この年の秋と冬は、特段のことはなくて、この年は終わった。

［評］　頭に荷物を担ぐ庶民の風習が、興味をそそる。貴重な民俗学の資料である。

作者が畏れている「物の怪《もののけ》」は、町の小路の女の生霊なのだろうか。作者には、『源氏物語』の六条御息所のイメージがあると、これまで何度も述べてきた。だから、作者は「霊になる女」の側であり、「霊に祟《たた》られる女」の側ではない。にもかかわらず、ここで、作者は、自分が霊に祟られる可能性に脅えている。霊に変身できる者は、霊のおそろしさを熟知している、ということでもあろうか。

Ⅶ　応和三年（九六三）　二十八歳

38　遅れてきた春

年返《としかへ》りて、何《なん》でふ事《こと》も無《な》し。人《ひと》の心《こころ》の異《こと》なる時《とき》は、万《よろづ》、おいらかにぞ有《あ》りける。此《こ》の朔日《ついたち》よりぞ、殿上許《てんじやうゆる》されて有《あ》る。禊《みそぎ》の日《ひ》、例《れい》の、宮《みや》より、（章明親王）「物見《ものみ》られば、其《そ》の車《くるま》に乗《の》らむ」と宣《のたま》へり。御文《おんふみ》の端《はし》に、斯《か》かる言《こと》あり。

（章明親王）わかとしの　本《ほん》のまま

例《れい》の宮《みや》には、御座《おは》せぬなりけり。（兼家＋道綱の母）「町《まち》の小路辺《こうぢわた》りか」とて、参《まゐ》りたれば、うべなむ、（章明親王の従者）「御座《おは》します」と言《い》ひけり。先《ま》づ、硯請《すずりこ》ひて、斯《か》く書《か》きて、入《い》れたり。

（兼家＋道綱の母）君《きみ》が此《こ》の町《まち》の南《みなみ》に頓《とみ》に遅《おそ》き春《はる》には今《いま》ぞ訪《たづ》ね参《まゐ》れる
とて、諸共《もろとも》に出《い》で給《たま》ひにけり《待(ま)ち》。

〔訳〕　新しい年が来て、応和三年（九六三）となった。私は二十八歳。年は改まったけれども、世間にも、私の身にも、特段変わったことはない。

兼家殿の心は、私に対してつれないという状態が「常態化」しているが、たまにそうではなく、私に対して温かな心配りをしてくれる時があって、そういう時には、私は何かにつけて平穏でいられる。

この年の一月の月初め、正確には一月三日から、あの人は再び清涼殿《せいりょうでん》の「殿上《てんじょう》の間《ま》」への昇殿が許されていた。そのため、あの人の心にもいささか落ち着きが生まれていたのである。

この年の四月中旬、賀茂祭のため斎院が賀茂川で禊《みそぎ》を行うので、私たちは見物に出かけようとしていた。この日、章明親王様から、「もし、祭の禊の見物にお出かけならば、同じ牛車に相乗りさせてもらって、一緒に出かけたい」というご意向があった。

そのお手紙の終わりのほうに、歌が記されていた。

（章明親王）わかとしの

（この写本を書き写した者から、『蜻蛉日記』の読者への報告です。この歌に関しては、私が手にした写本では、残念なことに、初句の五文字しか書かれておらず、第二句以下が残っていませんでした。ですから、「我《わ》が年《とし》の」なのか「若年《わかとし》の」なのかもわかりません。また、この歌のあとの文章も、続き具合がよくないので、もしかしたら、脱落した本文はかなり長いのかもしれません。）

私たち夫婦は、早速牛車に乗って、私の父親の別邸のお隣にある、宮様のお屋敷を目指して、そこで宮様をお乗せしようとしたが、あいにく、そこにはおられなかった。私たちは、「どこにおられるのだろう。もしかしたら、宮様は町の小路に住む女に通っておられるそうだから、そのあたりだろうか」と見当を付けた。あの人のかつての愛人が住んでいたあたりでもある。

案《あん》の定《じょう》、宮様は、そこにおられた。応対に出てきた宮様の従者は、「はい、確かに、ここにおいでです」と言う。牛車の中のことゆえ、その従者に頼んで、硯をお借りして、手持ちの紙に歌を書き記して、宮様に渡してもらった。

（兼家＋道綱の母）君《きみ》が此《こ》の町《まち》《待(ま)ち》の南《みなみ》に頓《とみ》に遅《おそ》き春《はる》には今《いま》ぞ訪《たづ》ね参《まゐ》れる

（今は四月ですので、夏です。けれども、宮様が私たちのお迎えをずっとお待ちだった、この町の小路のお屋敷のすぐ南側まで、遅ればせながら、私たち夫婦は、急ぎに急いで馳せ参じました。冬の間、ずっと待ち続けた春が、やっと到来したのと同じような感じでしょうか。）

こんなことがあって、宮様と私たちは、同じ牛車に相乗りして、祭見物に出かけたのだった。

［評］　冒頭の「人《ひと》の心《こころ》の異《こと》なる時《とき》は」の部分は、意味が通りにくいので、「人《ひと》の心《こころ》の異《こと》なる事無《ことな》き時《とき》は」と校訂する説もある。本書では、「人《ひと》の心《こころ》の異《こと》なる時《とき》は」という本文のままで、解釈を試みた。

また、この部分は、「虫食い算」どころでなく、「わかとしの」のあたりで、本文が大きく脱落している。

加えて、「君《きみ》が此《こ》の町《まち》の南《みなみ》に頓《とみ》に遅《おそ》き春《はる》には今《いま》ぞ訪《たづ》ね参《まゐ》れる」という歌の中の、「春」という言葉が、いささか奇妙である。この襖は、四月十三日だったので、ぎりぎり「遅き春」なのかもしれないが。

もしかしたら、「わかとしの」という五文字しか伝わらない親王の歌の中に、「春が遅い」という意味の言葉があったのだろうか。

39　章明親王邸の薄《すすき》

其《そ》の頃《ころ》ほひ過《す》ぎてぞ、例《れい》の宮《みや》に渡《わた》り給《たま》へるに、参《まゐ》りたれば、去年《こぞ》も見《み》しに、花《はな》、面白《おもしろ》かりき、薄《すすき》、叢叢繁《むらむらしげ》りて、いと細《ほそ》やかに見《み》えければ、（道綱の母）「此《これ》、掘《ほ》り分《わ》かたせ給《たま》はば、少《すこ》し賜《たま》はらむ」と聞《き》こえ置《お》きてしを、程経《ほどへ》て、河原《かはら》へ物《もの》するに、諸共《もろとも》なれば、（道綱の母）「此《これ》ぞ、彼《か》の宮《みや》かし」など言《い》ひて、人《ひと》を入《い》る。

（兼家＋道綱の母）「『参《まゐ》らむとするに、折無《をりな》き。類《るい》の、有《あ》ればなむ。一日《ひとひ》、執《と》り申《まう》しし薄《すすき》、聞《き》こえて』と、候《さぶら》はむ人《ひと》に言《い》へ」とて、引《ひ》き過《す》ぎぬ。儚《はかな》き祓《はら》へなれば、程無《ほどな》う帰《かへ》りたるに、

（道綱の母の従者）「宮《みや》より、薄《すすき》」と言《い》へば、見《み》れば、長櫃《ながびつ》と言《い》ふ物《もの》に、美《うるは》しう掘《ほ》り立《た》てて、青《あを》

き色紙《しきし》に結《むす》び付《つ》けたり。見《み》れば、斯《か》くぞ、

（章明親王）穂《ほ》に出《い》でば道行《みちゆ》く人《ひと》も招《まね》くべき宿《やど》の薄《すすき》を掘《ほ》る《欲(ほ)る》が理無《わりな》さ

いとをかしうも。此《こ》の御返《おんかへ》りは、如何《いか》が。忘《わす》るる程《ほど》思《おも》ひ遣《や》れば、斯《か》くても有《あ》りなむ。然《さ》れど、先々《さきざき》も如何《いか》がとぞ、覚《おぼ》えたるかし。

［訳］ さて、夏の葵祭の頃も過ぎた。宮様は、また、例の、私の父親の別邸のお隣のお屋敷でお住まいになっていた。私は、前の年の秋に、宮様のお屋敷に参上したことがあった。庭に植えられている草花が、まことに風情《ふぜい》たっぷりに咲き誇っていた。薄《すすき》も、あちこちに群《むれ》を作って繁り合っていたが、伸びている葉っぱがまことに細くて、私の感受性にぴったりきた。それで、宮様に、「もし、この見事な薄を株分けなさることがございましたら、ぜひとも、我が家の庭にも植えとうございます。ほんの少しで結構ですので、株分けした物を頂戴できませんでしょうか」とお願いしたところ、快く承諾された。

それからしばらくして、賀茂の河原に、ちょっとした用事……私的なお祓《はら》え……で、出かけたことがあった。その時は、私一人ではなく、兼家殿たちと一緒に牛車に乗っていた。私が、「あっ、ここは、章明親王様のお屋敷よ」などと言って、宮様への挨拶を言わせるために、宮様の屋敷の中に従者を差し入れた。

「『お庭の素晴らしい薄を分けていただくために参りたいのですが、今日は、妻や親族と一緒ですので、あいにくと時間の余裕がございません。先日、お取りしてもよいというご承諾を得ていますので、薄のこと、いずれ、よろしくお願い申し上げます』と、宮様のお屋敷で応対に出てくる家来に告げるのだ」と言い含めて、宮様のお屋敷の前を通り過ぎた。

　ちょっとした河原でのお祓いだったので、すぐに終わって帰宅したところ、家の者が、「章明親王様から、薄が届けられました」と言うではないか。驚きながら見てみると、長《なが》櫃《びつ》という細長い容《い》れ物《もの》に、私が気に入った、細長い葉っぱが特徴の薄が、根っこごと掘り取られている。まったく傷んでいなかった。よく見ると、薄と色の良く似た青い色紙が、結び付けてあった。その色紙をほどいて開くと、こんな歌が書かれていた。


(章明親王)穂《ほ》に出《い》でば道行《みちゆ》く人《ひと》も招《まね》くべき宿《やど》の薄《すすき》を掘《ほ》る《欲(ほ)る》が理無《わりな》さ

　(この薄は、まだ穂を出していません。まもなく、はっきりした穂を出すでしょうが、そうなると、風に吹かれて動く様子が、いかにも人を招き寄せるそぶりに見えます。我が屋敷の自慢の薄は、まだ穂にも出ていないのに、通行人はおろか、あなたたち夫婦をも招き寄せ、結果的に株分けして、あなたたちに取られてしまいました。私が秘蔵の薄を「掘る」のは、あなたちがこの薄を「欲《ほ》る」ためなので、いずれにしても残念なことですな。）

「掘る」と「欲《ほ》る」の掛詞が、面白い歌である。ここまで書いてきて、はたと困惑しているのだが、この歌に対して、どういう返事をしたのか、記録も残っていないし、記憶も定かではないのである。歌を詠んだ本人である私が記憶していないくらいであるから、大した歌ではなかったに違いない。だから、この日記に、その返事を書き記すにも及ぶまい。

また、これまで、この日記にとくとくとして書き記してきた私の歌の数々も、貴重な紙を浪費してまで書かなければならないものでもなかっただろうと、忸怩《じくじ》たる気持ちになる。

［評］　この節の最後の「此《こ》の御返《おんかへ》りは、如何《いか》が。忘《わす》るる程《ほど》思《おも》ひ遣《や》れば、斯《か》くても有《あ》りなむ。然《さ》れど、先々《さきざき》も如何《いか》がとぞ、覚《おぼ》えたるかし」は、『源氏物語』で言うところの「草子地《そうしじ》」である。語り手のコメントというか、ナレーションの部分である。

作者は、自分の返事を省略したことを読者に説明し、また、自分がこれまで語ってきた自作の和歌の出来映《できば》えについて謙遜《けんそん》し、これまで長く語ってきた章明親王との交流を、締めくくっている。

『源氏物語』では、帚木《ははきぎ》巻・空蟬《うつせみ》巻・夕顔《ゆうがお》巻という、「中《なか》の品《しな》の女」との恋愛譚《たん》がひとまとまりを形成している。帚木巻の冒頭と、夕顔巻の末尾には、語り手の草子地がある。

『蜻蛉日記』の、この節の草子地は、夕顔巻の末尾の草子地と対応している。紫式部が『蜻蛉日記』から学んだものは大きかった。

ここで、章明親王との楽しかった交流が、一段落を迎えた。兼家は、左京《さきょう》の大夫《だいぶ》となり、再び、政界で活躍の場を得てゆく。それに反比例して、作者の家庭的な幸福は凋《しぼ》んでゆく。

Ⅷ　応和四年＝康保元年（九六四）　二十九歳

40　蜩《ひぐらし》の声に悲しみが募《つの》る

春《はる》、打《う》ち過《す》ぎて、夏頃《なつごろ》、宿直勝《とのゐが》ちに成《な》る心地《ここち》するに、早朝《つとめて》、一日《ひとひ》有《あ》りて、暮《く》れには参《まゐ》りなどするを、（道綱の母）「奇《あや》しう」と思《おも》ふに、蜩《ひぐらし》の初声《はつごゑ》聞《き》こえたり。（道綱の母）「いと哀《あは》れ」と、驚《おどろ》かれて、

（道綱の母）奇《あや》しくも夜《よる》の行方《ゆくへ》を知《し》らぬかな今日《けふ》蜩《ひぐらし》《日暮(ひぐ)らし》の声《こゑ》は聞《き》けども

と言《い》ふに、出《い》で難《がた》かりけむかし。

［訳］応和四年になった。この年は、七月十日に康保元年と改元された。この年の五月、

兼家殿はずっと不満であったところの「兵部の大輔」という役職から脱出を果たし、「左《さ》京《きょう》の大夫《だいぶ》」に転任した。正月に殿上《てんじょう》を再び許されたことと相俟《あいま》って、再び政界活動への野心を膨らませつつあった。夫が野心を叶えるために政治活動に没頭し始めると、なぜか女性関係も活発となり、私の不幸な日々が始まるというのは、何とも不思議な成り行きではあった。

春が過ぎ、夏に入った頃から、つまりあの人が左京の大夫になってから、夜中《よるじゅう》、宮中に宿泊する「宿直《とのい》」の機会がかなり増えつつある、という印象を受けた。それは、本当にそうなのかもしれないけれども、もしかしたら、公務を口実として新しい愛人を作ったのではないかという疑惑を、私に抱かせた。朝早く、「宿直」が終わってすぐに我が家に来て、夕方までを過ごし、暗くなってから「宿直」のために参内《さんだい》するという日々なので、さすがに「毎晩出かけるのは、おかしい」と思っていると、庭で蜩《ひぐらし》の初声が聞こえた。夏頃からあの人の行動をいぶかしく思い続けているうちに、もう蜩の鳴く秋になったのかと思うと、「こんなにも時の流れは速かったのだ」としみじみ思われて、歌を詠んだ。

（道綱の母）奇《あや》しくも夜《よる》の行方《ゆくへ》を知《し》らぬかな今日《けふ》蜩《ひぐらし》《日暮(ひぐ)らし》の声《こゑ》は聞《き》けども

（今、今年初めての蜩の声が聞こえました。夕方に蜩が鳴くと、まもなく日が暮れて、夜が来ます。今日、あなたは、日暮《ひぐ》らし、一日中《じゅう》、私の家に留《とど》まっていました。そして、あなたの声も、一日中、聞いていました。けれども、これから夜のお出かけですね。蜩は夜に鳴かないので、どこで寝ているのかわかりません。あなたも、今夜、どこにお泊まりなのか、わかったものではありません。）

こう詠んだところ、さすがに、あの人も出かけにくかったようで、その夜は、私の屋敷に留まったのだった。

［評］　兼家の新しい愛人は、藤原忠幹《ただもと》の女《むすめ》だろうと、推定されている。兼家の子を生んでいる。

作者の歌の「夜《よる》の行方《ゆくへ》」という表現は、斬新である。「月《つき》の行方《ゆくへ》」ならば、和歌にたくさんの用例がある。ここでは、蜩の夜の行方を詠んでいる。

41　物儚い女の一生

斯《か》くて、何《なン》でふ事無《ことな》ければ、人《ひと》の心《こころ》も、猶《なほ》、弛《たゆ》み無《な》く見《み》えたり。月夜《つきよ》の頃《ころ》、良《よ》からぬ物語《ものがたり》して、哀《あは》れなる様《さま》の事《こと》ども語《かた》らひても、有《あ》りし頃思《ころおも》ひ出《い》でられて、物《もの》しければ、斯《か》く言《い》はる。

（道綱の母）曇《くも》り夜《よ》の月《つき》と我《わ》が身《み》の行末《ゆくすゑ》の覚束無《おぼつかな》さは何《いづ》れ増《ま》されり

返《かへ》り事《ごと》、戯《たはぶ》れの様《やう》に、

（兼家）推《お》し量《はか》る月《つき》は西《にし》へぞ行《ゆ》く先《さき》は我《われ》のみこそは知《し》るべかりけれ

など、頼《たの》もし気《げ》に見《み》ゆれど、（兼家）「我《わ》が家《いへ》」と思《おぼ》しき所《ところ》は、異《こと》になむ有《あ》ンめれば、いと思《おも》はずにのみぞ、世《よ》は有《あ》りける。幸《さいは》ひ有《あ》る人《ひと》のためには、年月見《としつきみ》し人《ひと》も、数多《あまた》の子《こ》など持《も》たらぬを、斯《か》く物儚《ものはかな》くて、思《おも》ふ事《こと》のみ繁《しげ》し。

【訳】私からすると、あの人の心が疑わしいのだけれども、表面上は、これといった大きな破綻はなく、あの人はこれまで通りに、足を運んでくる日々が続いた。

八月十五夜、仲秋の名月の頃だったと記憶しているが、その夜はあいにくの曇り空だった。二人で話をしていると、どうしても私は悲観的な気持ちになってしまう。あの人は、私の心を引き立てようと、未来への期待を持たせるような言葉を口にするのだけれども、私の心は一向に引き立たない。昔、二人の仲がしっくりいっていた頃は、こんなではなかったと、今の二人の関係が悲しくて、沈んだ気持ちになった。それで、こういう歌が私の口から出た。

（道綱の母）曇《くも》り夜《よ》の月《つき》と我《わ》が身《み》の行末《ゆくすゑ》の覚束無《おぼつかな》さは何《いづ》れ増《ま》されり

（明るい名月が雲に隠れてぼんやりとしか見えない「おぼつかなさ」と、本当はもっと幸福に生きられたに違いない私が今置かれている、不安定な結婚生活の「おぼつかなさ」とでは、より程度が大きいのはどちらだと思いますか。）

あの人は、笑いにごまかして返事したものだった。

（兼家）推《お》し量《はか》る月《つき》は西《にし》へぞ行《ゆ》く先《さき》は我《われ》のみこそは知《し》るべかりけれ

（いや、どちらも「おぼつかなさ」とは無縁の存在だよ。今夜の月は雲に隠れて見えないけれども、確実に西に向かってゆく。あなたも、この私がいる限り、私が守り通すから、未来永劫《えいごう》、安泰であるということを、私は推測ではなくて、確信をもって言えるのだよ。）

この歌の表面だけ読めば、この人に頼っていれば大丈夫のように思われるけれども、あの人にとっての「究極の泊まり所＝我が家」は、どうも私の家ではないように思われるので、私と兼家殿との夫婦関係は、まことにうまくゆかない、不如意《ふにょい》なものだったのである。あの人にとっての「終《つい》の泊《と》まり」は時姫様で、既に男の子が二人（道隆・道兼）、女の子が一人（超子）おいでになる。私と来たら、道綱ただ一人しか、子どもに恵まれていない。

あの人は、これから政治の世界で、どんどん頭角を現し、あの人の求める幸福を次々に手に摑んでゆくことだろう。一方の私と来たら、永年あの人と夫婦でいたものの、時姫様ほどの子だくさんには恵まれなかった。私の一生は、このように、まことにはかなくて、物思いの絶えないものだったのである。

［評］　冒頭の「人《ひと》の心《こころ》も、猶《なほ》、弛《たゆ》み無《な》く見えたり」の「人の心も」と「見えたり」部分は、例によって本文の「虫食い算」である。原文は、「ひとのこころを」「こりにたり」。「凝《こ》りにたり」「見えたり」「侘《わ》びにたり」「こころみたり」などという復元案が林立している。

作者は、「雲に隠れた名月」から触発されて、幸福になるべき資格を誰よりも多く持っているはずの自分が、なぜ「物傷い」人生を生きなければならないのか、その不如意を夫に訴える。けれども、次々に、幸福を手にしつつある夫には、妻の苦しんでいる不如意感は理解できなかった。このあたり、『源氏物語』第二部で、紫の上の抱えている内面的な苦悩を、夫の光源氏が理解できないことを連想させる。

42　母の死と、私の臨死体験

然《さ》、言《い》ふ言《い》ふも、女親《めおや》と言《い》ふ人《ひと》、有《あ》る限《かぎ》りは、有《あ》りけるを、久《ひさ》しう患《わづら》ひて、秋《あき》の初《はじ》めの頃《ころ》ほひ、空《むな》しく成《な》りぬ。更《さら》に、詮方無《せんかたな》く、侘《わび》しき事《こと》の、世《よ》の常《つね》の人《ひと》には増《ま》さりたり。数多有《あまたあ》る中《なか》に、此《これ》は、（道綱の母）「後《おく》れじ、後《おく》れじ」と惑《まど》はるるも著《しる》く、如何《いか》なるにか有《あ》らむ、足《あし》・手《て》など、唯竦《ただすく》みに竦《すく》みて、絶《た》え入《い》る様《やう》にす。

然《さ》、言《い》ふ言《い》ふ、物《もの》を語《かた》らひ置《お》きなどすべき人《ひと》は、京《きやう》に有《あ》りければ、山寺《やまでら》にて、斯《か》かる目《め》は見《み》れば、幼《をさな》き子《こ》を引《ひ》き寄《よ》せて、纔《わづ》かに言《い》ふ様《やう》は、（道綱の母）「我《われ》、儚《はかな》うて、死《し》ぬるなンめり。彼処《かしこ》に聞《き》こえむ様《やう》は、（道綱の母）『己《おの》が上《うへ》をば、如何《いか》にも如何《いか》にも、な知《し》り給《たま》ひそ。此《こ》の御後《おんのち》の事《こと》を、人々《ひとびと》の物《もの》せられむ上《うへ》にも、弔《とぶら》ひ物《もの》し給《たま》へ』と聞《き》こえよ」とて、（道綱の母）「如何《いか》にせむ」と許《ばか》り言《い》ひて、物《もの》も言《い》はれず成《な》りぬ。

日頃《ひごろ》・月頃《つきごろ》患《わづら》ひて、斯《か》く成《な》りぬる人《ひと》をば、今《いま》は、言《い》ふ甲斐《かひ》無《な》き者《もの》に成《な》して、此《これ》にぞ、皆《みな》人《ひと》は掛《か》かりて、増《ま》して、（親族）「如何《いか》にせむ。何《な》ど、斯《か》くは」と、泣《な》くが上《うへ》に、又《また》、泣《な》き惑《まど》ふ人《ひと》、多《おほ》かり。物《もの》は言《い》はねど、未《ま》だ心《こころ》は有《あ》り、目《め》は見《み》ゆる程《ほど》に、（父親）「労《いたは》し」と思《おも》ふべき人《ひと》、寄《よ》り来《き》て、（父親）「親《おや》は、一人《ひとり》やは有《あ》る。何《な》ど、斯《か》くは有《あ》るぞ」とて、湯《ゆ》を、迫《せ》めて沃《い》るれば、飲《の》みなどして、身《み》など、治《なほ》り持《も》て行《ゆ》く。

然《さ》て、猶思《なほおも》ふも、生《い》きたるまじき心地《ここち》するは、此《こ》の過《す》ぎぬる人《ひと》、患《わづら》ひつる日頃《ひごろ》、物《もの》なども言《い》はず、唯言《ただい》ふ事《こと》とては、斯《か》く物儚《ものはかな》くて有《あ》り経《ふ》るを、夜昼嘆《よるひるなげ》きにしかば、（母親）「哀《あは》れ、如何《いか》にし給《たま》はむずらむ」と、屢屢《しばしば》、息《いき》の下《した》にも物《もの》せられしを、思《おも》ひ出《い》づるに、斯《か》うまでも有《あ》るなりける。

人《ひと》、聞《き》き付《つ》けて、物《もの》したり。我《われ》は、物《もの》も覚《おぼ》えねば、知《し》りも知《し》られず。人《ひと》ぞ会《あ》ひて、（女房）「然々《しかじか》なむ物《もの》し給《たま》ひつる」と語《かた》れば、打《う》ち泣《な》きて、穢《けが》らひも忌《い》むまじき様《さま》に有《あ》りければ、（女房）「いと便無《びんな》かるべし」など物《もの》して、立《た》ちながらなむ。其《そ》の程《ほど》の有様《ありさま》はしも、いと哀《あは》れに、志《こころざし》有《あ》る様《やう》に見《み》えけり。

［訳］ これまで書き記してきたように、私と兼家殿との夫婦生活は、不条理と不如意《ふにょい》に満ちたものだった。それでも、母親が元気でいてくれるうちは、自分の感じている不安をぶつける最後の頼みどころだった。母親が口にする慰めによって癒され、私はその日その日を何とか生きてこられたのだった。

その母親が、永く患った後で、秋の初め頃に、この世の人ではなくなってしまった。私が感じた喪失感の大きさは、世間で普通に暮らしている女性たちが感じるものとは、まったく次元が異なっていた。世の中の多くの女性たちは、両親と同居していたり、夫と仲良く暮らしていたりするものだ。私ときたら、父親は別の屋敷に離れており、夫もめったに足を運んでこない。だから、母親に死なれた私には、ほかに頼る人がいないのだ。

臨終の母親を、たくさんの親族や縁者が取り巻いていた。また、私と同じように、彼女を「母親」と慕う兄弟姉妹も何人かいた。その中で、どうしたわけか、母親の死の直後から、私一人だけが足や手が極度に強《こわ》ばって、痙攣《けいれん》し始めた。「母親に死に遅れたくない。自分も母親と一緒に死にたい」という、私の心からの願いが、そのまま身体の異変となって表れたのかもしれない。私は、死の一歩手前まで行き、死の淵を覗いた。

兼家殿が、まったく当てにならない夫であることは、この日記にもう何度も書いてきたけれども、自分が死んだ後《あと》のことを託すべき人は、彼しかいない。私たちは、山寺で母の死を看取《みと》ったのだが、あの人は、都にいる。

私は、十歳になっている息子の道綱を、枕元に呼び寄せた。言葉を口にするのもやっとな状態ではあったが、道綱の体を強く抱きしめながら、息の下から、私が亡くなった場合にすべきことを言い聞かせた。

「お母さんは、もう間も無く死んでしまうような気がします。よいですか。もしも、そういう事態になったならば、お父上には、私の遺言として、間違いなく、次のように告げるのですよ。『私が死んだ後《あと》の葬儀については、いっさいご放念ください。その替わりに、亡くなったばかりの私の母君の葬儀を、一族の者たちが執《と》り行うのに加えて、あなたの格段のご配慮で、盛大なものにしてくださいね』。道綱、こう言うのですよ。わかりましたか」。そのあとで、「もはや、どうしようもないことです」と言った記憶は、かすかにあるが、それ以上はもう一言も話せなくなった。

母を看取ったばかりの親族たちも、その直後に私が突然に死にかかったものだから、大騒ぎになった。母は、この山寺で、もう何日、いや何か月も患って、それから亡くなったので、見送る側には、悲しいながらも、心の準備はできていた。だから、もう死んでしまった母親は蘇らないと諦めて、今、目の前で死にかかっている私の看病に、かかりっきりとなった。親類たちは、「どうしたらいいのだろう。母親に続いて、その娘までが、こんなことになってしまうなんて、わけがわからないわ」などと言っている。彼らは、母親の死去の際に流した涙の上に、死にそうな私のことを心配して流す涙が加わって、大騒ぎの相乗効果が起きた。

その時の私は、まことに不思議な状態だった。言葉を口にすることは、できない。けれども、意識は、まだはっきりしていた。かつ、周りの様子は、くっきりと目に見えていた。耳も、正常に聞こえていた。横になっている私の近くに、私のことを心から愛《いと》しいと思ってくれている父親が、寄ってきた。そして、「あなたは、お母さんが亡くなった悲しみのために、自分まで死にかかっているようですが、あなたの親は、お母さん一人だけではないでしょう。この父さんが、いるじゃないか。父さんのために、元気になっておくれ。どうして、父さん一人を残して、母さんだけでなく、あなたまでが死んでしまうのか。そんなことが、あってよいはずがないでしょう」と言いながら、薬湯《やくとう》を持ってこさせて、『さあ飲みなさい。お願いだから、飲んでおくれ』と言って、無理やりに口に含ませて飲ませようとする。結局、私も、何口か、薬湯を飲んだようで、少しずつ身体が楽になっていった。

薬の効き目があったのだろう、最悪の状態を脱したものの、私にはまだ自分が生きているという実感が戻ってこない。私がここまで死に近づいた理由としては、思い当たる節《ふし》がある。先ほど死の世界に旅立ったばかりの母親は、何か月も闘病生活を送っていたのだけれども、最期が近づいた頃には、ほとんど物も言えなくなっていた。けれども、ごく稀に、言葉らしきことを、口にしたことがあった。それは、娘である私が、夫の兼家殿としっくりゆかず、ふらふらと頼り無い生活をしていることへの嘆きの言葉だった。

夜となく昼となく、「ああ、可哀想に。あなたは、これからどういう人生を過ごしてゆかれるのだろうかね。母さんは心配で、死んでも死にきれないよ」と、何度も、苦しい息をしながら、やっとのことで言葉を口にされたのだった。瀕死の母親に、そこまで心配を掛けている自分の情けなさを、身に沁《し》みて感じた。そのことを思い出すと、自分はもう生きていられないと思い詰めて、こんな臨死体験をしたのではないか、と今になっては思い当たるのである。

あの人――兼家殿――が、私が死にかかっているという情報を耳にして、この山寺まで駆けつけてきた。ただし、その時の私は、まだ意識が朦朧《もうろう》としていた。だから、彼が私を心配して、ここまで来てくれたことも、まったくわからなかった。私に仕える女房が、あの人と対面して、「現在、奥様は、このような状態でございます」と説明したところ、あの人は、号泣して、死の穢《けが》れに触れることも厭《いと》わずに、私の部屋まで入ってきて、私の顔を見届けようとしたらしい。私は、母親の死の穢れに触れているし、自分自身も死にかかっているので、あの人を死穢《しえ》に触れさせるわけにはいかない。そのことを、女房も強く申し上げたらしく、あの人は、私に会うことを諦めて、部屋に上がってこずに、都に引き上げて行った、と後《あと》になって聞いた。その時の兼家殿の振る舞いには、私へのしみじみとした愛情が戻ってきていたのかもしれない。

［評］　何とも凄まじい臨死体験である。『蜻蛉日記』の一つの達成が、ここにある。おそらく、この時の作者の魂は、身体から遊離して、死につつある自分を冷静に眺めていたのではないか。

『伊勢物語』などで、仮死状態に陥った人間が、息を吹き返す場面はある。『源氏物語』でも、紫の上は、何度も臨終の瀬戸際まで行っている。けれども、死にゆく当事者が、その時の心理状態をこれほど克明に記憶し、読者に報告している例は、これまでに見られなかったことである。

個人的な体験で恐縮だが、私も死の瀬戸際まで行ったことがある。五歳の時、山の中の堤《つつみ》（ため池）で溺れた。渦の中に巻き込まれ、水に浮かんだままで何度も池の表面を回り続けた。周囲の情景もはっきり見え、人の声もはっきり聞こえていたが、手も足も口も動かなかった。胸のあたりが、気持ちよいほどにむず痒かった。目を開《あ》けて空を見ながら、「僕は死ぬのかな」と考えていた。次の瞬間、はっと気づいたら、家で布団の上に寝ていて、父親をはじめ、大人たちが取り囲んでいた。昭和の天皇誕生日で祝日だったが、お医者さんが駆けつけてくれ、注射を打ってくれた。自分から腕を差し出し、「景ちゃんは偉いね」

と近所のおばさんに誉められたが、あまりの痛さに、大泣きした。

あの時、死んでいたら、その後、『源氏物語』などの古典文学と出会うこともなく、短歌と出会うこともなく、妻と結婚することもなかった。生きていて良かったと思う。

43 耳楽《みみらく》の島

斯《か》くて、と斯《か》う物《もの》する事《こと》など、労《いたづ》く人《ひと》多くて、皆《みな》、し果《は》てつ。今《いま》は、いと哀《あは》れなる山寺《やまでら》に集《つど》ひて、徒然《つれづれ》と有《あ》り。夜《よる》、目《め》も合《あ》はぬままに、嘆《なげ》き明《あ》かしつつ、山面《やまづら》を見《み》れば、霧《きり》は、実《げ》に、麓《ふもと》を籠《こ》めたり。(道綱の母)「京《きやう》も、実《げ》に、誰《た》が許《もと》へかは出《い》でむとすらむ。いで、猶《なほ》、此処《ここ》ながら死《し》なむ」と思《おも》へど、生《い》くる人《ひと》ぞ、いと辛《つら》きや。

斯《か》くて、十日《とをか》余《あま》りに成《な》りぬ。僧《そう》ども、念仏《ねぶつ》の暇《ひま》に、物語《ものがたり》するを聞《き》けば、(僧たち)「此《こ》の亡《な》くなりぬる人《ひと》の、露《あら》はに見《み》ゆる所《ところ》なむ有《あ》る。然《さ》て、近《ちか》く寄《よ》れば、消《き》え失《う》せぬなり。遠《とほ》うては、見《み》ゆなり」、「何《いづ》れの国《くに》とかや」、「耳楽《みみらく》の島《しま》となむ言《い》ふなる」など、口々語《くちぐちかた》るを聞《き》くに、いと知《し》らまほしう、悲《かな》しう覚《おぼ》えて、斯《か》くぞ言《い》はるる。

（道綱の母）有《あ》りとだに余所《よそ》にても見《み》む名《な》にし負《お》はば我《われ》に聞《き》かせよ耳楽《みみらく》の島《しま》

と言《い》ふを、兄人《せうと》なる人《ひと》、聞《き》きて、其《そ》れも泣《な》く泣《な》く、

（藤原理能）何処《いづこ》とか音《おと》にのみ聞《き》く耳楽《みみらく》の島隠《しまがく》れにし人《ひと》を訪《たづ》ねむ

斯《か》くて有《あ》る程《ほど》に、立《た》ちながら物《もの》して、日々《ひび》に訪《と》ふめれど、唯今《ただいま》は、何心《なにごころ》も無《な》きに、穢《けが》らひの心許《こころもと》無《な》き事《こと》、覚束《おぼつか》無《な》き事《こと》など、難《むつか》しきまで書《か》き続《つづ》けて有《あ》れど、物覚《ものおぼ》えざりし程《ほど》の事《こと》なればにや、覚《おぼ》えず。

［訳］　こうして、山寺で、母の喪《も》に籠もる日々が過ぎていった。母のための法事は、手配してくれる男たちが何人もいるので、すべて、滞りなく済ませることができた。その後《あと》は、心に沁《し》みる自然に恵まれた山寺に、親族たちがそのまま残り、なすこともないので、ゆったりとした時間を過ごしている。

私は母を失った悲しみが癒《い》えず、夜、一睡もできずに、今さら悔いてもしかたのない過

去を思い返しては嘆き続けた。明け方近く、外が明るくなってくるまで、起きている。山のほうを眺めると、霧が深く立ちこめて、麓はまったく見ることができない。「川霧《かはぎり》の麓《ふもと》を籠《こ》めて立ちぬれば空にぞ秋の山は見えける」という和歌が『古今和歌六帖』にあるが、まさに、「麓《ふもと》を籠《こ》めて霧が立つ」光景が目の前に開けていた。山が、空に浮かんでいるように見えるのだ。それはそれは、幻想的で、この世ならぬ光景だった。

私は、その不思議な世界に、そのまま吸い込まれそうになる。「もう少ししたら、私もこの山寺を下りて、都に戻らなければならない。けれども、母親は、もうこの世の人ではない。母親がいないのならば、私が都に戻るのを待っている人など、誰もいない。あの人――兼家殿――ですら。さあ、どうしたものだろうか。やはり、ここで、私は死んで、母親が一足先に赴いたあの世に向かうのがよいのではないだろうか。あの世とやらは、目の前の霧の上に浮かんだ山の頂のような場所にあるのだろう」などと考えたりする。だが、その瞬間に、私の命をこの世に引き戻そうとする者たちが現れる。私の看病をしてくれた父親も、私の心配の種である我が子・道綱も、何が何でも私を死なせてはくれないのだ。それが、恨めしい。

そうこうしているうちに、七月の十日過ぎになった。

山寺の僧侶たちは、朝から晩まで、ずっと念仏を唱えてくれている。ありがたいことである。私は、ほかに何もすることがないので、その念仏の声に耳を傾けている。どんな熱心な僧侶にも、念仏と念仏の合間《あいま》があり、彼らは仏の教えに関する四方山話《よもやまばなし》をしている。私は、その話を、聞くともなしに聞いていた。

僧侶たちは、次のように話し合っていた。「今、愚僧どもは、亡くなった女性のために念仏を唱えております。そう言えば、亡くなった人の生前のお顔を、そのままはっきりと目にできる場所があると、愚僧は聞いたことがあるのです。ただし、懐かしい姿を目の当《ま》たりにして、喜びのあまりに近づきすぎますと、消え失せてしまうとも聞きました。遠くからだけ、はっきりと見えるそうなのです」、「その不思議な場所は、我が国六十余州《ろくじゅうよしゅう》の、どこにあるのですか」、「さあ、どこの国かは記憶していませんが、確か『耳楽《みみらく》の島』という名前の島のようですよ」などと、何人かの僧侶が話題にしている。

私も、その「耳楽の島」とかいう島が、どこにあるのか、知りたくてたまらない。そういう場所があるのならば、何が何でもそこまで行って、私の懐かしい母親、私のことを臨終の最期《さいご》の最期まで心配してくれていた母親の顔を、もう一度拝んで、心から詫びたい。そんな気持ちから、歌を詠んだ。

（道綱の母）有《あ》りとだに余所《よそ》にても見《み》む名《な》にし負《お》はば我《われ》に聞《き》かせよ耳楽《みみらく》の島《しま》

（ああ、懐かしいお母様。お母様は、この世の人ではなくなってしまわれましたが、あの世、それも極楽に生まれ変わっておられることを、近くからは拝見できなくても、遠くから一目、拝見しとうございます。それができるのは、「耳楽の島」という場所のようです。耳楽の島よ、「耳楽」、聞いて楽しくなる、という名前を持っているのであれば、私に「あなたの母君は、確かに、あの世に転生《てんしょう》していらっしゃいます」と告げて、私の耳を安心させておくれ。）

この歌を聞いていた兄の藤原理能《まさとう》が、もらい泣きをしながら、歌を唱和した。

（藤原理能）何処《いづこ》とか音《おと》にのみ聞《き》く耳楽《みみらく》の島隠《しまがく》れにし人《ひと》を訪《たづ》ねむ

（私も、「耳楽の島」の伝説を耳にしたことはあります。ただし、どこにあるのかは、わかりません。でも、「耳楽の島」のある場所を、何とか捜し出して、亡き母上のお姿をもう一度見たいものだと、私も心から思っていますよ。）

この歌は、柿本人麻呂《かきのもとのひとまろ》の「ほのぼのと明石《あかし》の浦の朝霧に島隠《しまがく》れゆく舟をしぞ思ふ」という歌を踏まえている。

私は山寺で、こんなふうにして、喪《も》の日々を過ごしていた。兼家殿は、死の穢《けが》れに触れないように細心の注意をして、車から下りずに挨拶だけして帰ったり、使いの者に手紙を持たせたりして、連日のように私を慰めてくれるけれども、私の側は母親を失った悲しみで茫然自失していて、彼と応対する心の余裕など、ありはしなかった。あの人は、死の穢れに触れないために私と逢えないもどかしさや、私と逢えないので心配でならないということを、うるさいくらいに手紙に書いてくるのだが、私は悲しみのために理性や分別が弱まっている時期だったからだろうか、今となってはまったく彼の文面を記憶していない。

［評］　山が浮いて見えるというのは、「浮き富士」のようなものだろうか。

「耳楽の島」は、長崎県の五島列島にあるとされる。私は、長崎県の出身で、高校時代の国語科の副教材で、『長崎の文学』という本を勉強した。その中に、『蜻蛉日記』のこの箇所が掲載してあった。半世紀近く前に学習した事を、今も懐かしく思い出す。

耳楽の島の所在は、肥前の国である。現在は「三井楽《みいらく》」と呼ばれる場所が福《ふく》江《え》島にあると、『長崎の文学』には書かれていた。

長崎県と古典と言えば、『源氏物語』の玉鬘巻とも関連する「藤原広嗣《ひろつぐ》の乱」

ゆかりの小値賀《おぢか》島もある。

遠くからは見えるが、近づきすぎたら見えないというのは、「帚木《ははきぎ》」のようなものだろうか。

ただし、耳楽の島の所在地については諸説がある。源俊頼《としより》（一〇五五〜一一二九）に、「耳楽の我《わ》が日《ひ》の本《もと》の島ならば今日も御影《みかげ》に会《あ》はましものを」とある。木下長嘯子《ちょうしょうし》（一五六九〜一六四九）の長歌にも、「日《ひ》の本《もと》ならで　有《あ》りと聞く　耳楽の島」という一節がある。これらは、日本の辺境、あるいは日本の外に「耳楽の島」があるとしている例である。

44　一叢薄《ひとむらすすき》

里《さと》にも急《いそ》がねど、心《こころ》にし任《まか》せねば、今日《けふ》、皆《みな》、出《い》で立《た》つ日《ひ》に成《な》りぬ。来《こ》し時《とき》は、膝《ひざ》に臥《ふ》し給《たま》へりし人《ひと》を、（道綱の母）「如何《いか》でか、安《やす》らかに」と思《おも》ひつつ、我《わ》が身《み》は汗《あせ》に成《な》りつつ、

（道綱の母）「然《さ》りとも」と思《おも》ふ心添《こころそ》ひて、頼《たの》もしかりき。此度《こたみ》は、いと安《やす》らかにて、あさましきまで寛《くつろ》かに乗《の》られたるにも、道《みち》すがら、いみじう悲《かな》し。

下《お》りて見《み》るにも、更《さら》に、物覚《ものおぼ》えず、悲《かな》し。諸共《もろとも》に出《い》で居《ゐ》つつ、繕《つくろ》はせし草《くさ》なども、患《わづら》ひしより始《はじ》めて、打《う》ち捨《す》てたりければ、生《お》ひ凝《こ》りて、色々《いろいろ》に咲《さ》き乱《みだ》れたり。態《わざ》との事《こと》なども、皆《みな》、己《おの》が取《と》り取《ど》りすれば、我《われ》は唯《ただ》、徒然《つれづれ》と眺《なが》めのみして、「一叢薄虫《ひとむらすすきむし》の音《ね》の」とのみぞ言はるる。

（道綱の母）手触《てふ》れねど花《はな》は盛《さか》りに成《な》りにけり留《とど》め置《お》きける露《つゆ》に掛《か》かりて

などぞ覚《おぼ》ゆる。

此彼《これかれ》ぞ、殿上《てんじやう》などもせねば、穢《けが》らひも一《ひと》つにしなしたンめれば、己《おの》がじし、引《ひ》き局《つぼね》などしつつ有《あ》ンめる中《なか》に、我《われ》のみぞ紛《まぎ》るる事無《ことな》くて、夜《よ》は念仏《ねぶつ》の声聞《こゑき》き始《はじ》むるより、やがて、泣《な》きのみ明《あ》かさる。

四十九日《なななぬか》の事《こと》、誰《たれ》も欠《か》く事無《ことな》くて、家《いへ》にてぞする。我《わ》が知《し》る人《ひと》、大方《おほかた》の事《こと》を行《おこな》ひたンめれば、人々《ひとびと》、多《おほ》く差《さ》し合《あ》ひたり。我《わ》が志《こころざし》をば、仏《ほとけ》をぞ描《か》かせたる。其《そ》の日《ひ》過《す》ぎぬれば、皆《みな》、己《おの》がじし、行《い》き散《あか》れぬ。増《ま》して、我《わ》が心地《ここち》は、心細《こころぼそ》う成《な》り増《ま》さりて、いと遣《や》る方無《かたな》く、人《ひと》は、斯《か》う心細気《こころぼそげ》なるを思《おも》ひて、有《あ》りしよりは繁《しげ》う通《かよ》ふ。

［訳］ 私は、いつまでもこの山寺に留《とど》まっていたい、いつまでも亡き母親を偲んでいたいと思っていたのだが、ほかの親類たちの都合もあり、自分のわがままを通すわけにはゆかないので、それほど戻りたくない都の屋敷に帰ることになった。

そして、皆が山寺を発《た》つ当日になった。牛車に一人で乗り込んだ時に、私は得体の知れない喪失感に取り憑《つ》かれた。私がこの山寺にやって来た時には、母と二人で牛車に乗っていた。母は横になって、私の膝に頭を乗せていた。私は、「お母さんを、少しでも楽にしてあげたい」という一心で、介抱に余念が無かった。暑い時分だったので、私は汗でびっしょりになったけれども、「お母さんの具合は、今は良くないけれども、山寺で祈禱してもらったら快方に向かうのではないか」という希望も湧いてきて、明るい未来をまだ信じていられた。ところが、今度の帰京の際には、母がいないので、ここまで牛車の中はゆったりできるものなのかと驚くほどに、私の身体は楽だった。それがかえって、母のいない空虚さを感じさせ、ひどく悲しかった。

久しぶりに、都にある実家に戻ってきた。母のいない家は、空虚である。牛車から下りて、屋敷を一目見るなり、悲しみがこみ上げてきて、何も考えられなくなった。母が元気だった頃には、私と二人で部屋の中の庭に近い場所に出て行って、人を指図しながら綺麗な草花を手入れさせていたのに、母が体調を崩してからというものは、庭の手入れがまったくできなくなってしまった。久しぶりに帰宅してみると、草が野放図に生《お》い茂っていて、色とりどりの花があちこちでたくさん咲いている。その庭の草花には、どことなく秩序といったものが感じられず、庭作りを愛していた母を失った結果が、はっきりと現れていた。けれども、その庭には、草花を愛する母の意志、いや遺志が、まだかすかに感じられるのだった。

母を追善するための特別の法要なども、親類や縁者がそれぞれに心を尽くして取り計らってくれるので、私は何もせずに済んだ。庭の荒れ果てたようすを、茫然と眺めてばかりいたのだが、無意識のうちに、古歌が口をついて出てきた。『古今和歌集』の「君《きみ》が植《う》ゑし一叢《ひとむら》薄《すすき》虫《むし》の音《ね》の繁《しげ》き野辺《のべ》とも成《な》りにけるかな」という歌である。草を植えた人が亡くなった今、薄がぼうぼうに生《お》い茂っている。そこにたくさんの虫がすだく。耳に痛いほどの鳴き声である。この歌を思い出した時、私は心の中で母を慕って泣いていたのだろう。

私は、母を思って、歌を詠んだ。

（道綱の母）手触《てふ》れねど花《はな》は盛《さか》りに成《な》りにけり留《とど》め置《お》きける露《つゆ》に掛《か》かりて

（誰も手を入れていないのに、秋の庭には、これほどまでに色とりどりの花が繚乱と咲き誇ってくれている。誰も手を触れていないというのは間違いで、この庭を愛してくれていた亡き母の「露の恵み」が、今も草花を育てており、これほどまでの花を咲かせてくれたのだろう。）

親類の男たちは、皆で相談して、喪《も》に服すために宮中での勤めを休んで、この家に引き籠《こ》もることに決めたようだ。一人でも宮仕えしている者がいると、その人に死の穢《けが》れが移ると大変なので気を使うのだが、そういう心配は無くなった。

実家に集まってきている親族たちは、大きな部屋を、それぞれが屏風や衝立《ついたて》などで仕切って、自分用の居住空間を確保し、その日その日を過ごしているようだ。けれども、彼らはあまり母親のことを偲んで悲しんでいるようにも見えない。私だけは、ひたすら亡き母親のことばかりを嘆き続けた。夜に、僧侶たちが追善のための念仏を唱え始めたのが聞こえてきたら、ずっと夜通し、泣き続けて朝を迎えるのが常だった。

母親の四十九日は、親族全員が揃い、誰一人欠けることなく、実家で法要を営んだ。私の夫である兼家殿が、万事、取り計らってくれたようだ。兼家殿の力でもあろう、多くの人々が法要に参列してくれた。私自身の亡き母親への志として、仏様のお姿を絵師に描かせて奉納した。

その四十九日の法要が済んだので、母親の喪に服すために、実家に集まってきていた親族たちは、散り散りに、それぞれの家に戻って行った。彼らがこの家に集まっていた頃も、私の心は喪失感で一杯だったのだが、彼らが去って、家の中が森閑とすると、さらに私の心は寂寥で満たされ、晴れることがない。兼家殿は、このような私の不安を察して、これまでよりは足繁く通ってきて、慰めてくれた。

[評]『徒然草』の第三十段が、連想される。

人の亡《な》き後《あと》ばかり、悲しきは無《な》し。
中陰《ちゆういん》の程《ほど》、山里などに移ろひて、便悪《びんあ》しく狭《せば》き所に、数多《あまた》会ひ居《ゐ》て、後《のち》の業《わざ》ども営み合へる、心慌《こころあわ》たたし。日数《ひかず》の速《はや》く過《す》ぐる程《ほど》ぞ、物《もの》にも似《に》ぬ。果《は》ての日《ひ》は、いと情無《なさけな》う、互《たが》ひに言《い》ふ事《こと》も無《な》く、我賢《われかしこ》げに物引《ものひ》き認《したた》め、散《ち》り散《ち》りに行《ゆ》き分《あ》かれぬ。基《もと》の住《す》み処《か》に帰《かへ》りてぞ、更《さら》に悲《かな》しき事《こと》は多《おほ》かるべき。

兼好は、もしかしたら『蜻蛉日記』を読んでいたのかもしれない。

「一叢薄《ひとむらすすき》」に関しては、『源氏物語』の柏木巻を連想する。

前栽《せんざい》に、心入《い》れて繕《つくろ》ひ給《たま》ひしも、心《こころ》に任《まか》せて繁《しげ》り合《あ》ひ、一叢薄《ひとむらすすき》も頼《たの》もし気《げ》に広《ひろ》ごりて、虫《むし》の音《ね》添《そ》へむ秋《あき》、思《おも》ひ遣《や》らるるより、いと物哀《ものあは》れに、露《つゆ》けくて、分《わ》け入《い》り給《たま》ふ。

紫式部も、『蜻蛉日記』を読んでいたのではないか、という気が、私にはする。

なお、喪失感を感じさせる一叢薄《ひとむらすすき》は、室町時代の謡曲『井筒《いづつ》』にまで通じている。

また、「我《わ》が志《こころざし》をば、仏《ほとけ》をぞ描《か》かせたる」の箇所は、「我《わ》が志《こころざし》には、仏《ほとけ》をぞ描《か》かせたる」と本文を改める説が有力だが、このままでも意味が通じるので、そのままとした。

45 袈裟《けさ》の思い出

然《さ》て、寺《てら》へ物《もの》せし時《とき》、と斯《か》う取《と》り乱《みだ》りし物《もの》ども、徒然《つれづれ》なるままに認《したた》むれば、明《あ》け暮《く》れ取《と》り使《つか》ひし物《もの》の具《ぐ》なども、又《また》、書《か》き置《お》きたる文《ふみ》など見《み》るに、絶《た》え入《い》る心地《ここち》ぞする。弱《よわ》く成《な》り給《たま》ひし時《とき》、忌《い》む事《こと》受《う》け給《たま》ひし日《ひ》、有《あ》る大徳《だいとこ》の袈裟《けさ》を引《ひ》き掛《か》けたりしままに、やがて、穢《けが》らひにしかば、物《もの》の中《なか》より、今《いま》ぞ見付《みつ》けたる。（道綱の母）「此《これ》、遣《や》りてむ」と、未《ま》だしきに起《お》きて、「此《こ》の御袈裟《おんけさ》」と書《か》き始《はじ》むるより、涙《なみだ》に暗《くら》されて、（道綱の母）「此故《これゆゑ》に、

（道綱の母）蓮葉《はちすば》の玉《たま》と成《な》るらむ結《むす》ぶにも袖《そで》濡《ぬ》れ増《ま》さる今朝《けさ》袈裟(けさ)の露《つゆ》かな」

と書《か》きて、遣《や》りつ。

又《また》、此《こ》の袈裟《けさ》の主《ぬし》の兄《このかみ》も、法師《ほふし》にてあれば、祈《いの》りなども付《つ》けて頼《たの》もしかりつるを、「俄《にはか》に、亡《な》くなりぬ」と聞《き》くにも、（道綱の母）「此《こ》の弟《はらから》の心地《ここち》、如何《いか》ならむ。我《われ》も、いと口惜《くちを》し。頼《たの》みつる人《ひと》の、斯《か》うのみ」など、思《おも》ひ乱《みだ》るれば、屢屢訪《しばしばとぶら》ふ。然《さ》るべき様《やう》、有《あ》りて、雲林院《うりんゐん》に候《さぶら》ひし人《ひと》なり。四十九日《なななぬか》など果《は》てて、斯《か》く言《い》ひ遣《や》る。

（道綱の母）思《おも》ひきや雲《くも》の林《はやし》を打《う》ち捨《す》てて空《そら》の煙《けぶり》に立《た》たむものとは

などなむ、己《おの》が心地《ここち》の侘《わび》しきままに、野《の》にも山《やま》にも掛《か》かりける。

儚《はかな》ながら、秋《あき》・冬《ふゆ》も、過《す》ごしつ。

［訳］　母親の四十九日が終わってから、遺品の整理をぼつぼつ始めた。母親を山寺に連れて行って、祈禱してもらっていた頃には、山寺へ行く際にも、山寺から戻る際も、慌《あわ》ただしかったので、母親の部屋にはいろいろな品物が雑然と散らかったままになっていた。一連の葬儀も無事に終わったので、私も時間のゆとりができ、整理に着手した。母親が生前に朝夕、日常的に使っていた調度品などがある。また、母親が書き残していた手紙などもある。それらを手にすると、心臓がどきどきして、このまま自分も死んでしまいそうになるくらい、胸が締めつけられて苦しくなる。

山寺で母親がひどく衰弱して命も危なく見えた臨終の時に、少しでも寿命を延ばそう、また死んだ後《あと》の極楽往生も可能になるだろうと考えて、受戒《じゅかい》してもらって尼にしてもらったことがあった。その時に、受戒した証拠として、母親は、山寺の高徳の僧侶から、袈裟《けさ》を身体に掛けていただいたのだった。ところが、その直後に母は身まかってしまった。その袈裟は、母親の死の穢《けが》れに触れたので、お寺に返すこともできず、そのまま屋敷に持ってきていた。その袈裟を、母の遺品の中から、今になって見つけたのだ。

私は、その袈裟をお寺にお返ししようと、朝早く起き出して、手紙を書き始めた。「この袈裟をお借りしていました」と、手紙の書き出しを記した瞬間に、涙が突き上げてきて、目の前が真っ暗になり、それ以上の文字が書けなくなった。

私は、「この袈裟のお力で」とだけ書いて、そのまま和歌に繋げた。

(道綱の母)蓮葉《はちすば》の玉《たま》と成《な》るらむ結《むす》ぶにも袖《そで》濡《ぬ》れ増《ま》さる今朝《けさ》の露《つゆ》かな

袈裟(けさ)

(この袈裟のお力で、亡き母も、今頃は極楽往生を遂げて、蓮の葉の上の清らかな露の玉となっていることでしょう。母の命は極楽の露となって結んでいてほしい、と思いながら、この袈裟の紐《ひも》を結びました。随喜の涙と悲しい涙が一つになって、今朝は、この袈裟の上に私の涙の露が結んでおります。)

こう書いて、お坊様に袈裟をお返ししたのだった。

さて、袈裟をお返ししたお坊様の兄君も、出家者だった。その方にも、私たちはお祈りなどを依頼することが多く、この方面では篤《あつ》く信頼し、帰依《きえ》していた。

そのお兄さんのほうのお坊様が、「突然にお亡くなりになった」という噂を耳にしたので、私は、「弟のお坊様は、兄君の遷化《せんげ》の報に接して、どのようなお気持ちだろうか。私ですら、残念でならない。どうして、母親と言い、このお坊様と言い、私が頼りとしている方たちばかりが、相次いでこの世を去ってしまうのだろうか」と嘆かわしく、たびたび弟のお坊様にお見舞いの品物を届けた。

亡くなった兄君は、しかるべき事情があって、紫野《むらさきの》の雲林院《うりんいん》におられた方だった。その方の四十九日が終わったあとで、弟君には、こう詠み贈った。

（道綱の母）思《おも》ひきや雲《くも》の林《はやし》を打《う》ち捨《す》てて空《そら》の煙《けぶり》に立《た》たむものとは

（兄君は「雲の林」と書く雲林院に仕えていらっしゃいました。まさか、その兄君の魂が、雲林院を捨ててしまって、あの世へと旅立ち、煙となって空に上《のぼ》ってしまわれるとは、想像もつきませんでした。）

火葬の煙は、野にも山にも掛かり、やがては消えてゆく。私も、度重《たびかさ》なる悲しみのために、心が身体から遊離して、野にも山にもさまよい出てゆきそうな気持ちがしていた。

そんなふわふわした心境のまま、この年の秋と冬が過ぎた。私の二十九歳、つまり二十代の最後の年は、こうして空のかなたに消えていった。

［評］　雲林院は、桜と紅葉の名所であり、古典文学にも、しばしば登場する。『大鏡』は、雲林院の菩提講《ぼだいこう》の折に、長生きした老人たちが語り合った昔話という体裁である。

『源氏物語』でも、光源氏がここに籠もっている。室町時代の謡曲『雲林院』は、『伊勢物語』と関連する。紫式部の墓と伝えられる石塔や、紫式部誕生の井戸も、紫野の近辺にある。

なお、「此《こ》の袈裟《けさ》の主《ぬし》の兄《このかみ》」とした本文は、「このけさのこのかみ」が原文である。「主《ぬし》の」を補う説に従った。

IX 康保二年（九六五）　三十歳

46 母死して、はや一年《ひととせ》

一《ひと》つ所《ところ》には、兄人《せうと》一人《ひとり》、叔母《をば》と思《おぼ》しき人《ひと》ぞ住《す》む。其《そ》れを親《おや》の如《ごと》思《おも》ひて有《あ》れど、猶《なほ》、昔《むかし》を恋《こ》ひつつ泣《な》き明《あ》かして有《あ》るに、年返《としかへ》りて、春《はる》・夏《なつ》も過《す》ぎぬれば、今《いま》は果《は》ての事《こと》すとて、此《こ》度許《たびばか》りは、彼《か》の有《あ》りし山寺《やまでら》にてぞする。

有《あ》りし事《こと》ども思《おも》ひ出《い》づるに、いとどいみじう哀《あは》れに悲《かな》し。導師《だうし》の、始《はじ》めにて、（導師）「うつたへに、秋《あき》の山辺《やまべ》を訪《たづ》ね給《たま》ふには、あらざりけり。眼《まなこ》閉《と》ぢ給《たま》ひし所《ところ》にて、経《きやう》の心《こころ》、解《と》かせ給《たま》はむ、とにこそ有《あ》りけれ」と許《ばか》り言《い》ふを聞《き》くに、物覚《ものおぼ》えず成《な》りて、後《のち》の事《こと》どもは、覚《おぼ》えず成《な》りぬ。

有《あ》るべき事《こと》ども、終《を》はりて、帰《かへ》る。やがて、服《ぶく》、脱《ぬ》ぐに、鈍色《にびいろ》の物《もの》ども、扇《あふぎ》まで、祓《はら》へなどする程《ほど》に、

（道綱の母）藤衣流《ふぢごろもなが》す涙《なみだ》の川水《かはみづ》は岸《きし》にも増《ま》さる物《もの》にぞ有《あ》りける

と覚《おぼ》えて、いみじう泣《な》かるれば、人《ひと》にも言《い》はで、止《や》みぬ。

［訳］ 私が住んでいる家の同じ敷地には、母を同じくする兄（理能）と、母の妹に当たる叔母《おば》が暮らしていた。その叔母を、今となっては母親代わりだと思って、大切にしている。けれども、どんなに母親と顔や雰囲気が似ていても、叔母は母親本人ではないので、やはり私の心にぽっかり空《あ》いた穴は、塞《ふさ》がらない。

母と一緒に暮らした日々のことが恋しく、泣いてばかりいるうちに、新しい年が始まって、私は数えの三十歳になった。ああ、私はこれまで何をしてきたのだろう。春が過ぎ、夏も過ぎた。そして、早くも秋になり、母親の一周忌が巡ってきた。

四十九日の法要は自宅で営んだけれども、一周忌だけは、母が亡くなった山寺で営むことにした。山寺に来てみると、一年前、母が亡くなった頃の思い出が鮮明に蘇ってくる。

山寺に来る以前にも、山寺では母を思い出して悲しいだろうと予感はしていたのだけれども、予想以上に切なくて、悲しい。

一周忌の法要が始まり、導師を勤めてくれた僧侶が、この日の法要の意図を、仏様に申し上げる「表白《ひょうびゃく》」を誦《よ》み上げられる。

「本日、ここに参集された方々は、必ずしも、美しい秋の山辺《やまべ》の光景を眺めるために、当寺にお出でになったのではありません。これらの方々の母君がお亡くなりになった山寺で、尊い経典の意味をお聞きになろうとして、お集まりになったのです」と、導師が表白を誦《よ》まれるのを聞いた途端に、それだけで心がいっぱいになってしまった。そのあとの導師の言葉は、聞いていたのだろうけれども、記憶には残っていない。

法事は、式次第通りに、すべて終了した。私たちは山寺を後《あと》にして、都に戻った。そのまま、喪服を脱いで、一年ぶりに、普段用の衣服に着替えた。喪に服すために用いていた灰色や黒などの扇や喪服などのお祓《はら》いをするために、賀茂川の河原に出て、お清めをして、水に流したりした。その時の気持ちを詠んだ歌。

（道綱の母）藤衣《ふぢごろも》流《なが》す涙《なみだ》の川水《かはみづ》は岸《きし》《着(き)し》にも増《ま》さる物《もの》にぞ有《あ》りける

（母の喪に服すために一年間着ていた黒い喪服を、賀茂川の水に入れて流すにつけても、これを着ていた頃にも増さる強い悲しみが、こみ上げてくる。私がこぼした大量の涙ゆえに、賀茂川の水も、岸を大きく越えてしまいそうだ。）

こんなことを考えながら、私は泣きに泣いた。ただし、この歌は、私の心の中一つに留めて、ほかの人には語らなかった。

【評】『拾遺和歌集』に、「藤衣《ふぢごろも》祓《はら》へて捨《す》つる涙川岸《なみだがはきし》にも増《ま》さる水《みづ》ぞ流《なが》るる」（読み人知らず）とある歌に、酷似している。「岸」と「着し」の掛詞も、共通している。

藤原清輔《きよすけ》の歌論書『奥義抄《おうぎしょう》』では、『拾遺和歌集』の「藤衣」の歌の作者を紀貫之であるとし、それを本歌として『蜻蛉日記』の「藤衣」の歌が詠まれた、としている。清輔は、「古歌を盗む証歌」として、この二首を並べて掲げ、古歌（紀貫之）を盗むのはよくないが、良く詠めば（道綱の母）許される、と述べている。道綱の母は、古歌をあからさまに用いているものの、歌としての出来映えが優れているので、許容されるということだろう。

47 断絃の故事

忌日《きにち》など果《は》てて、例《れい》の徒然《つれづれ》なるに、弾《ひ》くとは無《な》けれど、琴《こと》、押《お》し拭《のご》ひて、掻《か》き鳴《な》らしなどするに、（道綱の母）「忌《い》み無《な》き程《ほど》にも成《な》りにけるを。哀《あは》れに、儚《はかな》くても」など思《おも》ふ程《ほど》に、彼方《あなた》より、

（叔母）今《いま》はとて弾《ひ》き《引(ひ)き》出《い》づる琴《こと》の音《ね》を聞《き》けば打《う》ち返《かへ》しても猶《なほ》ぞ悲《かな》しき

と有《あ》るに、異《こと》なる事《こと》もあらねど、此《これ》を思《おも》へば、いとど泣《な》き増《ま》さりて、

（道綱の母）亡《な》き人《ひと》は訪《おとづ》れもせで琴《こと》の緒《を》を断《た》ちし月日《つきひ》ぞ返《かへ》り来《き》にける

［訳］　こうして、母の一周期も過ぎ、喪に服す期間は終わった。喪中は、歌舞音曲《かぶおんぎょく》を慎むので、琴などの演奏を控えていた。法事も終わり、喪服などのお祓いを済ませた後《あと》は、少しずつ日常生活に戻っていった。

そんなある時、ほかに何もすることがなく、所在がなかったので、部屋のあちこちを眺めていると、久しく手を触れていなかった琴が目に入った。弾《ひ》いてみようというつもりで

はなかったのだけれども、琴の上に積もっている塵を押し拭《ぬぐ》っていると、無意識のうちに、昔、母に教わった曲を演奏していたのだろう、ついつい音が出てしまった。

その音に驚いて、はっと我に返った。「いけない、音を出してしまった。あっ、いや、もう忌《いみ》は明けていたのだっけ。もう一年の月日が経《た》ってしまったのか。時の流れは、留《とど》めようがないのだ。人間は、何とはかない存在なのだろう」と思っていると、同じ敷地に、離れて暮らしている叔母から、和歌が贈られてきた。それを見ると、

(叔母)今《いま》はとて弾《ひ》き出《い》づる琴《こと》の音《ね》を聞《き》けば打《う》ち返《かへ》しても猶《なほ》ぞ悲《かな》しき

引(ひ)き

(もう忌みは明けたということで、あなたも一年ぶりに、琴を物入れから引っぱり出して、弾き始めたのですね。琴の演奏には「返し」という技法がありますが、あなたの演奏を聴いていると、日常が戻ってきたのはうれしく思いますが、まだ姉が元気だった頃のことが繰り返し思い出されて、やっぱり悲しくなってしまいます。)

と書いてあった。

私が琴を久しぶりに手に取って弾いたことも、叔母が寄越した歌の内容も、これと言って特別なことはなく、この日記に書かなくてもよさそうなものだけれども、亡き母の思い出のために記しておくことにした。

私は叔母の歌を詠んでから、しばらく泣きに泣いて、それからやっと返事ができた。
(道綱の母)亡《な》き人《ひと》は訪《おとづ》れもせで琴《こと》の緒《を》を断《た》ちし月日《つきひ》ぞ返《かへ》り来《き》にける
(この世から去った母は、二度と帰ってきてくれません。けれども、母が亡くなってからちょうど一年が経ち、祥月命日《しょうつきめいにち》が戻ってきたことです。)

[評] 作者の詠んだ「亡き人は」の歌は、『後拾遺和歌集』に選ばれている。叔母の和歌は、詞書の中に溶け込まされている。
藤原清輔の『奥義抄』は、この歌の解説として、「伯牙絶絃《はくがぜつげん》(断絃《だんげん》)」の故事を解説している。

48 姉、都を去りぬ

斯《か》くて、数多《あまた》有《あ》る中《なか》にも、頼《たの》もしき者《もの》に思《おも》ふ人《ひと》、此《こ》の夏《なつ》より、遠《とほ》く物《もの》しぬべき事《こと》の有《あ》るを、(姉)「服《ぶく》、果《は》てて」と有《あ》りつれば、此《こ》の頃《ごろ》、出《い》で立《た》ちなむとす。此《これ》を思《おも》ふに、(道綱の母)「心細《こころぼそ》し」と思《おも》ふにも、疎《おろ》かなり。

(姉)「今《いま》は」とて、出《い》で立《た》つ日《ひ》、渡《わた》りて、見《み》る。装束一領《さうずくひとくだり》許《ばか》り、儚《はかな》き物《もの》など、硯箱一具《すずりばこひとよろひ》に入《い》れて、いみじう騒《さわ》がしう、罵《ののし》り満《み》ちたれど、我《われ》も、行《ゆ》く人《ひと》も、目《め》も見合《みあ》はせず、唯《ただ》、向《む》かひ居《ゐ》て、涙《なみだ》を堰《せ》き兼《か》ねつつ、皆人《みなひと》は、(女房たち)「何《な》ど」、「念《ねん》ぜさせ給《たま》へ」、「いみじう忌《い》むなり」などぞ言《い》ふ。然《さ》れば、(道綱の母)「車《くるま》に乗《の》り果《は》てむを見《み》むは、いみじからむ」と思《おも》ふに、家《いへ》より、(兼家)「疾《と》く渡《わた》りね。此処《ここ》に、物《もの》したり」と有《あ》れば、車《くるま》、寄《よ》せさせて、乗《の》る程《ほど》に、行《ゆ》く人《ひと》は、二藍《ふたゐ》の小袿《こうちき》なり、留《と》まるは、唯《ただ》、薄物《うすもの》の赤朽葉《あかくちば》を着《き》たるを、脱《ぬ》ぎ替《か》へて、別《わか》れぬ。

九月十日《ながつきとをか》余《あま》りの程《ほど》なり。家《いへ》に来《き》ても、(兼家)「何《な》ど、斯《か》く凶々《まがまが》しく」と咎《とが》むるまで、いみじう泣《な》かる。

[訳]　このようにして、母のいない日々が、一年間、過ぎていった。この母親から生まれた兄弟姉妹はたくさんいるのだが、私が最も信頼している姉が、今年の夏から、夫であ

る為雅《ためまさ》殿の地方赴任のために、妻として同行することになっていた。ただし、姉は、「今年の秋の母親の一周期が終わるまでは」と言って、都に留まっていてくれた。

その姉も、何とか母の一周忌の法要も終わったので、まもなく夫の赴任地に出立することになった。そのことを思うと、「母との死別に続いて、姉との生き別れは何と不安なことだろう」と嘆く私の心は、どうにも形容できないほどに掻き乱されている。

姉が、いよいよ、「さあ、これから都を出立します」と決めた日には、私も姉の家まで出かけて、見送ることにした。私は姉への餞別として、衣装を一揃《そろ》いのほか、ちょっとした小物などを硯箱一揃《そろ》いの中に入れて持参した。

姉の家では、旅立ちの直前なので、上へ下への大騒ぎだった。使用人たちが大騒ぎしながら走り回っている中で、見送る私と、旅立つ姉の二人だけの周りだけ、時間が停止しているかのようだった。二人は、黙ってうつむいたままで、目と目を見合わせることすらできない。上を向くと、こぼれ出てくる涙が、はっきりとほかの人にもわかってしまうから、下を見ているしかなかったのだ。姉に仕える女房も、私の女房たちも、「どうして、泣いてしまうのですか」、「我慢あそばしませ」、「旅立ちに涙を見せるのは、不吉と申します」などと、ここで泣いてはいけません、と口々に言う。

「姉が出発する前から、こんな調子では、いざ、姉が牛車に乗って旅立つのを見送る瞬間には、どうなってしまうのだろうか」と、私は心配でたまらない。そう思っていると、私の家から使いがやって来て、「兼家様が、お見えです」と言う。兼家殿からも伝言があり、「早く、戻っていらっしゃい。私は、もうここに来ているのだからね」ということだった。私は、仕方なく家に戻ることになった。自分が乗る牛車が、部屋の前に横付けされた。旅立つ姉は、藍《あい》と紅《くれない》で染めた二藍《ふたあい》の服を着ていた。見送る私は、薄く織った赤朽葉《あかくちば》色の服を着ていた。私たちは、お互いの着物を脱ぎ変えて、別れたのだった。

これが、九月十三夜も近い、九月十日過ぎのことだった。家に戻って来た後《あと》も、私の涙が止《と》まらなかったので、あの人からも、「どうして、そんなに泣きじゃくるんだ。縁起でも無い」と叱られるほどだった。

［評］　為雅は、備中《びっちゅう》の守になった記録はあるが、その他の経歴はよくわかっていない。

次の節では「逢坂の関」を越えたとあるので、赴任地は西国の備中ではなく、東国のどこかである。

かつては父親が陸奥の国に赴任し、今は、姉が夫の任国に同行する。受領階級の家に生まれた女たちは、流転の人生を生きる定めなのだった。『蜻蛉日記』は、少女時代に地方に滞在した経験があるのだろうか。『更級日記』の作者は、少女時代の上総《かずさ》の国の体験が大きかった。ちなみに、紫式部も越前の国に滞在していた。

49 逢坂山の姉を思う

然《さ》て、（道綱の母）「昨日《きのふ》・今日《けふ》は、関山許《せきやまばか》りにぞ物《もの》すらむかし」と思《おも》ひ遣《や》りて、月《つき》のいと哀《あは》れなるに、眺《なが》め遣《や》りて、居《ゐ》たれば、彼方《あなた》にも、未《ま》だ起《お》きて、琴弾《ことひ》きなどして、斯《か》く言《い》ひたり。

（叔母）引《ひ》き《弾(ひ)き》留《と》むる物《もの》とは無《な》しに逢坂《あふさか》の関《せき》の口目《くちめ》《朽目(くちめ)・朽女(くちめ)》の音《ね》にぞ濡《そぼ》つる

此《これ》も、同《おな》じ、思《おも》ふべき人《ひと》なればなりけり。

（道綱の母）思《おも》ひ遣《や》る逢坂《あふさか》山の関《せき》の音《ね》は聞《き》くにも袖《そで》ぞ朽目《くちめ》付《つ》きぬる
など思《おも》ひ遣《や》るに、年《とし》も返《かへ》りぬ。

［訳］このようにして、姉は夫の任国へと旅立っていった。私は都に残って、九月十三夜近くの名月を見ながら、旅立った最愛の姉を懐かしんでいた。「昨日、都を旅立ったのだから、今日の今頃は、逢坂の関がある関山《せきやま》あたりに泊まって、このお月様を御覧になっているのだろうか」と思いやっていた。

その月は、とても美しかった。旅立ったばかりの姉は、さぞかし悲しい思いで月を見上げているだろうと思いながら、寝ずに起きていたところ、同じ敷地に住んでいる叔母も、寝つけなかったようで、彼女の弾く琴の音がこちらに聞こえていたが、こんな歌を詠んで、私に贈ってきた。

（叔母）引《ひ》き（弾(ひ)き）留《と》むる物《もの》とは無《な》しに逢坂《あふさか》の関《せき》の口目《くちめ》（朽目(くちめ)・朽女(くちめ)）の音《ね》にぞ濡《そぼ》つる

（あなたのお姉さんは、今頃は逢坂の関の入口近くにいることでしょう。逢坂の関は、関とは名ばかりで、通行人を引き留めることは、ほとんどありません。私の弾く琴も、それを聞く人を引き留める力はありません。和琴《わごん》に「朽目《くちめ》」という名器があったそうですが、年老いて「朽女《くちめ》」となった私は、大切な人々が身の周《まわ》りから次々といなくなってしまうので、泣いてばかりいます。）

旅立った姉は、叔母から見たら姪に当たっているので、この叔母も、私と同じように深く悲しんでいるのであった。私は、次のように歌を返した。

（道綱の母）思《おも》ひ遣《や》る逢坂《あふさか》山の関《せき》の音《ね》は聞《き》くにも袖《そで》ぞ朽目付《くちめつ》きぬる

（逢坂の関の近くには、琴の名人だった蝉丸《せみまる》の伝説もあります。源博雅《ひろまさ》（博雅《はくが》の三位《さんみ》）という人は、蝉丸の演奏する秘曲を聞きたくて、逢坂の関まで通ったと聞いています。今、叔母様は逢坂の関の近くにいる姉を偲《しの》んで、琴を弾いておられます。その音を聞いていますと、蝉丸の演奏に感涙を催した源博雅のように、私の目からは大量の涙がこぼれ、袖が早くも朽ち始めてしまい、「朽目《くちめ》」ができてしまったことです。）

都から遠くにいる姉を思いやり、心を傷《いた》めているうちに、その年も終わった。

［評］「昨日・今日」という言い方は、『伊勢物語』第百二十五段の「終《つひ》に行《ゆ》く道とはかねて聞きしかど昨日今日《きのふけふ》とは思はざりしを」を連想させる。死別と生

別の違いを問わず、突然に、けれども確実に訪れる別れの日の到来に、心を動かされた衝撃が、この「昨日・今日」という言葉なのだと思う。

「朽目《くちめ》」は、『枕草子』の「無名《むみやう》と言《い》ふ琵琶《びは》の御琴《おんこと》を」の段に、「塩竈《しほがま》」「二貫《ふたぬき》」と並ぶ和琴《わごん》の名器として、名前が出ている。

源博雅が蟬丸の演奏を聴くために、逢坂に通い続けて三年目、八月十五夜の月が朧《おぼ》ろに霞み、風が吹いている夜に、秘曲を耳にできたのだった。『蜻蛉日記』のこの節が、「月のいと哀れなるに」と始まっているのも、蟬丸伝説と関わるのだろう。

X 康保三年（九六六） 三十一歳

50 兼家、倒れる

三月《やよひ》許《ばか》り、此処《ここ》に渡《わた》りたる程《ほど》にしも、苦《くる》しがり初《そ》めて、（兼家）「いと理無《わりな》う苦《くる》し」と思《おも》ひ惑《まど》ふを、（道綱の母）「いと、いみじ」と見《み》る。

言《い》ふ事《こと》は、（兼家）「此処《ここ》にぞ、いと有《あ》らまほしきを、何事《なにごと》もせむに、いと便無《びんな》かるべければ、彼処《かしこ》へ物《もの》しなむ。（道綱の母）『辛《つら》し』と、な思《おぼ》しそ。俄《にはか》にも、幾許《いくばく》も有《あ》らぬ心地《ここち》なむするなむ、いと理無《わりな》き。哀《あは》れ、死《し》ぬとも、思《おぼ》し出《い》づべき事《こと》の無《な》きなむ、いと悲《かな》しかりける」とて泣《な》くを見《み》るに、物覚《ものおぼ》えず成《な》りて、又《また》、いみじう泣《な》かるれば、（兼家）「な泣《な》き給《たま》ひそ。苦《くる》しさ、増《ま》さる。世《よ》に、いみじかるべき業《わざ》は、心《こころ》、図《はか》らぬ程《ほど》に、斯《か》かる別《わか》れせむなむ、有《あ》りける。如何《いか》に、し給《たま》はむずらむ。一人《ひとり》は、世《よ》に御座《おは》せじな。然《さ》りとも、己《おの》が忌《い》みの中《うち》に、し給《たま》ふな。もし、死《し》なずは有《あ》りとも、限《かぎ》りと思《おも》ふなり。有《あ》りとも、此方《こち》は、え参《まゐ》るまじ。（兼家）『己《おの》が賢《さか》しからむ時《とき》こそ、如何《いか》でも如何《いか》でも、物《もの》し給《たま》はめ』と思《おも》へば、斯《か》くて死《し》なば、此《これ》こそは、見奉《みたてまつ》るべき限《かぎ》りなンめれ」など、臥《ふ》しながら、いみじう語《かた》らひて、泣《な》く。

此彼《これかれ》、有《あ》る人々《ひとびと》呼《よ》び寄《よ》せつつ、（兼家）「此処《ここ》には、如何《いか》に思《おも》ひ聞《き》こえたり、とか見《み》る。（兼家）『斯《か》くて死《し》なば、又《また》、対面《たいめん》せでや、止《や》みなむ』と思《おも》ふこそ、いみじけれ」と言《い》へば、皆《みな》、泣《な》きぬ。自《みづか》らは、増《ま》して、物《もの》だに言《い》はれず、唯《ただ》、泣《な》きにのみ泣《な》く。

斯《か》かる程《ほど》に、心地《ここち》いと重《おも》く成《な》り増《ま》さりて、車《くるま》、差《さ》し寄《よ》せて、乗《の》らむとて、掻《か》き起《お》こされて、人《ひと》に掛《か》かりて、物《もの》す。打《う》ち見遣《みおこ》せて、熟々《つくづく》と、打《う》ち目守《まも》りて、（兼家）「いと、いみじ」と思《おも》ひたり。留《と》まるは、更《さら》にも言《い》はず。此《こ》の、兄人《せうと》なる人《ひと》なむ、（理能）「何《なに》か、斯《か》く凶々《まがまが》しう」、（理能）「更《さら》に、何《なン》でふ事《こと》か、御座《おは》しまさむ。早《は》や、奉《たてまつ》りなむ」とて、やがて、乗《の》りて、抱《かか》へて、物《もの》しぬ。

思《おも》ひ遣《や》る心地《ここち》、言《い》ふ方無《かたな》し。日《ひ》に、二度三度《ふたたびみたび》、文《ふみ》を遣《や》る。（道綱の母）「（時姫など）『人憎《ひとにく》し』と思《おも》ふ人《ひと》も有《あ》らむ」と思《おも》へども、如何《いか》がはせむ。返《かへ》り事《ごと》は、彼処《かしこ》なる大人《おとな》しき人《ひと》して、書《か》かせて有《あ》り。（兼家の女房）「（兼家）『自《みづか》ら聞《き》こえぬが、理無《わりな》き事《こと》』とのみなむ、聞《き》こえ給《たま》ふ」など有《あ》る。

（兼家の女房）「有《あ》りしよりも、甚《いた》う患《わづら》ひ増《ま》さる」と聞《き》けば、言《い》ひし如《ごと》、自《みづか》ら看《み》るべうも有《あ》らず。（道綱の母）「如何《いか》にせむ」など、思《おも》ひ嘆《なげ》きて、十日余《とをかあま》りにも成《な》りぬ。

［訳］　康保三年、私の三十一歳の年に起きた大事件は、夫の兼家殿が大病を患ったことである。それは、春も終わりに近づいた三月のことだった。珍しく我が家に足を運んで横になっていた時に、突如として、苦しみ始めたのである。いつもは明るく剽軽《ひょうきん》なあの人が、「とにかく苦しいんだ。我慢できそうにないくらい苦しい」と、痛みを訴え続けたので、私は、「大変なことになった。どうしたらよいのだろう」と思うのだが、見守ることしかできなかった。

あの人は、苦しい息の下から、「私は、ここに留まって、静養していたいのはやまやまなのだけれども、ここは狭くて、僧侶たちを呼んで加持祈禱をしてもらうこともできないし、私でなければ出せない政務上の指図など、たくさんの人の出入りがある関係で、この狭い家では不都合なのだ。それに、あまり不吉なことは口にしたくないが、ここでは私のお葬式の手配など、できないだろう。今、ここから自分の屋敷に、何としてでも戻ろうと思う。私の臨終をあなたが見届けられないからと言って、私のことを『薄情な男だ』などと、くれぐれも恨んでくださるな。こんなに突然、自分の余命がほとんど残っていないような命の瀬戸際《せとぎわ》に立たされた気持ちがするのが、つらくてたまらない。私たちが結婚してから、もう十二年が経《た》ったんだね。私は自分なりの流儀であなたを大切に思ってもいたし、心から愛してもいたのだ。そのことが、あなたにはわかってもらえず、私はあなたから恨まれっぱなしだった。私がこのまま死んだとしても、あなたは私のことを思い出してもくださらないだろうことが、悲しくてたまらない」と言って、めそめそ泣く。

人前で涙を見せるなど、ふだんの姿とまったく違って、取り乱している兼家殿を目の前にし、私のほうも心が千々《ちぢ》に乱れて理性を無くしてしまった。あの人だけでなく、私までも大泣きしてしまった。

それを見たあの人は、いつもの下手な冗談を言おうとして、いっそう聞くに堪《た》えない言葉を口にした。「あなたまで、お泣きになってはいけませんよ。あなたが泣くと、私の苦しみが倍増してしまう。あなたの綺麗な顔には、涙なんか似合わない。それにしても、まもなく死ぬであろう私が一番悲しいことは、まったく突然に、何の心の準備もなく、人生の後始末もできずに、あなたを一人この世に残して、私だけが冥途に赴かなくてはならないことです。私が死んだら、あなたはどうなさるおつもりですか。あなたは、『本朝三美人』の一人に数えられるほどの美貌ですからね、お一人で生きてゆくことはなさらずに、誰かと再婚なさるのでしょうね。それもやむを得ないとは思いますが、せめて、私の喪中のうちに、私が死んですぐに別の男と再婚するのだけは勘弁してくださいよ。それにしても、ここまで体が弱くなった私ですから、万一、命だけは取り留めたとしても、後遺症が残って、これまで通りに自由に動き回ることもできなくなるでしょうから、このお屋敷まで通ってきて、あなたとお目にかかることもなくなるでしょう。私が自宅に戻ったあとで小康を得て、意識が正常に戻ったならば、あなたには何とかして、無理にでも我が屋敷までお出《い》でいただきたい、と思っているのですよ。でも、それも叶いそうにないから、今ここであなたとお別れするのが、あなたと私の今生《こんじょう》の別れになるのでしょうね」などと、横になったままで、必死に冗談を言い続けては、泣き続ける。

兼家殿を心配して、我が家の女房たちが、入れ替わり立ち替わり顔を見せては、何かできることがないかと見守っている。あの人は、そういう女房たちの顔を認めるや、「おお、

○○」、「そこにいるのは、△△か」などと彼女たちの名前を呼んでは、「お前たちは、ここにいらっしゃる奥方様を、この私がどんなに心から大切にしてきたか、傍《はた》で見ていて、よ〜っく、わかっているだろう。でも、ご本人の奥方様が、そのことをわかっていらっしゃると、お前たちは思うかね。どうも、わかっておられないと、私は思うのだよ。『もし、自分がこのまま死んでしまったならば、もう奥方様にはお逢いできないし、お前たちにも逢えないのではないか』と、そのことだけを心残りに思うのが、私は悲しい」などと言う。聞かされる女房たちは、悲しみが極まって、もらい泣きしている。かく言う私もまた、言葉も口にできず、ひたすら噎《むせ》び泣くばかりだった。

こんなことをしている間にも、刻一刻と、兼家殿の意識が失われてゆき、命も危ない危篤状態に見えた。牛車を、部屋のすぐ前まで持ってこさせて、いざ乗ろうとして、男たちに身体を抱《だ》きかかえられて、乗り込んだ。朦朧とする意識の中で、あの人は、私のほうを見やって、しばらくじっと、私の顔を見守っている。さすがの兼家殿も、もはや言葉を発する力が残っておらず、「とても苦しい」と思っている様子である。見送る私の側も、まったく言葉を口にできない。

こんな時、頼りになるのは、しっかり者として知られる私の兄（藤原理能《まさとう》）である。その兄は、私に向かって、「どうして、そんなに泣くのですか。そんなに泣くのは、不吉ですから、止《や》めましょう」と、諫めた。そして兄は、今度は兼家殿に向かって、「まさか、あなたが亡くなるなどということには、絶対になりませんよ。さあ、早く牛車に乗って、お屋敷に戻り、お祈りや治療をしましょうね」と励ました。兄は、兼家殿を抱きかかえたまま牛車に乗り込み、そのまま同車して、あの人の屋敷に向かった。

後に残った私が、兼家殿の現状を心配する気持ちと言ったら、言葉にならないほど悲しかった。一日に二度も三度も、無事かどうかを問い合わせる手紙を届けた。私は、「自分だけが、こんなにあの人の無事を祈って、引っ切りなしに問い合わせているということを知ると、もう一人の妻である時姫様などは、私のことを憎たらしく思われるかもしれない」などと思い、手紙を書く回数を減らそうと思うのだけれども、私の手は私の心を裏切って、ついつい「お元気ですか」という手紙を書いてしまうのだった。

あの人は、自分では手紙を書く力が戻ってこないのか、自分の屋敷に仕えている年輩の女房に口頭で述べた言葉を代筆させて、返事を寄越すのだった。その代筆の手紙には、「兼家様《とのさま》は、『自分で文字を書くことのできないのが、残念でならない』とばかり、あなた様に申しておられます」と書いてある。

また、別の日には、手紙はなくて、その年輩の女房からの伝言だけが、「患い始めの頃よりも、今の状態は、いっそう悪くなっておられます」と、使者から伝えられた。あの人が、「自分の屋敷までやって来て、看病してほしい」と言ったことを思い出し、そうしたい気持ちは募《つの》るのだが、なかなか決心できない。「どうしようかしら。行こうかしら」などと思い嘆いているうちに、いつの間《ま》にか十日余りが過ぎてしまった。

［評］　藤原兼家は、この年、三十七歳。男盛りである。にもかかわらず、大病を患った。

ちなみに、兼家の父の師輔は、五十二歳で亡くなっている。兼家の兄の兼通は、五十三歳で没。兼家の息子たちの亡くなった年齢を列挙しておくと、道隆が四十三歳、道兼が三十五歳、道長が六十三歳、そして道綱が六十六歳である。『源氏物語』では、柏木が病に臥した場面の描写が詳しい。瀕死の柏木は、それでも必死に女三の宮に手紙を書いた。それに対して、兼家には手紙を書くだけの力も残っていなかった。そこで、作者は、思い切って兼家の屋敷に乗り込むことにしたのである。

なお、兼家を介抱した作者の兄・理能《まさとう》だが、妻は清原元輔《もとすけ》の娘である。つまり、清少納言の姉か妹を理能は妻としていた。『蜻蛉日記』の作者は、清少納言の姉妹が義理の姉だったことになる。

51　兼家の自宅に向かう

読経《どきやう》・修法《ずほふ》などして、些《いささ》か怠《おこた》りたる様《やう》なれば、夕《ゆふ》の事《こと》、自《みづか》ら返《かへ》り事《ごと》す。(兼家)「いと奇《あや》しう、怠《おこた》るとも無《な》くて、日《ひ》を経《ふ》るに、いと惑《まど》はれし事《こと》は無《な》ければにや有《あ》らむ、覚束無《おぼつかな》き事《こと》」など、人間《ひとま》に、細々《こまごま》と書きて有《あ》り。(兼家)「物覚《ものおぼ》えにたれば、露《あら》はになども有《あ》るべうも有《あ》らぬを、夜《よ》の間《ま》に渡《わた》れ。斯《か》くてのみ日《ひ》を経《ふ》れば」など有《あ》るを、(道綱の母)「人《ひと》は、如何《いか》が思《おも》ふべき」など、思《おも》へど、我《われ》も又《また》、いと覚束無《おぼつかな》きに、立《た》ち返《かへ》り、同《おな》じ事《こと》のみ有《あ》るを、(道綱の母)「如何《いか》がはせむ」とて、(道綱の母)「車《くるま》を給《たま》へ」と言《い》ひたれば、差《さ》し離《はな》れたる廊《らう》の方《かた》に、いと良《よ》う、取《と》り成《な》し設《しつら》ひて、端《はし》に、待《ま》ち臥《ふ》したりけり。

火燈《ひとも》したる、掻《か》い消《け》たせて、下《お》りたれば、いと暗《くら》うて、入《い》らむ方《かた》も知《し》らねば、（兼家）「奇《あや》し。此処《ここ》にぞ有《あ》る」とて、手《て》を取《と》りて、導《みちび》く。（兼家）「何《な》ど、斯《か》う、久《ひさ》しうは有《あ》りつる」とて、日頃《ひごろ》有《あ》りつる様《やう》、崩《くづ》し語《かた》らひて、と許《ばか》り有《あ》るに、「火《ひ》、燈《とも》し点《つ》けよ。いと、暗《くら》し。更《さら》に、うしろめたくは、な思《おぼ》しそ」とて、屏風《びやうぶ》の後《うし》ろに、仄《ほの》かに燈《とも》したり。（兼家）「未《ま》だ、魚《いを》なども食《く》はず。今宵《こよひ》なむ御座《おは》せば、諸共《もろとも》に、とて有《あ》る。何処《いづ》ら」など言《い》ひて、物参《ものまゐ》らせたり。少《すこ》し食《く》ひなどして、禅師達《ぜじたち》、有《あ》りければ、夜《よ》、打《う》ち更《ふ》けて、（禅師）「護身《ごしん》に」とて、物《もの》したれば、（兼家）「今《いま》は、打《う》ち休《やす》み給《たま》へ。日頃《ひごろ》よりは、少《すこ》し息《やす》まりたり」と言《い》へば、大徳《だいとこ》、「然《しか》、御座《おは》しますなり」とて、立《た》ちぬ。

然《さ》て、夜《よ》は明《あ》けぬるを、（道綱の母）「人《ひと》など召《め》せ」と言《い》へば、（兼家）「何《なに》か。未《ま》だ、いと暗《くら》からむ。暫《しば》し」とて有《あ》る程《ほど》に、明《あ》かう成《な》れば、男《をのこ》ども呼《よ》びて、蔀《しとみ》、上《あ》げさせて、見《み》つ。（兼家）「見給《みたま》へ。草《くさ》どもは、如何《いか》が植《う》ゑたる」とて、見出《みい》だしたるに、（道綱の母）「いと片端《かたは》なる程《ほど》に成《な》りぬ」など急《いそ》げば、（兼家）「何《なに》か。今《いま》は、粥《かゆ》など参《まゐ》りて」と有《あ》る程《ほど》に、昼《ひる》に成《な》りぬ。然《さ》て、（兼家）「いざ、諸共《もろとも》に帰《かへ》りなむ。再《また》は、物《もの》しかるべし」など有《あ》れば、（道綱の母）「斯《か》く参《まゐ》り来《き》たるをだに、(道綱の母)『人《ひと》、如何《いか》に』と思《おも》ふに、(時姫など)『御迎《おんむか》へなりけり』と見《み》ば、いとうたて、物《もの》しからむ」と言《い》へば、(兼家)「然《さ》らば、男《をのこ》ども、車寄《くるまよ》せよ」とて、寄せたれば、乗《の》る所《ところ》にも、且《か》つ且《が》つと歩《あゆ》み出《い》でたれば、(道綱の母)「いと哀《あは》れ」と見《み》る見《み》る、(道綱の母)「何時《いつ》か、御歩《おんあり》きは」など言《い》ふ程《ほど》に、涙《なみだ》、浮《う》きにけり。(兼家)「いと心許無《こころもとな》ければ、明日《あす》・明後日《あさて》の程許《ほどばか》りには参《まゐ》りなむ」とて、いと索索《さうざう》し気《げ》なる気色《けしき》なり。少《すこ》し引《ひ》き出《い》でて、牛掛《うしか》くる程《ほど》に見通《みとほ》せば、有《あ》りつる所《ところ》に帰《かへ》りて、見遣《みおこ》せて、熟々《つくづく》と有《あ》るを見《み》つつ、引《ひ》き出《い》づれば、心《こころ》にも有《あ》らで、返《かへ》り見《み》のみぞせらるるかし。

然《さ》て、昼《ひる》つ方《かた》、文《ふみ》有《あ》り。何《なに》くれと書《か》きて、

(兼家)限《かぎ》りかと思《おも》ひつつ来《こ》し程《ほど》よりも却々《なかなか》なるは侘《わ》びしかりけり

返《かへ》り事《ごと》、(道綱の母)「猶《なほ》、いと苦《くる》し気《げ》に思《おぼ》したりつれば、今《いま》も、いと覚束無《おぼつかな》くなむ。却々《なかなか》は、

(道綱の母)我《われ》も然《さ》ぞ長閑《のどけ》き鳥籠《とこ》《床(とこ)》の浦《うら》ならで返《かへ》る《帰(かへ)る》波路《なみぢ》は奇《あや》しかりけり」

然《さ》て、猶《なほ》、苦《くる》し気《げ》なれど、念《ねん》じて、二日三日《ふつかみか》の程《ほど》に見《み》えたり。漸《やうや》う、例《れい》の様《やう》に成《な》り持《も》て行《ゆ》けば、例《れい》の程《ほど》に通《かよ》ふ。

［訳］　兼家殿は、自宅で静養していたが、高僧たちの加持祈禱が効果を奏したのか、仏様の御加護で、徐々に快方に向かっているようだった。ある日の夕暮れのことだったが、私のもとに、あの人からの直筆の手紙が届いたのである。その手紙には、「このたびは、まことにもって、奇怪千万な災難だった。いつまで経《た》っても、なかなか全治することができないでいる。これまで、三十七年間も生きてきたが、ここまで具合が悪くなったことは一度もなかった。だから、今は快方に向かいつつあるようだけれども、まだ安心できないでいる」などと、書いてある。これまでは年輩の女房に代筆させていたのだけれども、この手紙は、周りに誰もいない時を見つけて、こっそりと自筆で書き付けたようだった。というのは、私の思いもよらぬ秘密の伝言が、こまごまと書いてあったからだ。

彼は、「最近になって、やっと意識が正常に戻ってきたように思う。あなたと逢えない日が、ここのところずっと続いていたから、早くあなたと逢いたくてたまらないのです。ただし、まだ公《おおやけ》の仕事は慎んでいる療養中の身だから、私があなたの家まで出かけていったりすると、皆にわかってしまう。ここは、こっそりと逢うことにしたいので、夜のうちに、私の屋敷まで出かけてきてくれませんか」などと書いているではないか。

私は、「自分があの人の屋敷に出かけたことが世間に知られたら、時姫様たちなどから、どう思われるだろうか」などと思うと、出かけることは躊躇《ちゅうちょ》された。けれども、私も、あの人の今の様子が心配で、一目《ひとめ》、元気な姿を見て安心したいという気持ちがあるし、あの人からも、「夜のうちに逢いに来てほしい」と、前の手紙と同じ内容のものが、新たに届いたりしたので、「もうこうなったら、行くしかないだろう」と、私は覚悟を決めた。

「そういうことでしたら、牛車を寄越してください。それに乗って、あなたに逢いに行きます」と返事した。兼家殿が差し向けた牛車に乗って、私は彼の屋敷に入った。牛車が乗り付けたのは、寝殿ではなく、そこから離れている、人少なな渡り廊下だった。そこに、こざっぱりした部屋をしつらえて、そこに彼は臥していた。私が来るのを少しでも早く待ち受けようという気持ちだったのだろう、その部屋の中でも庭に近い場所に彼はいた。

渡り廊下には、私が牛車から下りるときに暗くないようにという配慮から、燈火《ともしび》が点《とも》されていた。私としては、明るいと自分の顔が見られてしまう心配があったので、火を消してもらって、それから牛車を下りた。火を消させたのは良いが、周りが急に暗くなったし、自分の家ではないので勝手がわからずに、まごまごしていると、あの人は、「どうして、部屋に入るだけなのに、そんなに時間をかけているのかね。私は、ここにいるよ」と言いながら、私の手を取って、部屋の中に導き入れてくれた。

あの人は、「なかなか来てくれないで待たせておいて、屋敷に来たら来たで、車を下りてからこの部屋に来るまで永く時間をかけるものだから、本当にあなたと逢うのが待ち遠しかったよ」と、元気な頃のように冗談を口にした。そして、これまで逢えなかった日々の出来事を、少しずつ思い出しては話してくれているうちに、あっという間《ま》に時間が経《た》っていった。

あの人は、はっと気づいたように、「それにしても、ひどく暗いな。おい、そこの者、燈火を点《とも》せ。あなたも、部屋の中が少しくらい明るくなったからと言って、心配しすぎることはないのだよ」と言う。命じられた女房が、屏風《びょうぶ》の後ろに、燈火を持ってきて点《とも》した。

あの人は、「私はまだ本復していなくてね、精進落としの魚も食べていないんだ。今夜、あなたが私に逢いに来てくれるというので、一緒に精進落としをしようと思って、準備しているんだ。おい、こちらに早く持ってきなさい」と言って、女房に魚のお膳を持ってこさせた。私も、お相伴で、少しだけ口にした。

屋敷の中には、あの人の加持祈禱を任されている高僧たちが常駐している。彼らは、昼だけでなく、夜も、あの人の近くの部屋にいて、壁越しや屏風越しに、あの人の様子を見守っている。そのお坊様たちが、夜が更《ふ》けてから、「護身のお祈りのために参上しました」と言いながら、私たちの部屋の中に入ってきた。あの人は、さすがに私の存在が気になったのか、「今夜は、ここ数日よりもだいぶ体調がよろしいので、お祈りは結構です。今夜は、ゆっくりお休みください」と、お引き取りを願った。お坊様たちは、私の存在に気づいたのだろうが、目もくれず、「そうですか。お具合がよろしいのは、とても良いことです」などと言って、すぐに部屋から出て行ってくれた。

そうこうしているうちに、夜明けが近づいてきた。朝になったので、私は早く自分の家に帰りたいので、「牛車の手配をする者を、呼んでください」と催促するのだけれども、あの人は動かない。「どうして、そんなに帰るのを焦《あせ》るのかなあ。まだ、あたりは暗いから、何も心配することはないよ。もう少し、ゆっくりしていなさいよ」と言う。

そのうち、あたりは本当に明るくなって、家の中のようすがはっきりと目でも見えるようになった。あの人は、家来の男たちを呼んで、蔀《しとみ》(雨戸)を上げさせた。そして、庭に目をやった。永く病床にあったので、庭を眺めるのも久しぶりなのだろう。あの人は私に向かって、「御覧なさい。もう春も終わってしまったけれども、庭の草花の植え方について、あなたの御意見は何かありませんか」と問いかける。

私は早く自分の家に戻りたい一心なので、庭の草花を観賞したり、植え方について批評する心の余裕はない。「あなたが車の手配をしてくれないので、困りました。このまま、ここに居続けたら、人目も多くなります。帰るに帰れない時間帯になってしまいます」と、私はなおも帰宅を主張するのだけれども、あの人は、私を帰してはくれない。「何も心配しなくてもいいよ。もう朝になったから、軽くお粥《かゆ》でも召し上がってからにしては、どうかね」などと言っているうちに、昼になった。

さすがに、彼も、「あなたが家に戻りたいのなら、さあ、私と一緒に車に乗って、二人で戻りましょう。あなただけお戻しすると、もう二度とここへは来たくないと思っておられるでしょうからね。それでは私が困るんですよ」と言ってくれた。

私はあの人の提案が嬉しかったのだけれども、鄭重にお断りした。「私が、あなたの本宅にまで乗り込んできただけでも、世間の人はどう噂するだろうか、と心配しています。まして、あなたが私と一緒に我が家にお越しになれば、たとえば時姫様などは、『あの女は、病み上がりの兼家殿を自分の家に連れてくるために、お迎えに出かけて行ったのだ』などと邪推されるかもしれません。そうなると、とても面倒ですし、面白くないことです」。

あの人は、「そうか。そういうことなら、私は同行しないから、あなた一人で帰りなさい。ほら、そこの者ども、牛車の手配をするのじゃ」と命じて、牛車を部屋の前に持ってこさせた。私が車に乗り込もうとしていると、あの人は、やっとのことで身体を動かしているという重い動作ではあるものの、私の見送りのために歩いてくるではないか。

その重たい足取りでは、いつになったら普段通りに歩けるようになるのだろうかと、心配になる。私は、「あれだけ元気だった人が、こんなに弱ってしまうとは」と、胸が締めつけられて悲しくなった。「いつになったら本復して、我が家にお越しいただけるでしょうか」などと別れの言葉を交わしているうちにも、私の目からは涙が溢れてきそうになる。

あの人は、「そうだね。私もあなたが、どんなに私のことを心配しているかと思うと、あなたの健康のことも心配だから、明日か明後日にでも、お伺いしますよ」と言いながら、私が戻ってゆくので、いかにも寂しそうにしている。私が乗り込んだ後で、車を渡り廊下から少し離して、轅《ながえ》に牛を取り付けている時に、私が何げなく後ろを振り返って見たところ、あの人は、さっきまで私たち二人がいた部屋まで戻って、こちらを見やりながら、しょんぼりとしているのが見えた。いよいよ牛車が動き出した。私は、あの人のことが気がかりで、無意識のうちに、何度も何度もあの人を振り向いて見てしまった。

私は、やっとのことで自分の家に戻って来た。お昼頃、あの人から手紙があった。こまごまと書いてあったが、歌が一首、記されていた。病み上がりのためか、掛詞も用いず、散文のような歌だった。

（兼家）限《かぎ》りかと思《おも》ひつつ来《こ》し程《ほど》よりも却々《なかなか》なるは侘《わ》びしかりけり

（私が発病したのは、あなたの家にいた時だった。命からがら自分の屋敷に戻る際には、「もう、あなたとは、二度と逢えないだろう。私の命は、まもなく尽きてしまうだろうから」と思うと、悲しくてたまらなかった。昨夜、あなたは私に逢いに来てくれて、嬉しかった。でも、すぐにあなたは戻ってしまったので、わずかな時間だけは心が慰んだものの、逢ったがために、かえって、今の私の心は辛くて、今度こそ本当に死んでしまいそうです。）

私からの返事には、「やっとお逢いできたあなたは、まだ体調が完全には元に戻っていないようでした。話したり動いたりするのも苦しそうにしておられたので、今も、心配でなりません。一度逢ったがために、かえって苦しくなるのは、私も同じですわ」と書いて、歌を記した。あの人を励ますために、掛詞を二つも使って、歌らしい歌に仕立てた。この歌に接して、少しでもシャキッとしてほしいと思ったからである。

（道綱の母）我《われ》も然《さ》ぞ長閑《のどけ》き鳥籠《とこ》《床（とこ）》の浦《うら》ならで返《かへ》る《帰（かへ）る》波路《なみぢ》は奇《あや》しかりけり

（あなたが感じている辛さは、まさに今の私が苦しみそのものです。できれば、あなたと一緒にいつまでも同じ床の中で、心をくつろげて過ごしていたかったのですが、帰らざるを得ませんでした。琵琶湖のほとりにある鳥籠《とこ》の浦では、ゆったりとした波が、寄せては返していますが、あなたを一人、床の中に残して、一人で帰る私の心は、これが自分の心とも思えないほどに乱れておりました。）

こういうことがあってからも、あの人は、まだ苦しそうにしていたけれども、何とか我慢して、我が家に顔を見せてくれた。

そして、少しずつあの人の健康が戻ってゆくにつれ、大病する以前のように、あの人の訪れの回数は徐々に減ってゆき、何と言うことはない、とうとう来るのが珍しいまでに戻ってしまった。

【評】この節の冒頭にある「夕《ゆふ》の事《こと》、自《みづか》ら返《かへ》り事《ごと》す」もまた、本文の虫食い算である。「ゆふのこと」が原文だが、「案の如《ごと》」、「言ひし如」、「例の如」などと、復元案が林立している。ここでは、「ゆふのこと」のままで、「夕べのことだったが」と解釈しておいた。

作者が兼家の本邸に乗り込む場面では、「廊＝渡り廊下」で対面している。『和泉式部日記』でも、帥《そち》の宮（敦道親王）は、和泉式部を連れて自分のお屋敷に入り、人目に付かない「廊」で密会している。

兼家の屋敷で、祈禱の僧侶が身近に控えているのが、面白い。『源氏物語』でも、誰も知らないはずの光源氏と藤壺の密通を、「夜居《よい》の僧都《そうず》」が知っていた。『枕草子』でも、清少納言が、同僚の女房たちと、夜、自分たち以外に誰もいないと思って、くだけた冗談を言い合っていると、突然に、僧侶が壁越しに声を出して、「そんな人が、いたのだ」と、皆がびっくりする場面がある。近現代の小説でも、医者や宗教者は、身分の垣根を越えてどこにでも出入りできる行動の自由を与えられている。

作者の歌の中に見える「鳥籠《とこ》の浦《うら》」（床《とこ》の浦）は、『万葉集』に見える「鳥籠《とこ》の山」の西側の岸辺だろうと言われているが、具体的な場所はわかっていない。琵琶湖の岸辺ではなく、阿波《あわ》の国や石見《いわみ》の国とする説もある。「床」と「鳥籠」、波が「返る」と作者が「帰る」の掛詞の面白さで選ばれた歌枕である。

ただし、兼家は、作者から贈られた「鳥籠の浦」の歌を、記憶に留めていたようだ。『蜻蛉日記』中巻で、作者が兼家に絶望して鳴滝の般若寺に籠もる場面で、兼家は次のように詠んでいる。

あさましや長閑《のどか》に頼《たの》む鳥籠《とこ》の浦《うら》を打《う》ち返《かへ》しける波《なみ》の心《こころ》よ

「鳥籠の浦」は、兼家にとっては、穏やかな波が、ゆったりと寄せては返してゆく場所、というイメージだったのだろう。それは、作者の詠んだ、「我《われ》も然《さ》ぞ長閑《のどけ》き鳥籠《とこ》の浦《うら》ならで返《かへ》る波路《なみぢ》は奇《あや》しかりけり」のイメージと照応している。

52 葵祭で時姫と「歌合戦」を繰り広げる

此《こ》の頃《ころ》は、四月《うづき》。祭《まつり》、見《み》に出《い》でたれば、彼《か》の所《ところ》にも、出《い》でたりけり。（道綱の母）「然《さ》なンめり」と見《み》て、向《む》かひに立《た》ちぬ。

待《ま》つ程《ほど》の索索《さうざう》しければ、橘《たちばな》の実《み》など有《あ》るに、葵《あふひ》を掛《か》けて、

（道綱の母）葵《あふひ》《逢(あ)ふ日(ひ)》とか聞《き》けども他所《よそ》に橘《たちばな》《立(た)ち》の

と言《い》ひ遣《や》る。やや久《ひさ》しう有《あ》りて、

（時姫）君《きみ》が辛《つら》《桂(かつら)》さを今日《けふ》こそは見《み》れ

とぞ有《あ》る。（道綱の母の女房）「憎《にく》かるべき者《もの》にては、年経《としへ》ぬるを、何《な》ど『今日《けふ》』とのみ言《い》ひたらむ」と、言《い》ふ人《ひと》も有《あ》り。

帰《かへ》りて、（道綱の母）「然《さ》、有《あ》りし」など語《かた》れば、（兼家）「（時姫）『食《く》ひ潰《つぶ》しつべき心地《ここち》こそすれ』とや言《い》はざりし」とて、（兼家）「いと、をかし」と思《おも》ひけり。

【訳】さて、今まで、この日記に書いてきた兼家殿の大病が癒えたのは、夏に入った四月の頃だった。折しも、葵祭の季節。私も、女房たちを引き連れて、祭見物へと出かけた。すると、あの人の妻の一人である時姫様も、祭見物に出かけてきていた。私は、「あの牛車は、時姫様の物だろう」と見当を付けたので、その牛車が駐《と》まっているのと、反対側の道の正面に、わざと自分の車を駐《と》めさせた。

行列が到着するまでの待ち時間が長く、所在ないので、時姫様の牛車に挨拶することにした。たまたま手許《てもと》に、暇な時に食べようと持参していた橘の実があったので、それに今日の葵祭ゆかりの双葉葵《ふたばあおい》の葉を付けて、和歌の「上《かみ》の句」である五七五を遣わした。

（道綱の母）葵《あふひ》《逢(あ)ふ日(ひ)》とか聞《き》けども他所《よそ》に橘《たちばな》《立(た)ち》の

（今日の葵祭は、珍しいお方とお逢いできる珍しい日であるとされ、現に、私も偶然に、あなたのお近くに牛車を駐めることができました。けれども、あなた様のほうでは、私に気づかぬふりをして、牛車を駐めたままで、何のご挨拶もしてくださらないのですね。）

この句は、「葵《あふひ》」に「逢《あ》ふ日《ひ》」を、そして、「橘《たちばな》」に「立《た》ち」（車を立てる＝駐める）とを掛けているのである。だから、この掛詞に気づいてもらおうと思って、橘の実と、葵の葉を送り届けたのだった。

時姫様からは、なかなか返事が来なかった。掛詞には掛詞で返さなければ、「歌の戦い」では負けである。そう、これは「歌」による妻同士の合戦なのだ。私よりも和歌の才能に劣る時姫様と女房たちは、返事に腐心していたのだろう。やっと届いた和歌の「下《しも》の句」を記した紙には、桂の葉が添えられていた。

（時姫）君《きみ》が辛《つら》《桂(かつら)》さを今日《けふ》こそは見《み》れ

(なかなか逢う機会を作ってくださらないあなた様への恨めしさを、今日は、つくづくと思い知ったことです。)

「君《きみ》が辛《つら》さ」という言葉続きの中に、巧みに「かつら」が詠み込まれている。この掛詞は、『古今和歌集』の「斯《か》く許《ばか》り逢《あ》ふ日《ひ》の稀《まれ》になる人を如何《いか》が辛《つら》しと思《おも》はざるべき」という和歌の第四句に、ヒントを得たものだろう。この歌合戦は、ぎりぎりのところで、引き分けだったと言えるだろう。

この返事を見た私の女房の一人は、聞こえよがしに時姫様への悪口を言ったものだ。「時姫様は、あなた様のことを、どんなに憎んでも憎み足りないライバルだと、ずっと思ってこられたことでしょうに。「君《きみ》が辛《つら》さを今日《けふ》こそは見《み》れ」の「今日」という言葉は、取って付けたようで笑止千万ですこと」。

祭見物を終えて帰宅すると、その夜に兼家殿が見えたので、昼間の時姫様とのやりとりを話して聞かせたところ、あの人は呵々大笑《かかたいしょう》して、いつものように冗談口を敲《たた》いた。「『君《きみ》が辛《つら》さを今日《けふ》こそは見《み》れ』とは、時姫にしては、やけにおとなしい返事だったな。いつも、彼女は私に向かって、あなたの悪口を言っているよ。本心では、『食《く》ひ潰《つぶ》しつべき心地《ここち》こそすれ』などと返したかったんじゃないかな」と言った後で、自分が口にした「食《く》ひ潰《つぶ》しつべき心地《ここち》こそすれ」が、字余りではあるが、偶然にも和歌の下の句になっていることに気づき、我ながら気の利《き》いた言葉を口にしたものだと、一人で悦に入っていた。

【評】冒頭の「此《こ》の頃《ころ》は、四月《うづき》」という書き出しは、いささか唐突である。本文が混乱しているのだろう。

権力者である兼家をめぐる二人の妻の争いが、葵祭の物見車を背景として繰り広げられる。これは、『源氏物語』葵巻の「車争い」と同じ構図である。さしずめ、作者が六条御息所で、時姫が葵の上だろう。この掛詞の歌合戦は、引き分け（痛み分け）である。時姫の返事は、「かつら」を巧みに織り込んでおり、「物名《もののな》」（ブツメイ、とも）という技法である。桂もまた、葵と並んで、葵祭の重要な景物だった。

兼家が口にした「食《く》ひ潰《つぶ》しつべき心地《ここち》こそすれ」という悪い冗談は、『伊勢物語』第六段（芥川）の「鬼一口《おにひとくち》」を意識しているのかもしれない。そうすると、時姫の側が『蜻蛉日記』の作者を食い潰してしまう「鬼」であり、六条御息所に対応することになる。兼家の目には、挑み合う二人の妻たちは、どっちもどっちで、女鬼同士の、生き残りを賭けた戦いに見えたのだろう。

53　三年ぶりの端午の節句

（世間の人々）「今年《ことし》は、節《せち》、聞《き》こし召《め》すべし」とて、いみじう騒《さわ》ぐ。（道綱の母）「如何《いか》で見《み》む」と思《おも》ふに、所《ところ》ぞ無《な》き。（兼家）「（道綱の母）『見《み》む』と思《おも》はば」と有《あ》るを、聞《き》き挟《はさ》めて。（兼家）「双六《すぐろく》、打《う》たむ」と言《い》へば、（道綱の母）「良《よ》かンなり。物見償《ものみつぐの》ひに」とて、目《め》、打《う》ちぬ。喜《よろこ》びて、然《さ》るべき様《さま》の事《こと》どもしつつ、宵《よひ》の間《ま》、静《しづ》まりたるに、硯引《すずりひ》き寄《よ》せて、手習《てなら》ひに、

（道綱の母）菖蒲草生《あやめぐさお》ひにし数《かず》を数《かぞ》へつつ引《ひ》くや五月《さつき》の切《せち》〔節（せち）〕に待《ま》たるる

とて、差《さ》し遣《や》りたれば、打《う》ち笑《わら》ひて、

（兼家）隠《かく》れ沼《ぬ》に生《お》ふる数《かず》をば誰《たれ》か知《し》る菖蒲《あやめ》〔文目（あやめ）〕知《し》らずも待《ま》たるなるかな

と言《い》ひて、（兼家）「見《み》せむ」の心有《こころあ》りければ、宮《みや》の御桟敷《おんさじき》の一続《ひとつづ》きにて、二間有《ふたまあ》りけるを、分《わ》けて、めでたう設《しつら》ひて、見《み》せつ。

〔訳〕　五月になった。五月の楽しみといえば、五月五日の端午《たんご》の節句。競《くら》べ馬《うま》や騎射《きしゃ》を見物するのは、都人が熱中する娯楽である。ところが、昨年も一昨年も、村上天皇の中宮であった安子《あんし》様（兼家殿の姉君）がお亡くなりになった喪《も》に服するために、端午の節句は行われなかった。「今年、康保三年は、久しぶりに天皇様が、端午の節会《せちえ》を催しになられるようだ」という観測が広がり、都中《みやこじゅう》が期待で沸き立っている。

ご多分に漏れず、物見高い私も、何とか端午の節会《せちえ》の見物をしたいと思っていたが、なかなか桟敷《さじき》の席が入手できない。ある日、兼家殿が、「あなたが、もしも節会の見物をしたいのならば、考えないでもないよ」と口にしたのを、私は小耳に挟んで、しっかりと記憶に刻印しておいた。

そして、後日、兼家殿が、「何とも退屈だなあ。双六《すごろく》でもして遊ぼうか」と誘ってきたので、私は、「よいでしょう。ただし、あなたが負けたならば、私に端午の節会の見物をさせてくださいよ。節会を見物する権利を、賭《か》け物《もの》にしましょう」と言って、勝負した。私の気持ちが天に通じたのか、私の賽子《さいころ》からは、良い目が次々に出て、とうとう私が勝ちを収めた。

私は、嬉しくてたまらない。大喜びで、今から、見物当日の準備をいそいそと始めたのだった。宵《よい》の間《ま》に、女房たちが寝静まって静かになり、あの人と二人っきりになったので、硯を手許《てもと》に引き寄せると、無意識のうちに手が動いて、和歌を書き付けたのだった。

（道綱の母）菖蒲草《あやめぐさ》生《お》ひにし数《かず》を数《かぞ》へつつ引《ひ》くや五月《さつき》の切《せち》（節（せち））に待《ま》たるる

（五月五日の端午の節句には、沼に生《は》えている菖蒲《あやめ》の数を数えては、その中で特に根っこが長そうな菖蒲を選んで、引っこ抜いて、「根合《ねあわせ》」をして皆で長さを競い合います。そんな楽しみが待っている五月に早くならないかな、端午の節会の見物をしたいな、などと、今から切実に待ち望んでいます。）

自分で読み返してみたら、無意識のうちに、「節会《せちゑ》」と「切《せち》に」の掛詞になっていた。この歌を書いた紙を、私が兼家殿に押しやって見せたところ、彼は大笑いして、即興で歌を詠んで返した。

（兼家）隠《かく》れ沼《ぬ》に生《お》ふる数《かず》をば誰《たれ》か知《し》る菖蒲《あやめ》（文目（あやめ））知《し》らずも待《ま》たるるなるかな

（山奥の人目に触れることのない沼に生えている菖蒲の数など、誰も数えきれません。同じように、希望者が殺到する端午の節会の見物の席が手に入るかどうかは、予測がつかないことです。それなのに、あなたは自分が確実に見物ができるものと、ちゃんとした理屈もなく考えているのですね。あなたの見通しが、ぬか喜びにならないことを祈ります。)

この歌は、「菖蒲《あやめ》」と「文目《あやめ》」(理屈・物の道理)の掛詞であるが、これくらいは、和歌の初心者でも用いる技法である。

兼家殿は、こういう歌を示したものの、「何とか、節会の見物をさせてあげよう」という気持ちを持っていてくれたようだ。これまで和歌のやりとりのあった章明《のりあきら》親王様が見物される幅《はば》二間《にけん》の広い桟敷を、半分に仕切って、その半分を分けていただいた。そして、そこを綺麗に飾り付けて、私に見物をさせてくれたのだった。

［評］作者の詠んだ歌は、「切《せち》に」と「節《せち》」の掛詞であるが、類想歌はほとんどない。作者の和歌の才能を感じさせる。それに対して、兼家の歌の「菖蒲」と「文目」の掛詞は、類想歌がたくさんあり、陳腐である。兼家の「菖蒲＝文目」には、賽子の「目」が掛けてあるという説もあるが、無理だろう。

なお、中宮安子が亡くなったのは応和四年(康保元年、九六四年)の四月二十九日で、端午の節句の直前だった。

54　結婚十二年を閲《けみ》しての感慨

斯《か》くて、人憎《ひとにく》からぬ様《さま》にて、十《とを》と言《い》ひて、一《ひと》つ二《ふた》つの年《とし》は、余《あま》りにけり。

然《さ》れど、明《あ》け暮《く》れ、世《よ》の中《なか》の人《ひと》の様《やう》ならぬを、嘆《なげ》きつつ、尽《つ》きせず、過《す》ぐすなりけり。

其《そ》れも理《ことわり》、身《み》の有《あ》る様《やう》は、夜《よる》とても、人《ひと》の見《み》え怠《おこた》る時《とき》は、人少《ひとずく》なに心細《こころぼそ》う、今《いま》は一人《ひとり》を頼《たの》む頼《たの》もし人《びと》は、此《こ》の十年余《とせあま》りの程《ほど》、県歩《あがたあり》きにのみ有《あ》り。偶《たま》さかに京《きやう》なる程《ほど》も、四条《しでう》・五条《ごでう》の程《ほど》なりければ、我《われ》は、左近《さこん》の馬場《むまば》を片岸《かたきし》にしたれば、いと遙《はる》かなり。

斯《か》かる所《ところ》も、取《と》り繕《つくろ》ひ関《かか》はる人《ひと》も無《な》ければ、いと悪《あ》しくのみ成《な》り行《ゆ》く。此《これ》を、つれなく出《い》で入《い》りするは、(道綱の母)「(兼家)『殊《こと》に、心細《こころぼそ》う思《おも》ふらむ』など、深《ふか》う思《おも》ひ寄《よ》らぬなンめり」など、千種《ちぐさ》に思《おも》ひ乱《みだ》る。(道綱の母)「(兼家)『事繁《ことしげ》し』と言《い》ふは、何《なに》か。此《こ》の荒《あ》れたる宿《やど》の蓬《よもぎ》よりも繁気《しげげ》なり」と思《おも》ひ眺《なが》むるに、八月許《はづきばか》りに成《な》りにけり。

[訳]　このようにして、私と兼家殿との夫婦生活が過ぎていった。私も兼家殿も、そして二人の間に生まれた道綱も、ちょっと見た目には「幸せな家族」として、暮らしていた。

私があの人と結ばれたのは十九歳の年で、今は三十一歳だから、十二年の歳月を閲《けみ》した計算になる。『伊勢物語』第十六段に、面白い歌がある。

手《て》を折《を》りて相見《あひみ》し事を数《かぞ》ふれば十《とを》と言《い》ひつつ四《よ》つは経《へ》にけり

(私があの人と夫婦であった歳月を、指を折りながら数えてみると、「十」の位《くらい》を過ぎて、さらに四つ、合計で十四年間が、あっという間《ま》に過ぎた計算になる。あるいは、十が四回で、四十年間が過ぎたことになる。)

それに倣《なら》って言えば、私と兼家殿との結婚生活は、「手《て》を折《を》りて相見《あひみ》し事を数《かぞ》ふれば十《とを》と言《い》ひつつ二《ふた》つ経《へ》にけり」という計算になる。結婚した翌年に道綱が生まれたのだから、道綱が兼家殿を父親としたのは、「手《て》を折《を》りて相見《あひみ》し事を数《かぞ》ふれば十《とを》と言《い》ひつつ一《ひと》つ経《へ》にけり」である。数え年なら、「十《とを》と言《い》ひつつ二《ふた》つ経《へ》にけり」である。

けれども、「幸せな家族」に見えるのは外見だけだった。妻である私は、朝、目が覚めてから、あの人が来ないので寝つけない夜遅く、何とか眠りに就《つ》くまで、世間で言うところの「ふつうの女性」「ふつうの夫婦」「ふつうの家族」とまったく掛け離れている自分の立ち位置について、尽きることのない物思いに沈みつつ、その日その日をやっとのことで生きながらえてきたのだった。

考えてみれば、それも当然のことで、私という人間は、孤独に生きる宿命だったようなのだ。昼間はともかく、夜になると、あの人の訪れがほとんどなくなっているので、男手はほとんどない。人影が少ないと、不安ばかりが増殖してゆく。女房や侍女も、雇うには先立つお金が必要なのだが、夫の兼家殿は、ほとんど気に掛けてくれない。こうなっては、最後の金蔓《かねづる》は、父親一人しかいないのだが、その父親は私が兼家殿と結ばれてまもなく陸奥《む》の守《つ》《かみ》となって赴任したのを皮切りに、都から遠い地方勤務が続いていて、頼りにならなかった。父親が地方勤務を終えて都に戻ってきている時もあったが、その時でも四条と五条のあたりに住んでいた。我が住んでいるのは、一条西洞院《いちじょうにしのとういん》にある「左近《さこん》の馬場」と接している屋敷なので、父の家とは離れている。

我が家の庭も、手入れをしてくれる下男もいないし、職人を雇うにもお金が必要なので、日ごと、年ごとに、庭は荒れ果てて、見所《みどころ》が無くなってゆく。たまにしか訪れない兼家殿とても、庭の手入れが必要なくらいに荒れているようすを目にしているだろうに、まったく気づかないふりをして、そのままにしている。「こんなに草茫々《ぼうぼう》で、木が鬱蒼と伸び放題になっている屋敷に住んでいるので、きっと寂しい思いをしていることだろうな」などと、あの人が私のことを思いやることはないのだろうと思うだけで、私は寂しくなる。すると、庭の草花が乱れているだけでなく、私の心までもが乱れてくる。

あの人は、我が家への訪れが少ない理由として、「いやあ、公務が繁多《はんた》でね」と言うのを口癖にしているけれども、我が家の庭の蓬《よもぎ》が生《お》い繁っているのよりも「繁多」なようだ。本当かしら、などと思いつつ、手入れができないでいる庭を眺めて過ごすのだった。

こういうふうにして、秋の最中《もなか》である八月になった。


［評］冒頭に、「斯《か》くて、人憎《ひとにく》からぬ様《さま》にて」とある。この言葉が何を意味しているのか、はっきりしない。道綱が素直で、人から愛されていること。兼家が、作者から憎まれ通せていないこと。作者が、世間の目に好ましい妻に見えていること。夫婦仲が悪くない状態であること。実に、諸説紛々である。私は、『伊勢物語』第十六段の歌との照応から、「夫婦仲」説を取った。

作者の家は、「左近の馬場」に接していたという。左近の馬場は、左京の一条西洞院にあり、右京の一条大宮北にあった「右近の馬場」と対《つい》をなした。

兼家が作者の庭の手入れの費用を出してくれないので、庭に「蓬」が繁ってゆくのは、『源氏物語』の蓬生《よもぎう》巻で、光源氏が末摘花の荒れ果てた屋敷を綺麗に手入れさせたので、見違えるように美しくなったという場面と裏返しである。

　この節の終わり近くで、「繁《しげ》し」という言葉を巡って、作者の洒落《しゃれ》が炸裂している。夫の兼家は、冗談が大好きで、いつも軽い駄洒落を口にしていた。兼家の駄洒落は、人の良さの表れだろう。それに対して、作者の洒落には、棘《とげ》がある。皮肉が効《き》いているのである。

55　父親から愛されない我が子

　心長閑《こころのどか》に暮《く》らす日《ひ》、儚《はかな》き事《こと》、言《い》ひ言《い》ひの果《は》てに、我《われ》も人《ひと》も、悪《あ》しう言《い》ひ成《な》りて、打《う》ち怨《ゑん》じて、出《い》づるに成《な》りぬ。端《はし》の方《かた》に、歩《あゆ》み出《い》でて、幼《をさな》き人《ひと》を呼《よ》び出《い》でて、（兼家）「我《われ》は、今《いま》は来《こ》じとす」と言《い》ひ置《お》きて、出《い》でにける即《すなは》ち、這《は》ひ入《い》りて、おどろおどろしう泣《な》く。（道綱の母）「此《こ》は何《な》ぞ」、「此《こ》は何《な》ぞ」と言《い》へど、答《いら》へもせで。

（道綱の母）「論無《ろんな》う、然様《さやう》にぞ有《あ》らむ」と推《お》し量《はか》らるれど、人《ひと》の聞《き》かむも、うたて、物狂《ものぐる》ほしければ、問《と》ひ止《さ》して、と斯《か》う慰《こしら》へて有《あ》るに、五日六日《いつかむいか》許《ばか》りに成《な》りぬるに、音《おと》もせず。例《れい》ならぬ程《ほど》に成《な》りぬれば、（道綱の母）「あな、物狂《ものぐる》ほし。戯《たはぶ》れ言《ごと》とこそ、我《われ》は思《おも》ひしか。儚《はかな》き仲《なか》なれば、斯《か》くて止《や》む様《やう》も有《あ》りなむかし」と思《おも》へば、心細《こころぼそ》うて眺《なが》むる程《ほど》に、出《い》でし日《ひ》、使《つか》ひし泔坏《ゆするつき》の水《みづ》は、然《さ》ながら有《あ》りけり。上《うへ》に、塵《ちり》、居《ゐ》て有《あ》り。（道綱の母）「斯《か》くまで」と、あさましう、

（道綱の母）絶《た》えぬるか影《かげ》だに有《あ》らば問《と》ふべきを形見《かたみ》の水《みづ》は水草《みくさ》居《ゐ》にけり

など思《おも》ひし日《ひ》しも、見《み》えたり。例《れい》の如《ごと》にて、止《や》みにけり。斯様《かやう》に、胸潰《むねつぶ》らはしき折《をり》のみ有《あ》るが、世《よ》に心緩《こころゆる》び無《な》きなむ、侘《わ》びしかりける。

［訳］　八月のある日のことだった。あの人が来てくれたので、ゆったりとした心で時を過ごしていた。ところが、取るに足らない些細なことがきっかけで、私と兼家殿とは口げんかを始めてしまった。お互いに、相手への不信感を言葉に出して言い合っているうちに、もう後戻りできなくなって、「それを言ったらおしまい」ということまで、あの人は私に言うし、そうなったら、私もあの人に「これだけは言いたくなかった」ということまで口

にしてしまった。あの人は、激高して、「不満」を絵に描いたような顔をして、この家から出てゆこうとした。

牛車に乗るために、あの人は母屋《おもや》を出て、ずかずかと縁側まで歩いて行った。私は、見送りに行かなかった。あの人は、厳しい声で、道綱を近くへ呼び寄せた。そして、後《あと》から知ったのだが、あの人は道綱に、「おい。これが、お前の顔の見納めだ。父さんは、もう二度と、ここには来ないからな」と言い捨てて、さっさと牛車に乗り込んで、出て行ったらしい。これは、父親が我が子に向かって口にする言葉だろうか。

あの人が去ってすぐ、道綱は私のいる母屋《おもや》に走り込んできて、世界が終末を迎えるのを見たような凄《すさ》まじい泣き声で、泣きじゃくり始めた。事情を知らなかった私は、「どうしたの」とか、「なぜ、そんなに泣いているの」と話しかけるのだが、道綱は返事もできずに、噎《むせ》び泣くばかりだった。

もう十二歳になるのに、赤子のように泣きわめく我が子を前にして、私は、「あの人が、出てゆく間際《まぎわ》に、きっと、ひどい捨て台詞《ぜりふ》を、この子に吐き捨てたのだろう」と察しは付いたのだが、周りにいる女房たちに、私たち家族の醜態をありのままに知られるのは嫌で、それ以上の詮索はさすがに躊躇《ためら》われた。私たち家族の支柱であるはずの兼家という人物が、こんなに常軌を逸した、非常識な人物であることを、彼女たちに知られたくなかったのである。それで、それ以上、道綱に、泣いている理由《わけ》を問いただすことをしなかった。私は道綱に、当たり障《さわ》りのない慰めを言いながら、彼が泣き止《や》むのを待った。

それから五、六日が経《た》ったけれども、あの人が我が家に来ることもなく、何の言《こと》づてもない。まったく音沙汰が無かったのである。

これまでも足が遠のいていたのだけれども、ここまで永く没交渉なのは初めてのことだった。万事に強気な私も、さすがに、「ああ、あの人は、なんて冷酷な人なのだろう。『もう二度と来ないぞ』というのは、あの人の下手な冗談だとばかり思っていたのだけれども、どうやら本気だったようだ。私とあの人との関係は、最初からしっくりせず、あやふやなものだった。私たち三人が築き上げたと思い込んでいた『家族』なんて、砂上の楼閣、いや、あるように見えても実際には存在しない『蜻蛉《かげろう》』のようなものだった。だから、このまま夫婦関係も親子関係も、消滅してしまうのかもしれない」と思えてくる。

不安な気持ちに駆られて、あちこちをぼんやり眺めていると、あの人が憤然としてこの部屋を出て行ったあの日に、彼が髪の毛の手入れをするので使っていた泔坏《ゆするつき》の中に、その時の水がそのまま残っているのが目に留《と》まった。覗き込むと、水の上に、埃《ほこり》がいくつも、ぷわぷわと浮いている。「あの人は、こんなになるまで来なかったのだ」と呆《あき》れ果てて、歌を詠んだ。

（道綱の母）絶《た》えぬるか影《かげ》だに有《あ》らば問《と》ふべきを形見《かたみ》の水《みづ》は水草《みくさ》居《ゐ》にけり

（私たちの夫婦関係は、終わってしまったのだろうか。あの人が、髪の毛の手入れをした時に、この泔坏《ゆするつき》には、あの人の顔が映っていたはずだ。その顔が、今もこの水に映っているのであれば、あの人に向かって、私たちの関係は終わったのですか、と問いただすことができようものを。泔坏《ゆするつき》の水は腐ってしまい、その表面には汚い埃が浮かんでいるばかりなので、それもできない。ああ、埃みたいな存在の私と道綱の哀れさよ。）

こんな歌を詠んで、自分の心を深く見つめていたその日もその日、久しぶりにあの人が顔を見せた。そんな時でも、私はあの人の心を問いただすこともなく、あの人も、あの日、いったい何に対して激高したのかを説明するでもなく、何となく時間が過ぎて、あの人は帰っていった。

このように、私の結婚生活は、胸がつぶれるような苦しみの連続だった。心の底から楽しんで、心が悩みから解き放たれることのないのが、我ながらどうしようもないことだった。

［評］　道綱は、数えの十二歳。泣きじゃくる姿は、『蜻蛉日記』の作者の誇張表現かもしれないが、それにしては幼稚過ぎる。兼家は、美貌の才女である作者には、面と向かって言えないことを、自分に反論できない我が子にぶつけて、八つ当たりしているのだろうか。

泔坏《ゆするつき》は、米のとぎ汁を用いたと言う。長期間放置された米のとぎ汁は、腐敗して、見た目も悪く、悪臭を放っていたことだろう。それが、兼家という男の「魂の腐臭」だったと言えば、兼家には厳しすぎるだろうか。

『伊勢物語』第二十七段には、男が来なくなった女が「盥《たらい》」を見ると、盥の水の下（底）に、悲しげな自分の顔が映っていたと嘆く歌がある。『蜻蛉日記』の「泔坏」は、濁っていて（腐っていて）、作者の顔も映さなかったのだろう。

自分の顔を映すべき水鏡に、自分の顔は映らなかった。つまり、作者は「虚無」を抱え込んでしまっている。それが、『蜻蛉日記』の主題である、生きることの不如意であり、不条理なのでもあった。

56 伏《ふし》見《み》稲荷《いなり》に詣でる

九月《ながつき》に成《な》りて、（道綱の母）「世《よ》の中《なか》、をかしからむ。物《もの》へ、詣《まう》で、せばや。斯《か》う、物儚《ものはかな》き身《み》の上《うへ》も、申《まう》さむ」など定《さだ》めて、いと忍《しの》び、或《あ》る所《ところ》に物《もの》したり。

一挟《ひとはさ》みの幣《みてぐら》に、斯《か》う書《か》き付《つ》けたりけり。

先《ま》づ、下《しも》の御社《みやしろ》に、

（道綱の母）著《いちじる》き山口《やまぐち》ならば此処《ここ》ながら神《かみ》上(かみ)の気色《けしき》を見《み》せよとぞ思《おも》ふ

中《なか》のに、

（道綱の母）稲荷《いなり》山《やま》多《おほ》くの年《とし》ぞ越《こ》えにける祈《いの》る験《しるし》の杉《すぎ》を頼《たの》みて

果《は》てのに、

（道綱の母）神々《かみがみ》上(かみ)と上《のぼ》り下《くだ》りは侘《わ》ぶれども未《ま》だ栄《さか》ゆかぬ坂行(さかゆ)かぬ心地《ここち》こそすれ

［訳］九月になった。私は、「晩秋の郊外は、さぞかし見事な眺めだろう。紅葉《もみじ》見物かたがた、神社仏閣に物詣《ものもう》でをしたいものだ。私が置かれている、蜻蛉《かげろう》のようにはかない身

の上を、神様や仏様に訴えて、どうにかして救ってもらいたいものだ」と決断して、こっそり、ある所に出かけていった。別に秘密にする必要も無いので、はっきり書くと、伏見稲荷大社に詣でたのである。

この大社には、下《しも》の社《やしろ》、中《なか》の社、上《かみ》の社がある。この三つの社の神様に献げる和歌を紙に記して串に結《ゆ》わえつけ、それぞれの社に奉納した。

まず、入口にある下《しも》の社の神様に献げた歌。

（道綱の母）著《いちじる》き山口《やまぐち》ならば此処《ここ》ながら神《かみ》《上(かみ)》の気色《けしき》を見《み》せよとぞ思《おも》ふ

（霊験《れいげん》あらたかで、参詣する人への効能が顕著だと言われている下の社の神様に申し上げます。それほどすばらしいお力をお持ちでしたら、入口にある下の社に詣でただけでも、一番奥にある上《かみ》の社まで詣でたのと同じ霊験を、今すぐにでも見せていただきたいものです。）

この歌は、「神《かみ》」と「上《かみ》」の掛詞である点に、私の本気が表れている。

次に、中《なか》の社の神様に献げた歌。

（道綱の母）稲荷《いなり》山《やま》多《おほ》くの年《とし》ぞ越《こ》えにける祈《いの》る験《しるし》の杉《すぎ》を頼《たの》みて

（私は、これまで伏見大社のお力を信じて、長い歳月を生きてきました。中の社にある

「験《しるし》の杉」は、持ち帰って家に植え、枯れなければ幸福を授かるとされています。その「験の杉」の霊験があらたかで、私たち三人の家族がいつまでも幸福に過ごせますようにと、心から祈っております。）

この歌には特段の掛詞はないが、「祈る験《しるし》」があるというふうに、「験《しるし》の」の部分が二重の意味を持っているのが工夫である。

最後に、上《かみ》の社の神様に献げた歌。

（道綱の母）神々《かみがみ》と上《のぼ》《上(かみ)》り下《くだ》りは侘《わ》ぶれども未《ま》だ栄《さか》ゆかぬ《坂行(さかゆ)かぬ》心地《ここち》こそすれ

（上・中・下の神々に詣でるために、坂道を上《のぼ》っては下《くだ》り、下っては上りするのは、肉体的には、きついことです。けれども、そこまで心を込めて何度も詣でても、まだその験《しるし》を得て幸せにはなっていないように思います。ぜひ、私どもを幸福にしてくださいませ。）

この歌は、「神」と「上《かみ》」、「栄《さか》ゆく」と「坂行《さかゆ》く」の掛詞であり、そこに私の深い祈りが込められている。

［評］訳文では、「伏見稲荷」という名前をはっきり書いたけれども、『蜻蛉

日記』の文章は、「伏見稲荷」と書かずに、「私はどこに詣でたのでしょうか。当てて御覧なさい」と謎をかけ、それに対して読者が謎を解くという、ゲーム感覚で書かれている。ただし、「中の社」で、はっきり「稲荷山」と書いているので、この謎は簡単に解ける仕組みになっている。

「験《しるし》の杉」は、『更級日記』でも重要な役割を果たしていた。菅原孝標《たかすえ》の女《むすめ》は、初瀬の長谷寺に詣でた時に、夢の中で「験の杉」を授かった。にもかかわらず、長谷寺から都に戻る帰り道で、伏見稲荷に詣でなかった。それが、彼女の不幸な晩年につながった、とされているのである。

『枕草子』には、伏見稲荷の「七度詣で」の話が載っている。

57 賀茂の神様に祈る

又《また》、同《おな》じ晦日《つごもり》に、或《あ》る所《ところ》に、同《おな》じ様《やう》にて、詣《まう》でけり。

二挟《ふたはさ》みづつ、下《しも》のに、

上《かみ》(神(かみ))や堰《せ》く下《しも》にや水屑《みくづ》積もるらむ思《おも》ふ心《こころ》の行《ゆ》かぬ御《み》(身(み))手洗《たらし》

又《また》、

榊葉《さかきば》の常磐堅磐《ときはかきは》に木綿《ゆふ》(結(ゆ)ふ)垂《しで》や片苦《かたくる》し(堅苦(かたくる)し)なる目《め》な見《み》せそ神《かみ》

又《また》、上《かみ》のに、

何時《いつ》しかも(賀茂(かも))何時《いつ》しかも(賀茂(かも))とぞ待《ま》ち渡《わた》る森《もり》の木間《こま》より光見《ひかりみ》む間《ま》を

又《また》、

木綿襷結《ゆふだすきむす》ぼほれつつ嘆《なげ》く事絶《ことた》えなば神《かみ》の験《しるし》と思《おも》はむ

などなむ、神《かみ》の聞《き》かぬ所《ところ》に、聞《き》こえ言《ご》ちける。

秋果《あきは》てて、冬《ふゆ》は、朔日《ついたち》・晦日《つごもり》とて、悪《あ》しきも、良《よ》きも、騒《さわ》ぐめる物《もの》なれば、独《ひと》り寝《ね》の様《やう》にて、過《す》ぐしつ。

［訳］また、この年の九月の月末には、伏見稲荷大社に引き続いて、秋景色を堪能しがてら、家庭問題の解決を祈るために賀茂神社にも詣でた。伏見稲荷大社には、上《かみ》・中《なか》・下《しも》

の三つの社《やしろ》があったけれども、賀茂神社には、上賀茂神社と下鴨神社とがある。二つの神社には、歌を記した紙を串に結《ゆ》わえて、奉納した。それぞれ二首ずつ詠んだので、二串ずつ奉納したことになる。

まず、下鴨神社の神様に奉納した二首のうちの一首目。

上《かみ》《神(かみ)》や堰《せ》く下《しも》にや水屑《みくづ》積もるらむ思《おも》ふ心《こころ》の行《ゆ》かぬ御《み》《身(み)》手洗《たらし》

（下鴨神社の神殿の前の御手洗川《みたらしがわ》は、流れが滞って、すいすいとは流れていません。その原因は、上流が堰《せ》き止められているからでしょうか。それとも、下流に水屑《みくず》（水中の塵《ごみ》）が溜まって、ここの流れに影響を与えているからでしょうか。我が身のことを申し上げれば、御手洗川の水が流れないように、私の願ったことはほとんど叶えられず、心は沈滞しています。その原因は、神様が私の幸運を阻止していらっしゃるからでしょうか。それとも、我が身には幸福になる資格がないからなのでしょうか。）

この歌は、「上《かみ》」と「神」、「御手洗《みたらし》」の「御《み》」と「身」が掛詞である。

もう一首、下鴨神社に奉納した歌。

榊葉《さかきば》の常盤堅磐《ときはかきは》に木綿垂《ゆふしで》《結(ゆ)ふ》や片苦《かたくる》《堅苦(かたくる)し》しなる目《め》な見《み》せそ神《かみ》

（私が下鴨神社の神様に献げる榊《さかき》は、常緑樹です。古代神話では、常に変わらぬものを

「常磐堅磐《ときわかきわ》」と名づけています。その常磐堅磐の榊の葉っぱに、木綿垂《ゆふしで》を結び付け、さらには和歌を記した紙も結び付け、神様に献げます。けれども、神様、お願いですから、私に「常磐堅磐」の文字面と同じような「堅苦しい」思いをさせないでください。「堅苦しい」は「片苦しい」、自分一人が苦しい思いをしなければならない、ということに通じますから。）

この歌も、「木綿《ゆふ》」と「結《ゆ》ふ」、「片苦《かたくる》し」と「堅苦《かたくる》し」の掛詞である。

次に、上賀茂神社に奉納した二首のうちの一首目。

何時《いつ》しかも《賀茂(かも)》何時《いつ》しかも《賀茂(かも)》とぞ待《ま》ち渡《わた》る森《もり》の木間《こま》より光見《ひかりみ》む間《ま》を

（上賀茂神社の境内の鬱蒼と繁った森の木の間から、明るく澄み渡った月の光のような、神様の垂迹《すいじゃく》の光が漏れてきて、私を照らし、私の魂を救ってくださる時が来るのを、「いつしかも、いつしかも」（早く、早く）と冀《こいねが》っております。）

この歌は、「賀茂」という言葉を、二度も掛詞で用いているのが工夫である。「賀茂」が二つあるのは、上賀茂神社と下鴨神社が二つあるからである。

もう一首、上賀茂神社に奉納した歌。

木綿襷《ゆふだすき》結《むす》ぼほれつつ嘆《なげ》く事絶《ことた》えなば神《かみ》の験《しるし》と思《おも》はむ

（賀茂の神様にお願いするために、榊の葉っぱに木綿襷《ゆうだすき》（木綿垂《ゆふしで》）を結び付けたものを献上いたします。そこまで私が神頼みしているのは、私の心が悪い意味で結ぼおれ、鬱屈しているからです。そのために苦悩し続けている私の嘆きの数々が、一挙に消え失せるならば、賀茂の神様の霊験であったと頼もしく思うことでしょう。）

これまで、賀茂神社の神様は、私の願い事に耳を傾け、聞き届けてくださらなかった。今度こそは、聞いてもらえるだろうかと思いながら、私は和歌四首を書き記した紙と共に、お祈りを献げたのだった。

そうこうしているうちに、秋が終わって、冬になった。冬は、日の暮れるのが早く、あっという間に一日が終わる。しかも、やんごとない宮中《きゅうちゅう》でも、下々《しもじも》でも、行事が次から次へと押し寄せてきて、慌《あわ》ただしいこと、この上もない。そういうわけで、あの人の訪れはほとんどなく、私は「独り寝《ひとりね》」の状態だった。このようにして、私の三十一歳の一年は過ぎていった。

［評］「かたくるしなる」という言葉だが、『新編国歌大観』で検索しても、用例はこの一首のみである。「かたぐるし」では、「かたぐるしなる恋もするか

な」という用例が、もう一例だけ見つかる。「固」と「肩」の掛詞である。

あまりに掛詞に執着しすぎると、歌の調べが滞ってしまう。けれども、神に訴える「心のほど」を掛詞で示すことに、作者の努力は注がれたのだろう。

XI　康保四年（九六七）　三十二歳

58　鳥の卵を十個、重ねる

三月晦日方《やよひつごもりがた》に、雁《かり》の卵《こ》の見《み》ゆるを、（道綱の母）「此《これ》、十《とを》づつ重《かさ》ぬる業《わざ》を、如何《いか》でせむ」とて、手弄《てまさぐ》りに、生絹《すずし》の糸《いと》を、長《なが》う結《むす》びて、一《ひと》つ結《むす》びては結《ゆ》ひ、一つ結《むす》びては結《ゆ》ひして、引《ひ》き立《た》てたれば、いと良《よ》う重《かさ》なりたり。

（道綱の母）「猶《なほ》、有《あ》るよりは」とて、九条殿《くでうどの》の女御殿《にようごとの》の御方《おんかた》に奉《たてまつ》る。卯《う》の花《はな》にぞ付《つ》けたる。

何事《なにごと》も無《な》く、唯《ただ》、例《れい》の御文《おんふみ》にて、端《はし》に、（道綱の母）「此《こ》の、十《とを》、重《かさ》なりたるは、斯《か》うても侍《はべ》りぬべかりけり」とのみ聞《き》こえたる、御返《おんかへ》り、

（怤子《ふし》）数知《かずし》らず思《おも》ふ心《こころ》に比《くら》ぶれば十重《とをかさ》ぬるも物《もの》とやは見《み》る

と有《あ》れば、御返《おんかへ》り、

（道綱の母）思《おも》ふ程《ほど》知《し》らでは甲斐《かひ》《卵(かひ)》や有《あ》らざらむ返《かへ》す返《がへ》す《孵(か)へす孵(が)へす》も数《かず》をこそ見《み》め

（世間の噂）「其《そ》れより、五《ご》の宮《みや》になむ奉《たてまつ》れ給《たま》ふ」と聞《き》く。

【訳】　年が明けて、康保四年（九六七）となった。私は、三十二歳である。まもなく春も終わろうとしていた三月の月末頃に、私は、偶然にも、「雁《かり》の卵《こ》」（軽鴨《かるがも》の卵）を手に入れた。私は、それを見た瞬間に『伊勢物語』第五十段の歌を思い出した。

鳥《とり》の卵《こ》を十《とを》づつ十《とを》は重《かさ》ぬとも思はぬ人を思ふものかは

（丸くて、つるつるしている鳥の卵を、十個を一つとして勘定して十、合計すると百個、縦に積み重ねるのは至難のわざである。仮に、それが可能だったとしても、それよりももっと実現困難なことがある。それは、自分を愛してくれない人を、好きで好きで堪《たま》らなくなることである。）

このように、鳥の卵をいくつも積み重ねるのは、昔から「困難」、あるいは「不可能」と同じ意味で用いられてきた。負けず嫌いの私は、ここで発憤した。「よし、是《ぜ》が非《ひ》でも、この卵を十個重ねたものを、なるべくたくさん、できれば十セット、作ってみよう」と思い立ったのである。

そこで、暇つぶしをかねて、手仕事に没頭した。丈夫な生糸《きいと》を長く伸ばして、その糸で卵を一つしっかり包《くる》んでは、次の卵を上に乗せて、またしっかり生糸で包《くる》むという作業を繰り返した。十個を包《くる》み込んだところで、縦に起こして、手で持つか、何かに結び付ければ、何とか立てるように工夫した。そうすると、鳥の卵が十個、縦に重なっているように見えるのである。

私は、「自分が作った、この奇蹟の卵を、このまま手もとに置いて悦《えつ》に入っているだけでなく、ほかの人のお目にかけたいものだ」と思って、兼家殿の妹君である忯子《ふし》様に献上することにした。忯子様は、その後、冷泉《れいぜい》天皇の女御《にょうご》におなりになった。ちなみに、この時点で、冷泉天皇はまだ東宮だった。

忯子様には、初夏を告げる卵《う》の花《はな》に付けて、この卵を差し上げた。その際の手紙には、特別な用事や自分で詠んだ和歌を書き記すことはなく、手紙の終わりのほうに、追伸のようにして、「鳥の卵を、お目にかけます。『伊勢物語』の和歌にありますように、卵を十も重ねて立てるのは、とてもむずかしいものでした。けれども、このように、何とか立てることはできるのです」とだけ申し上げた。私が自分の詠んだ和歌を記さなかったのは、『伊勢物語』の「鳥《とり》の卵《こ》を十づつ十は重ぬとも思はぬ人を思ふものかは」という古歌を、忖子様に想起していただければ、それで十分だからだった。言外に、「卵を十個、重ねることはできても、あなたの心を私に向けさせることはむずかしいですわ。もっと、私に好意を示してくださいな。これから仲良くしたいです」という意を込めたのである。

すると、お返事の歌が贈られてきたが、しっかりと『伊勢物語』の和歌が踏まえられていた。私の思いは、先方に伝わっていたのである。

（忖子）数《かず》知《し》らず思《おも》ふ心《こころ》に比《くら》ぶれば十重《とをかさ》ぬるも物《もの》とやは見《み》る

（私があなたのことを大切に思う気持ちを、仮に数字で喩えるのならば、十や二十でははるかに及ばないでしょう。それに対して、あなたが贈ってくださった鳥の卵は、たった十個が重なっているだけです。）

私も、すぐにお返事した。

（道綱の母）思《おも》ふ程《ほど》知《し》らでは甲斐《かひ》《卵(かひ)》や有《あ》らざらむ返《かへ》す返《がへ》す《孵(か)へす孵(が)へす》も数《かず》をこそ見《み》め

（あなたがおっしゃる「十や二十でははるかに及ばない」という数字が、どれほどのものか、はっきり示してもらえないことには、あなたの本当のお気持ちはわかりません。私はと言えば、困難だと言われている鳥の卵を十個も重ね上げて、あなたを思う真心の程をお見せしました。このままでは、私の思いは、何の甲斐もないことになります。たくさんある鳥の卵が、一個も孵化しないのと同じことですわ。）

なお、私が献上した卵の行方《ゆくえ》であるが、その後、冷泉《れいぜい》天皇の弟でいらっしゃる守平《もりひら》親王様（後の円融《えんゆう》天皇）に譲られたという話を聞いた。親王様は、この時、まだ八歳でいらっしゃった。忯子様と同じく兼家殿の妹である登子《とうし》様が、守平親王様を母親代わりに大切に育てておられたのである。

【評】『伊勢物語』の歌は、「累卵の危うき」という中国の故事成語とも関連している。

「雁《かり》の卵《こ》」と言えば、『枕草子』の「貴《あて》なる物」が連想される。

《貴《あて》なる物、薄色《うすいろ》に、白襲《しらがさね》の汗衫《かざみ》。雁《かり》の卵《こ》。削《けづ》り氷《ひ》の、甘葛《あまづら》に入《い》りて、新《あたら》しき鋺《かなまり》に入《い》りたる。水晶《すいさう》の数珠《ずず》。藤《ふち》の花《はな》。梅《むめ》の花《はな》に、雪《ゆき》の降《ふ》りたる。いみじう愛《うつく》しき児《ちご》の、覆盆子《いちご》、食《く》ひたる。》

登子《とうし》は、村上天皇の寵愛を受けた。彼女の名前が出たのは、次に語られる村上天皇の崩御の伏線なのかもしれない。

59 村上天皇から冷泉天皇へ

五月《さつき》にも成《な》りぬ。十日余《とをかあま》りに、内裏《うち》の御薬《おほんくすり》の事有《ことあ》りて、罵《ののし》る。程《ほど》も無《な》くて、二十日余《はつかあま》りの程《ほど》に、隠《かく》れさせ給《たま》ひぬ。東宮《とうぐう》、即《すなは》ち、代《か》はり居《ゐ》させ給《たま》ふ。東宮《とうぐう》の亮《すけ》と言《い》ひつる人《ひと》は、蔵人《くらうど》の頭《とう》など言《い》ひて、罵《ののし》れば、悲《かな》しびは大方《おほかた》の事《こと》にて、御慶《おんよろこ》びと言《い》ふ事《こと》のみ聞《き》こゆ。相答《あひこた》へなどして、少《すこ》し人心地《ひとごこち》すれど、私《わたくし》の心《こころ》は、猶《なほ》、同《おな》じ如有《ごとあ》れど、引《ひ》き替《か》へたる様《やう》に、騒《さわ》がしくなど有《あ》り。

(世間の人々)「御陵《みささぎ》や、何《なに》や」と聞《き》くに、(道綱の母)「時《とき》めき給《たま》へる人々《ひとびと》、如何《いか》に」と、思ひ遣《や》り聞《き》こゆるに、哀《あは》れなり。漸《やうや》う、日頃《ひごろ》に成《な》りて、貞観殿《ちやうぐわんでん》の御方《おんかた》に、(道綱の母)「如何《いか》に」など聞《き》こえける序《つい》でに、

(道綱の母)世《よ》の中《なか》を儚《はかな》き物《もの》と御陵《みささぎ》《見(み)》の埋《う》もるる山《やま》に嘆《なげ》くらむやぞ

御返《おんかへ》り事《ごと》、いと悲《かな》し気《げ》にて、

(登子《とうし》)後《おく》れじと憂《う》き身(み)御陵《みささぎ》に思《おも》ひ入《い》る心《こころ》は死出《しで》の山《やま》にや有《あ》るらむ

［訳］　五月になった。その月の十日過ぎ、正確には十四日に、村上天皇様のお具合が悪くなられ、治療のことで世の中は大騒ぎになった。けれども、薬の効果も無く、二十五日に、帝はお隠れあそばした。あっという間《ま》の崩御だった。在位は二十一年、お歳は四十二でいらっしゃった。

私が卵を差し上げた怤子《ふし》様のご夫君でおありの東宮・憲平《のりひら》親王様が即位あそばして、冷泉天皇となられた。

これまで、村上天皇の御代では、「東宮《とうぐう》の亮《すけ》」という役職で憲平親王様にお仕えしていた兼家殿は、親王のご即位に伴って、新天皇の側近である「蔵人《くろうど》の頭《とう》」に出世したと言って、大はしゃぎしている。

世間のほとんどの人々は、村上天皇の崩御の悲しみにうち沈んでいるのに、私の周りでは、兼家殿の昇進のお祝いの言葉だけが耳に入ってくる。私に対しても、お祝いが寄せられる。その相手をしていると、これまで静かだった我が家まで、人並みの幸福が巡ってきたような気持ちになるのが、不思議ではある。これから権力者に昇り詰めようとしている政治家の奥方になっても、私自身の心の持ちようは、以前と変わるはずもない。けれども、これまでとは明らかに変わって、私の周囲は慌ただしくなってきた。

世間の人々は、「お隠れになった村上天皇様は、どこそこの陵《みささぎ》に斂葬《れんそう》された」とか、「たくさんの殿上人《てんじょうびと》たちが葬儀に参列した」などと噂している。それを聞くたびに、御代替《みよが》わりに伴う権力の変遷に思いを馳せるのだった。「これまで、村上天皇様の御代に、寵愛されていた方々は、男性の殿上人《てんじょうびと》も、後宮の女性たちも、どんなにかお嘆きのことであろう」と思うだけでも、心が締めつけられる。

村上天皇様が崩御されて、やや暫く経《た》って、人々の動揺が収まってきたので、村上天皇様の後宮で、貞観殿《じょうがんでん》（御匣殿《みくしげどの》）にお住まいだった登子《とうし》様に、お悔やみの手紙を書いた。登子様は、既に述べたように、兼家殿の妹君である。

私は、「さぞかしお嘆きのことと拝察いたします」などと書いたあとで、歌を書き付けた。

（道綱の母）世《よ》の中《なか》を儚《はかな》き物《もの》と御陵《みささぎ》《見(み)》の埋《う》もるる山《やま》に嘆《なげ》くらむやぞ

（村上天皇様の突然の不予《ふよ》と崩御を見るに付け、私は世の中の無常を、あらためて痛感しています。亡き帝《みかど》のご寵愛をお受けになっていた登子様におかせられては、さぞかし、亡き帝が葬られた御陵《ごりょう》のある深い山を思いやって、深い深い涙の海に沈んでいらっしゃることでしょう。心からお悔やみを申し上げます。）

「みささぎ」の「み」に、「見る」という意味を掛詞にして、私が登子様を思う心の深さを示した。すると、登子様から、お返事の歌が贈られてきた。

（登子）後《おく》れじと憂《う》き御陵《みささぎ》《身(み)》に思《おも》ひ入《い》る心《こころ》は死出《しで》の山《やま》にや有《あ》るらむ

（先に、この世をお隠れになった亡き帝に、自分も後《おく》れずに一緒に旅立とうと願いつつも、現実は一人残されて生きるしかない我が身の辛さを、噛みしめています。帝が眠っておられる山を思い続ける私の心は、あの世へと向かう者が必ず越える「死出の山」に差しかかり、早くも足を踏み入れているのかもしれません。）

この歌は、見るだけで、こちらまでが悲しくなってしまう内容だった。「みささぎ」の「み」に、「身」を掛詞にして、愛する人に先立たれ、一人で残された「憂《う》き身《み》」を嘆いておられるのが、胸に迫った。

［評］本文で、「相答《あひこた》へなどして」とした部分は、原文では「あゐこたへなと

して」。これを、「あひしらへなどして」と改める説もあるが、「あひこたへなどして」でも意味は通じる。

登子の人生を簡単に辿っておく。兼家の父である藤原師輔《もろすけ》の次女として生まれ、醍醐天皇の皇子で風流な貴公子として知られた重明《しげあきら》親王と結婚。親王の没後には、村上天皇に愛された。村上天皇には、登子の姉である安子《あんし》が、先に入内していた。安子の没後は、安子の子どもの守平親王（円融天皇）を、登子が母親代わりに養育していた。

村上天皇の陵墓は、『蜻蛉日記』の作者ゆかりの般若寺もある鳴滝にある。

60　藤原佐理《すけまさ》夫婦の出家

御四十九日《おほんなななぬか》、果《は》てて、七月《ふみづき》に成《な》りぬ。

上《うへ》に候《さぶら》ひし兵衛《ひやうゑ》の佐《すけ》、未《ま》だ年《とし》も若《わか》く、思《おも》ふ事《こと》、有《あ》り気《げ》も無《な》きに、親《おや》をも、妻《め》をも打《う》ち捨《す》てて、山に這《は》ひ登《のぼ》りて、法師《ほふし》に成《な》りにけり。
（世間の人々）「あな、いみじ」と罵《ののし》り、（世間の人々）「哀《あは》れ」と言《い》ふ程《ほど》に、（世間の人々）「妻《め》は、又《また》、尼《あま》に成《な》りぬ」と聞《き》く。先々《さきざき》なども、文通《ふみかよ》はしなどする仲《なか》にて、いと哀《あは》れに、あさましき事《こと》を、訪《とぶら》ふ。

（道綱の母）奥山《おくやま》の思《おも》ひ遣《や》りだに悲《かな》しきに又天雲《またあまぐも》《尼(あま)》の掛《か》かる《斯(か)かる》なりけり

手《て》は、然《さ》ながら、返《かへ》り事《ごと》したり。

（藤原佐理の妻）山深《やまふか》く入《い》りにし人《ひと》も訪《たづ》ぬれど猶天雲《なほあまぐも》《尼(あま)》の余所《よそ》にこそ成《な》れ

と有《あ》るも、いと悲《かな》し。

【訳】亡き村上天皇様の崩御は、五月二十五日だったので、四十九日の法要は七月十四日に、清涼殿《せいりょうでん》で執《と》り行われた。季節は、早くも七月に入り、秋になっていたのである。
兵衛府《ひょうえふ》の次官として、亡き帝《みかど》に親しくお仕えしていた藤原佐理《すけまさ》という人がいた。ただし、書道の名人で「三蹟」の一人とされる藤原佐理《すけまさ》とは別人である。
私が書こうとしている佐理殿は、権《ごん》中納言・藤原敦忠《あつただ》様の子で、左大臣・藤原時平《ときひら》様の孫に当たる人物である。彼は、まだ年も若く、それほど深い人生への悩みに苦しんでいるようにも見えなかった。

けれども、村上天皇様の崩御が、彼の人生の次なる扉を大きく押し開いたのだろう。藤原佐理という男の心の中で、いったい何が爆発したのだろうか、彼は自分を生み、育ててくれた親を捨て、自分と結婚して、自分の子どもを生んでくれた妻をも捨て、たった一人で、自分だけの魂の救済を求めて、必死の思いで喘《あえ》ぎながら、比叡山延暦寺まで、坂道を這《は》いずり上《あ》がり、出家したいという一念を遂げて、遂に法師となったのだった。

世間の人は、彼の出奔と遁世《とんせい》の事実を知り、「驚き入った覚悟だ。感心するばかりだ」とか、「残された家族が、可哀想だ」などと噂し合った。そのうち、「夫に先に出家された妻も、決心して尼になった」、という話を聞いた。

本当のことを言えば、夫に捨てられて、自分も出家した女性は、私の知り合いだった。私の姉の連れ合いである藤原爲雅《ためまさ》殿の妹が、この女性だったのである。

そういう関係だったので、私もその女性と、これまでに何回か手紙をやり取りしたことがあった。だから、彼女が尼になったという話は、私にとって途轍もない衝撃だった。だから、彼女に歌を贈らずにはいられなかった。かく言う私ですら、夫の愛情の薄さに絶望しているので、これまで何度も出家を思わないでもなかったからである。

私が贈った歌。

（道綱の母）奥山《おくやま》の思《おも》ひ遣《や》りだに悲《かな》しきに又天雲《またあまぐも》《尼（あま）》の掛《か》《斯（か）かる》かるなりけり

（あなたのご主人が、突然の村上天皇様の崩御によって、俗世間での未来に絶望して出家し、山奥の延暦寺に籠もられたことを考えるだけでも、私の心は悲しみで一杯になります。都から比叡山を見やるだけでも悲しいことですのに、その比叡山に天雲《あまぐも》が掛かっているのを見るのは、堪《た》えきれそうにありません。ご主人に続いて、あなたまでが出家して尼になってしまわれて、私の受ける衝撃は筆舌に尽くしがたいものがあります。）

彼女からの返事が、来た。その手紙を見た私は、はっとした。出家して尼となり、人生を一変させた彼女の筆蹟は、これまでとまったく変わっていなかったからである。

（藤原佐理の妻）山深《やまふか》く入《い》りにし人《ひと》も訪《たづ》ぬれど猶天雲《なほあまぐも》《尼（あま）》の余所《よそ》にこそ成《な》れ

（どこまでも一緒に生きてゆこうと誓い合ったはずの夫に見捨てられた私は、夫が新しい人生を求めてよじ登っていった比叡山延暦寺まで、自分も追いかけてゆきたいと思い、出家して尼になりました。けれども、延暦寺は「女人禁制」のお山です。尼となった私でも、比叡山の中腹までしか行くことができず、夫が修行しているという延暦寺を、はるか雲の上に眺めているばかりです。）
この歌を読むと、私までも悲しくなった。

［評］　こちらの佐理は、大雲寺の開基となった人物である。大雲寺は、源氏物語』若紫巻で、光源氏が紫の上を見初《みそ》めた「北山」のモデルとされる寺の一つである。この「北山」は、鞍馬山（鞍馬寺）が最有力なのだが、大雲寺説も存在している。

佐理の父親の藤原敦忠は、『小倉百人一首』の「逢《あ》ひ見ての後《のち》の心に比《くら》ぶれば昔は物を思はざりけり」で知られるが、三十八歳で没した。

延暦寺は、女人禁制であった。『源氏物語』の浮舟も、比叡山の麓の小野の山里で、横川《よかわ》の僧都《そうず》の指導を受けた。

私は、「女人高野」と呼ばれる奈良県天野村を訪ねたことがある（現在は「かつらぎ町」）。出家して高野山に登った男を、麓で待ち受ける女の心が、胸に迫った。佐理の妻も、そういう心境だったのだろうか。

61 家を移る

斯《か》かる世《よ》に、（世間の人々）「中将《ちゆうじやう》にや、三位《さんゐ》にや」など、慶《よろこ》びを頻《しき》りたる人《ひと》は、（兼家）「所々《ところどころ》なる、いと障《さは》り繁《しげ》ければ、悪《あ》しきを。近《ちか》う、然《さ》りぬべき所《ところ》、出《い》で来《き》たり」とて、渡《わた》して、乗物無《のりものな》き程《ほど》に、這《は》ひ渡《わた》る程《ほど》なれば、人《ひと》は、（兼家）「思《おも》ふ様《やう》なり」と思《おも》ふべかンめり。霜月《しもつき》、中《なか》の程《ほど》なり。

［訳］　今年一年は、村上天皇様の崩御に伴う御代替《みよが》わりで、嬉しいことも、悲しいことも起こり、まさに悲喜こもごもだった。栄枯盛衰、喜びと悲しみが行き交《か》う俗世間で、どこまでもしたたかに生きてゆこうと決心している男がいた。すなわち、私の夫である藤原兼家である。この時勢にあって、「左《さ》近《こん》の中将《ちゆうじょう》になられた」だの、「三位《さんみ》に昇進された」だのと、賑々《にぎにぎ》しく世間で囃《はや》し立てられている兼家殿は、我が世の春を謳歌していた。

その兼家殿は、「あなたと私の屋敷は、それほど離れてはいないのだけれども、やはり別々に暮らしているのは、良くない。これから、私はもっともっと偉くなるだろうから、自宅を離れての移動もむずかしくなる。そうなると、いろいろと差し障《さわ》りがあるから、あなたとはなるべく近い距離で暮らすことにしたい。たまたま、私の屋敷の近くで、都合の良い物件が見つかった。そこに引っ越してきませんか」と、私に提案してきた。そこは、兼家殿が、牛車に乗らなくても、通って来られる場所だった。

私は断ることもできないので、彼の申し出に従った。あの人は、「世の中は、自分の思う通りに進んでいる」と、大いに満足しているようだった。私の引っ越しは、この年の十一月の中旬のことだった。

［評］ここは、東三条殿の南院であると考えられている。すなわち、後の時代には、冷泉院がお住まいになり、その皇子である敦道親王もここに住み、愛人の和泉式部が召人《めしうど》として迎えられた場所である。『和泉式部日記』に詳しい。『源氏物語』の光源氏は、六条院を造営して、自分の妻や娘・養女たちを集《つど》わせた。それと同じことを、兼家は計画している。兼家は「ミニ・光源氏」であり、『蜻蛉日記』は、女の視点から見た『プレ・源氏物語』なのである。

XII 康保五年＝安和元年（九六八） 三十三歳

62 人形のやりとり

十二月《しはす》晦日方《つごもりがた》に、貞観殿《ちやうぐわんでん》の御方《おんかた》、此《こ》の西《にし》なる方《かた》に、罷《まか》で給《たま》へり。晦日《つごもり》の日《ひ》に成《な》りて、儺《な》など言《い》ふ物《もの》、試《こころ》みるを、未《ま》だ昼《ひる》より、ごほごほ・はたはたとするぞ、一人《ひとり》笑《ゑ》みせられて有《あ》る程《ほど》に、明《あ》けぬれば、昼《ひる》つ方《かた》、客人《まらうど》の御方《おんかた》、男《をとこ》なんど立《た》ち交《ま》じらねば、長閑《のどけ》し。

我《われ》も、罵《ののし》るをば隣《となり》に聞《き》きて、（道綱の母）「待《ま》たるるものは」なんど、打《う》ち笑《わら》ひて有《あ》る程《ほど》に、有《あ》る者《もの》、手弄《てまさぐ》りに、掻栗《かいぐり》を編《あ》み立《た》てて、贄《にへ》にして、木《き》を製《つく》りたる男《をのこ》の片足《かたあし》に、尰《こひ》付《つ》きたるに、担《にな》はせて、持《も》て出《い》でたるを、取《と》り寄《よ》せて、有《あ》る色紙《しきし》の端《はし》を脛《はぎ》に押《お》し付《つ》けて、其《そ》れに書《か》き付《つ》けて、彼《あ》の御方《おんかた》に奉《たてまつ》る。

（道綱の母）片⿸广重《かたこひ》《片恋（かたこひ）》や苦《くる》しかるらむ山賤《やまがつ》の朸無《あふごな》《逢（あ）ふ期（ご）》しとは見《み》えぬ物《もの》から

と聞《き》こえたれば、海松《みる》の引干《ひきぼし》の、短《みじか》く千切《ちぎ》りたるを、結《ゆ》ひ集《あつ》めて、木《き》の先《さき》に、担《にな》ひ返《かへ》させて、細《ほそ》かりつる方《かた》の足《あし》にも、異《こと》の⿸广重《こひ》をも削《けづ》り付《つ》けて、元《もと》のよりも大《おほ》きにて、返《かへ》し給《たま》へり。見《み》れば、

（登子）山賤《やまがつ》の朸《あふご》《逢（あ）ふ期（ご）》待《ま》ち出《い》でて比《くら》ぶれば⿸广重《こひ》《恋（こひ）》増《ま》さりける方《かた》も有《あ》りけり

日《ひ》、闌《た》くれば、節供《せく》参《まゐ》りなど、すめる。此方《こなた》にも、然様《さやう》になどして、十五日《とをかあまりいつか》にも、例《れい》の如《ごと》して、過《す》ぐしつ。

【訳】　康保四年の大晦日と、康保五年の正月のことは、連続して書いておきたい。康保四年、つまり村上天皇様の崩御があった年も、押し詰まった十二月の月末になって、これまで貞観殿《じょうがんでん》にお住まいだった登子《とうし》様が、宮中を退出された。とりあえず、私が十一月から移り住むことになったお屋敷の「西の対」で暮らすことになったようである。私はお近づきになれて、とてもうれしかった。

大晦日《おおみそか》の日には、「追儺《ついな》」をして、魔を払う。私の屋敷でも、あちこちで、ゴーゴー（ゴ

ンゴン）とか、バタバタなどと大きな音を立てて、鬼《おに》を退散させ、来年には災厄がないようにと大騒ぎしている。皆がいかにも楽しそうなので、私も思わず一人笑いをしてしまった。

一夜《いちや》明ければ、康保五年の元旦である。私の居る所では、それなりに男手があるので、正月らしい賑わいもあるのだが、今度移り住むことになった登子様のお住まいは、男たちがほとんど顔を出さないので、ひっそりとしている。

すぐ近くには、兼家殿の本邸（東三条殿）があり、お正月の挨拶にやって来る人たちで、賑わっている。その喧噪を、少し離れて聞いていると、今年は、何か良いことがたくさん起きそうな気持ちになってくる。そこで、「あらたまの年立ち返る朝《あした》より待たるる物は鶯《うぐひす》の声」などと口ずさんでは、明るい笑い声を立てていた。

すると、私に仕えている女房が、暇つぶしで作った、いっぷう変わった手作りの木製《もくせい》人形を持ち出してきた。縁起物の「掻栗《かいぐり》」（搗《か》ち栗《ぐり》）を糸でかがったものを、賤《しず》の男《お》が献上品のようにして、「朸《おうご》＝天秤」に入れて、肩に担《かつ》いでいる。その男は、片足に大きな「尰《こい》＝こぶ」が出来ていて、歩くのがいかにも難儀そうに見える。

私は、その人形を目にして、ひっそりとしたお正月を迎えておられる登子様に、これを差し上げようと思い立った。手許《てもと》にあった色紙に、即興で歌を書いて、その紙の端《はし》っこを、男の膝の部分に貼り付けて、あちらにお贈りした。私の歌は、「尰《こい》」と「恋《こい》」の掛詞である。

（道綱の母）片尰《かたこひ》《片恋(かたこひ)》や苦《くる》しかるらむ山賤《やまがつ》の朸《あふご》無《な》し《逢(あ)ふ期(ご)》とは見《み》えぬ物《もの》から

（この山賤《やまがつ》は、何と苦しそうに見えることでしょう。片方の足に、「尰《こい》＝こぶ」があるので、大きな荷物を担《かつ》ぐと、歩きにくそうに見えます。「朸《おうご》＝天秤《てんびん》」に乗せてはいるのですが、担ぎにくそうです。私は、あなた様への「片恋《かたこい》」に苦しんでおります。せっかく近くにお出《い》でになったというのに、「逢《あ》ふ期《ご》＝お逢いできる時期」がありそうでないのですから。早くお目にかかりたいものです。）

すると、先方からは、私がお贈りした手作り人形が返ってきたが、朸《おうご》の中に入れておいた搔栗《かいぐり》は、なくなっていて、その代わりに、海松《みる》（海藻）を乾燥させたものを細く千切《ちぎ》って裂いたものに入れ替わっている。しかも、男の「尰《こい》」は片足だけだったのに、細かったほうの足にも、最初の尰《こい》よりももっと大きな尰が作られていた。その足に、紙が貼ってあって、歌が記されている。

（登子）山賤《やまがつ》の朸《あふご》《逢(あ)ふ期(ご)》待《ま》ち出《い》でて比《くら》ぶれば尰増《こひま》《恋(こひ)》さりける方《かた》も有《あ》りけり

（私があなたに遣わす山賤《やまがつ》は、やっとこさで朸《おうご》を担いではいますけれども、あなたが私に遣わした山賤よりも、「熕《こい》＝こぶ」が数も多くて、大きさも大きいですわ。あなたと逢う機会があれば、あなたが私を恋する気持ちよりも、私があなたを恋する気持ちの方が格段に大きいことが、おわかりになると思います。）

こんな楽しいやりとりをしているうちに、元日も昼になり、登子様のお住まいでは、おせち料理などのご馳走を召し上がっているようである。私たちも、同じようにして、十五日には「望粥《もちがゆ》」（七草がゆ）を食べたりして、例年通りのお正月を過ごした。

［評］「ごほごほ」という擬音語（オノマトペ）は、『源氏物語』の夕顔巻でも使われている。唐臼《からうす》の音が、「鳴神《なるかみ》＝雷鳴」よりも大きく鳴り響いたという場面である。現代語訳では「ゴロゴロ」とされることが多いが、ゴンゴン、ゴーゴーなど、さまざまに考えられる。

お正月に、「あらたまの年立ち返る朝《あした》より待たるる物は鶯《うぐひす》の声」という和歌を意識するのは、『源氏物語』初音《はつね》巻などでも同じである。

「掻栗《かいぐり》」は、「貝・栗」（貝と栗）とする説もある。また、「掻栗《かいぐり》を編《あ》み立《た》てて」という本文については、「掻栗《かいぐり》を足立《あした》てて」とする説もある。

「朸《あふご》」を掛詞として用いた歌としては、『伊勢物語』第二十八段が名高い。「などて斯《か》く逢《あ》ふ期《ご》《朸(あふご)》難《かた》みに成《な》りにけむ水漏《みづも》らさじと結びしものを」。

63 手紙の誤配達

三月《やよひ》にも成《な》りぬ。客人《まらうど》の御方《おんかた》にと思《おぼ》しかりける文《ふみ》を、持《も》て違《たが》へたり。見《み》れば、直《なほ》しも有《あ》らで、（兼家）「近《ちか》き程《ほど》に、参《まゐ》らむと思《おも》へど、（道綱の母）『我《われ》ならで』と思《おも》ふ人《ひと》や侍《はべ》らむ、とて」など、書《か》いたり。（道綱の母）「年頃《としごろ》、見給《みたま》ひ慣《な》れにたれば、斯《か》うも有《あ》るなンめり」と思《おも》ふに、直《なほ》も有《あ》らで、いと小《ちひ》さく書《か》い付《つ》く。

（道綱の母）松山《まつやま》の差《さ》し越《こ》えてしも有《あ》らじ世《よ》を我《われ》に比《よそ》へて騒《さわ》ぐ波《なみ》かな

とて、（道綱の母）「彼《あ》の御方《おんかた》に、持《も》て参《まゐ》れ」とて、返《かへ》しつ。見給《みたま》ひてければ、即《すなは》ち、御返《おんかへ》り有《あ》り。

（登子）松島《まつしま》の風《かぜ》に従《したが》ふ波《なみ》なれば寄《よ》る方《かた》にこそ立《た》ち増《ま》さりけれ

［訳］　三月になった。兼家殿からの手紙が私のもとに届いたのだけれども、読んでみると、私にではなく、西の対にお住まいの登子様に宛《あ》てたものだった。使いの者が、間違えて、こちらに持ってきてしまったのである。

驚いたことには、兄の兼家殿が妹の登子様に宛てた手紙にしては、奇妙に艶《なま》めかしい。兼家殿と登子様とは、父親も同じならば、母親も同じなので、色めいた関係などあるはずはないのだが、兼家殿の書き方がおかしいのだ。

読者が疑問に思うだろうから、どういう文面だったかをはっきり書いておこう。「妹のあなたが、私の屋敷のすぐ近くに来てくれたのに、ちっとも二人っきりで逢う機会がなくて、残念に思っています。近いうちに、ぜひとも逢いに行きたいのですが、あなたと同じ敷地には、私の妻（何と、これが、この日記を書いている私のことである！）が住んでいて、嫉妬深い性格なので、困っているのです。私があなたと逢ったと聞いたら、彼女は、『伊勢物語』第三十七段にある、『我ならで下紐解《しもひもと》くな朝顔《あさがほ》の夕《ゆふ》べを待たぬ花にはありとも』という歌を思い出して、貞操観念のない夫が、妹のあなたと道ならぬ関係にあるなどと、おかしな邪推をいたしかねませんので、あなたとは逢いたくても逢えないのです」などと、書いである。
私は手紙を読んでいて、思わず顔が赤くなった。「この兄妹《きょうだい》は、幼い頃から、ずっと一緒に育てられた仲良しなので、こういう開《あ》けっぴろげなことを言い合う関係なのだろう」と思うのだけれども、「このまま、手紙を読まなかったことにはできない。これでは、私の心が納得できない」と思ったので、兼家殿から登子様に宛てた手紙の端《はし》っこに、小さな字で、私の詠んだ歌を書き付けずにはいられなかった。

（道綱の母）松山《まつやま》の差《さ》し越《こ》えてしも有《あ》らじ世《よ》を我《われ》に比《よそ》へて騒《さわ》ぐ波《なみ》かな

（みちのくの「末の松山」を詠んだものに、『古今和歌集』の「君を置《お》きて徒《あだ》し心《ごころ》を我《わ》が持たば末《すゑ》の松山波も越えなむ」という歌もありますが、道ならぬ愛に走ってしまうことは、まず起きるものではありません。兼家と登子様はご兄妹《きょうだい》ですから、道ならぬ関係になるはずもなく、また、そのことを邪推して嫉妬する女など、この世に存在するはずはありません。どこへでも寄せてゆく浮気な波のような兼家殿は、自分の好色な心を勝手に他人に投影させて、私のことを嫉妬深い女である、などと思い込んでおられるのでしょう。）

この歌を書き添えてから、持って行く先を間違えて私の所に手紙を持参した文使いの男に、「あちらの登子様に、これをお持ちしなさい」と命じた。登子様は、私の書き込みのある兼家殿の手紙を御覧になって、すぐに、私への返事をなされた。

（登子）松島《まつしま》の風《かぜ》に従《したが》ふ波《なみ》なれば寄《よ》る方《かた》にこそ立《た》ち増《ま》さりけれ

（みちのくの松島に寄せてくる波は、風に従うものだと聞いています。もともとは私に宛てた兄からの手紙が、あなたの手もとに吹き寄せられたのは、兄の心の中で吹く愛情という風が、私にではなく、あなたのほうへと強く吹いているからでしょう。兄は、あなたを心から愛しているのですから、その心を「浮気なものだ」などと言わないでいただきたいものです。）

【評】　兼家が登子に宛てて書いた手紙の文面、「近《ちか》き程《ほど》に、参《まゐ》らむと思《おも》へど、『我《われ》ならで』と思《おも》ふ人《ひと》や侍《はべ》らむ」には、別の解釈もある。

もし、兼家が登子のもとを訪れると、登子に心を寄せている男たちが、「我ならで下紐《しもひも》解くな」（兼家殿と男女の関係になってはいけませんよ）と嫌がるかもしれないから、私はあなたに逢えません。つまり、妹に対して、その男性関係を面白がって冗談にしている歌なので、あまりのことに作者が義憤に駆られた、とする説である。

いずれにしても、配達先を誤った手紙というモチーフは、ミステリータッチで、物語的である。これを少し変えれば、『源氏物語』夕霧巻で、夕霧に宛てた手紙を雲居《くもい》の雁《かり》が奪い取るというストーリーが発生する。

64 兼家は、赤ちゃん

此《こ》の御方《おんかた》、東宮《とうぐう》の御親《おほんおや》の如《ごと》して候《さぶら》ひ給《たま》へば、参《まゐ》り給《たま》ひぬべし。（登子）「斯《か》うてや」など、度度《たびたび》、（登子）「暫《しば》し、暫《しば》し」と宣《のたま》へば、宵《よひ》の程《ほど》に、参《まゐ》りたり。時《とき》しもこそ有《あ》れ、彼方《あなた》に人《ひと》の声《こゑ》すれば、（登子）「其其《そそ》」など宣《のたま》ふに、聞《き》きも入《い》れねば、（登子）「宵惑《よひまど》ひし給《たま》ふ様《やう》に聞《き》こゆるを、論無《ろな》う、憤《むつか》られ給《たま》ふは。早《はや》」と宣《のたま》へば、（道綱の母）「乳母《めのと》無《な》くとも」とて、渋渋《しぶしぶ》なるに、者《もの》、歩《あゆ》み来《き》て、聞《き》こえ立《た》てば、長閑《のどか》ならで帰《かへ》りぬ。

又《また》の日《ひ》の暮《く》れに、参《まゐ》り給《たま》ひぬ。

［訳］　この登子様は、新しく即位された冷泉《れいぜい》天皇のもとで、東宮《とうぐう》（次期天皇）になられた守平《もりひら》親王の母親代わりになっておられた。当時の守平親王は、数えの九歳。後の円融《えんゆう》天皇である。実の母親は、村上天皇の中宮だった安子様で、三十八歳でお亡くなりになった。この安子様の妹が、登子様なのである。私が、去年、鳥の卵を十個、積み重ねて怤子《ふし》様に差し上げた時に、それが守平親王様に譲られたことをご記憶の読者もいるだろう。そういうわけで、登子様はいつまでも私の屋敷に滞在されることもできず、宮中へとお戻りになる日が近づいてきた。

　登子様からは、「せっかくお近づきになりながら、一度も逢えずに、このままお別れになってしまうのかしら。残念ですわ」とか、「ほんの短い時間でもよいですから、こちらに遊びにお越しくださいな」と、折に触れて何度もお誘いになるので、私も思いきって登子様のいらっしゃる西の対に、ご挨拶に伺った。しめやかな宵《よい》の間《ま》だった。

　ところが、まさにその瞬間を狙いすましたかのように、私がつい先ほどまでいたあたり（私の住まい）で、賑やかな男性の声が聞こえてきた。登子様は、「あれあれ、あれは兄の兼家の声のようですよ。せっかくあなたに逢いにやって来たのに、お目当てのあなたがいないので、赤ちゃんが母親のお乳をせがむように、むずかって駄々をこねているのではないかしら」などと、私に早く戻るように催促される。

私はせっかくの機会なので、戻るのをためらっていると、登子様は、「兼家は私の兄ですけれども、赤ちゃんのまま大きくなったような男なのです。あの声も、幼な子が母親の胸に抱かれて、宵のうちから早く寝たがっているのと、よく似ていますね。あの人は、きっと駄々っ子のようにむずかります。そうなったら、あなたも処置に困って大変なことになりますよ。今宵は残念ですが、お戻りになって、あの人のお相手をして添い寝をしてあげたほうがよいのではないかしら」とおっしゃる。

登子様が、もう三十九歳になっている兼家殿を、幼な子のようにおっしゃるのが面白かったので、私も冗談で返した。「まあまあ、それは困ったものです。赤ちゃんは乳母《めのと》がお乳を飲ませるまでは泣き止《や》みませんが、あの人はもう良い歳をした大人ですから、私みたいな乳母がそばについていなくても、大丈夫でしょう。もうしばらくほったらかしておけば、自然に泣き止《や》むと思いますわ」と言いながら、私は戻るのを渋っていた。

すると、私の女房が、こちらまでやってきて、登子様の前で、私に戻るようにと言い立てるので、さすがに私としても帰らざるを得なかった。しめやかな宵の間を選んでお邪魔したのに、落ち着かない事態になってゆっくりお話しできず、心残りだった。
その翌日、暗くなってから、登子様は東宮様のもとへ戻って行かれた。

［評］　兼家の幼児性格ぶり（甘えん坊）が、妻の視点から暴露されている。権謀術数が渦巻く、苛酷な政治の世界を生きている兼家にとって、家庭は、自分の素《す》の顔をさらけ出して甘えられる癒しの場だったのだろう。
ただし、『蜻蛉日記』の作者が、兼家の望むように、「夫を甘やかしてくれる、母性愛に満ちた妻」だったかと言えば、その反対だろう。だからこそ、「町の小路の女」などに走ったのかもしれない。

65　登子様との交流

五月《さつき》に、帝《みかど》の御服脱《おほんぶくぬ》ぎに、罷《まか》で給《たま》ふに、（登子）「前《さき》の如《ごと》、此方《こなた》に」など有《あ》るを、（登子）

「夢《ゆめ》に、物《もの》しく見《み》えし」など言《い》ひて、彼方《あなた》に罷《まか》で給《たま》へり。
然《さ》て、屡屡《しばしば》、夢《ゆめ》の諭《さと》し有《あ》りければ、（登子）「違《ちが》ふる業《わざ》もがな」とて、七月《ふみづき》、月《つき》のいと明《あ》かきに、斯《か》く宣《のたま》へり。

（登子）見《み》し夢《ゆめ》を違《ちが》へ侘《わ》びぬる秋《あき》の夜《よ》ぞ寝難《ねがた》き物《もの》と思《おも》ひ知《し》りぬる

御返《おんかへ》り、

（道綱の母）然《さ》もこそは違《ちが》ふる夢《ゆめ》は難《かた》からめ逢《あ》はで（目合《めあ》はで）程経《ほどふ》る身《み》さへ憂《う》きかな

立《た》ち返《かへ》り、

（登子）逢《あ》ふと見《み》し夢《ゆめ》に却々《なかなか》暗《くら》されて名残恋《なごりこひ》しく覚《さ》めぬなりけり

と宣《のたま》へれば、又《また》、

（道綱の母）言絶《ことた》ゆる現《うつつ》や何《なに》ぞ却々《なかなか》に夢《ゆめ》は通《かよ》ひ路《ぢ》有《あ》りと言《い》ふものを

又《また》、（登子）「『言絶《ことた》ゆる』は、何事《なにごと》ぞ。あな、凶々《まがまが》し」とて、

（登子）彼《か》は（川《かは》）と見《み》て行《ゆ》かぬ心《こころ》を眺《なが》むればいとど忌々《ゆゆ》しく言《い》ひや果《は》つべき

と有《あ》る、御返《おんかへ》り、

（道綱の母）渡《わた》らねば遠方人《をちかたびと》に成《な》れる身《み》を心許《こころばか》りは淵瀬《ふちせ》やは分《わ》く

となむ、夜一夜《よひとよ》、言《い》ひける。

［訳］ここで、私が登子様と交《か》わした和歌の数々を、まとめて書き綴っておこう。

その年の五月二十五日が、亡き村上天皇様の一周忌である。この月に、喪服を脱ぎ替えるために、登子様は宮中を退出されることになった。登子様は、「前回と同じ所に下がりたい」と、私の屋敷の西の対を希望していらっしゃったが、直前になって、「縁起のよくない夢を見てしまった」ということで、陰陽師《おんみょうじ》などと相談された結果、私の屋敷ではなく、あちらの兼家殿の本宅（東三条殿）にお下がりになった。

その後も、何度も夢の中で悪いお告げがあったりしたので、「悪い夢が実現しないように、『夢違《ゆめちが》え』をしたいものだ」と口にしておられた。そんなことがあった七月、月がたいそう明るい夜だったが、こんな歌を贈ってこられた。

（登子）見《み》し夢《ゆめ》を違《ちが》へ侘《わ》びぬる秋《あき》の夜《よ》ぞ寝難《ねがた》き物《もの》と思《おも》ひ知《し》りぬる

（村上天皇様がお隠れになって以来、私は現実でも嘆いてばかりですが、夢の中でも悪いお告げをもらって苦しんでいます。夢を見るのが恐いので、眠ることを避けるようになりました。すると、秋の夜長《よなが》がどんなに過ごしがたいものか、痛いほどにわかりました。

なのに、それを語り合って心を慰める話し相手も、私にはいないのです。あなたとも、久しく逢っていませんね。）

私は、こう返事した。

（道綱の母）然《さ》もこそは違《ちが》ふる夢《ゆめ》は難《かた》からめ逢《あ》はで《目合(めあ)はで》程経《ほどふ》る身《み》さへ憂《う》きかな

（おっしゃる通りで、悪い夢を違えて、不吉なことが起きないようにするのは簡単なことではないようです。あなたは、夜、上の目と下の目が合わずに眠れないで、つらい思いをなさっておられますが、私も、あなたが私の屋敷ではない所に里下がりされたので、お目にかかることができずに、つらい思いをしております。）

この歌は、「難《かた》からめ」の「め」に、「目」を重ねているのが、工夫である。登子様からは、すぐにお返事が来た。

（登子）逢《あ》ふと見《み》し夢《ゆめ》に却々暗《なかなかくら》されて名残恋《なごりこひ》しく覚《さ》めぬなりけり

（私はなかなか寝つけないのですが、たまたま眠った夢の中で、亡《な》き村上天皇様とお目にかかりました。うれしくてたまらないものの、お逢いしたためにかえって現実で逢えない悲しさがこみあげてきました。亡き帝への追慕の思いは覚めることなく、私は世の無常を悟ることができそうにありません。）

私からの返事。

（道綱の母）言絶《こととた》ゆる現《うつつ》や何《なに》ぞ却々《なかなか》に夢《ゆめ》は通《かよ》ひ路《ち》有《あ》りと言《い》ふものを

（おっしゃる通りで、生きている人と亡き人は、現実の世界で、逢って言葉を交わすことはできません。けれども、かえって夢の中で、生きている人と亡き人との間に、通路があって、逢うことも話すこともできると言われていますね。そう考えれば、亡き人と話ができない現実に、それほど悲観する必要もないかもしれません。）

そのお返事に、「あなたは先ほどの歌に、『言絶《ことた》ゆる』という言葉を用いていましたが、『絶ゆ』は不吉な言葉です。そんな言葉を歌で用いると、夢の中での、私と亡き帝との関係が絶えるだけでなく、現実の世界で私とあなたとの関係が絶えてしまったら、困るじゃないですか。ああ、縁起でもない」と、大げさに書いた後で、歌があった。

（登子）彼《か》《川(かは)》はと見《み》て行《ゆ》かぬ心《こころ》を眺《なが》むればいとど忌々《ゆゆ》しく言《い》ひや果《は》つべき

（「あれは、亡き帝だ」と夢の中で見ても、現実にはお逢いできない、私の悲しい心をわかっていただきたいものです。あなたが『言絶《ことた》ゆる』などと、不吉な言葉を口にすると、夢の中でだけ逢えることもできなくなってしまい、私と亡き帝の間《あいだ》に大きな川が流れていて渡れないように、二人の関係が途絶えてしまうでしょうから。ああ、夢違えだけでなく、あなたの言葉も違えたいものです。）

それに対する私からの返事。登子様の歌があまりに悲しかったので、私と登子様の関係にだけ触れて、軽く詠むことにした。

（道綱の母）渡《わた》らねば遠方人《をちかたびと》に成《な》れる身《み》を心許《こころばか》りは淵瀬《ふちせ》やは分《わ》く

（大きな川は、確かに渡るのがむずかしいですけれども、小さな川でしたら、簡単に渡れます。あなたがいらっしゃる兼家殿の本邸と、私の屋敷とは、目と鼻の先にあるのですから、お気持ちさえあればすぐにこちらにお渡りになれるはずです。あなたには私に逢いたいという心がないので、大河の両岸に、あっちとこっちで隔てられた二人のようになっております。私としましては、淵《ふち》も瀬《せ》もなく、川の流れがすいすいと流れるように、あなたの速《すみ》やかなお越しを心からお待ちしております。）

私たちは、こんな歌のやりとりを、夜が明けるまで続けたのだった。

［評］　登子の、亡き村上天皇への思いが、哀切に語られている。

法隆寺に国宝「夢違観音像」がある。現在は、「ゆめたがいかんのん」「ゆめちがいかんのん」などと発音されている。悪い夢を見たときに、この観音に祈れば、良い夢に取り替えてもらえるという。作者が『蜻蛉日記』を書いているのも、自分が生きてきた不如意きわまりない人生を、少しでも納得できるものに取り替えたいからだろう。「夢違え」とよく似た「人生違え」が、『蜻蛉日記』の究極の主題である。

また、現代歌人の前登志夫《まえとしお》に、「海にきて夢違《ゆめちがへ》観音かなしけれとほきうなさかに帆柱は立ち」（『子午線の繭』）という、不思議な歌がある。

66　初瀬詣でに出発

斯《か》くて、年頃《としごろ》、願《ぐわん》有《あ》るを、（道綱の母）「如何《いか》で、初瀬《はつせ》に」と思《おも》ひ立《た》つを、（道綱の母）「立《た》たむ月《つき》に」と思《おも》ふを、さすがに、心《こころ》にし任《まか》せねば、辛《から》うじて、九月《ながつき》に思《おも》ひ立《た》つ。（兼家）「立《た》たむ月《つき》には、大嘗会《だいじやうゑ》の御禊《ごけい》、此《これ》より、女御代《にようごだい》、出《い》で立《た》つべし。此《これ》、過《す》ぐして、諸共《もろとも》にやは」と有《あ》れど、我《わ》が方《かた》の事《こと》にし有《あ》らねば、忍《しの》びて思《おも》ひ立《た》ちて、日《ひ》、悪《あ》しければ、門出《かどで》許《ばか》り、法性寺《ほふしやうじ》の辺《へ》にして、暁《あかつき》より、出《い》で立《た》ちて、午時許《むまどきばか》りに、宇治《うぢ》の院《ゐん》に到《いた》り付《つ》く。見遣《みや》れば、木《こ》の間《ま》より、水《みづ》の面《おもて》、艶《つや》やかにて、いと哀《あは》れなる心地《ここち》す。（道綱の母）「忍《しの》びやかに」と思《おも》ひて、人数多《ひとあまた》も無《な》うて、出《い》で立《た》ちたるも、我《わ》が心《こころ》の怠《おこた》りには有《あ》れど、（道綱の母）「我《われ》ならぬ人《ひと》なりせば、如何《いか》に罵《ののし》りて」と覚《おぼ》ゆ。車《くるま》、差《さ》し回《まは》して、幕《まく》など引《ひ》きて、後《しり》なる人許《ひとばか》りを下《お》ろして、川《かは》に対《むか》へて、簾《すだれ》巻《ま》き上《あ》げて見《み》れば、網代《あじろ》ども、し渡《わた》したり。行《ゆ》き交《か》ふ舟《ふね》ども、数多《あまた》見《み》ざりし事《こと》なれば、すべて哀《あは》れに、をかし。

後《しり》の方《かた》を見《み》れば、来困《きこう》じたる下種《げす》ども、悪《あ》し気《げ》なる柚《ゆ》や梨《なし》やなどを、懐《なつ》かし気《げ》に持《も》たりて、食《く》ひなどするも、哀《あは》れに見《み》ゆ。破子《わりご》など物《もの》して、舟《ふね》に車舁《くるまか》き据《す》ゑて、行《い》き持《も》て行《い》けば、贄野《にへの》の池《いけ》・泉川《いづみがは》など言《い》ひつつ、鳥《とり》ども、居《ゐ》などしたるも、心《こころ》に沁《し》みて、哀《あは》れに、をかしう覚《おぼ》ゆ。掻《か》い忍《しの》びやかなれば、万《よろづ》に付《つ》けて、涙脆《なみだもろ》く覚《おぼ》ゆ。

其《そ》の泉川《いづみがは》も渡《わた》らで、橋寺《はしでら》と言《い》ふ所《ところ》に泊《と》まりぬ。酉《とり》の時許《ときばか》りに、下《お》りて休《やす》みたれば、旅籠《はたご》所《ところ》と思《おぼ》しき方《かた》より、切《き》り大根《おほね》、柚《ゆ》の汁《しる》して合《あ》へしらひて、先《ま》づ、出《い》だしたり。斯《か》かる旅立《たびだ》ちたる業《わざ》どもをしたりしこそ、奇《あや》しう、忘《わす》れ難《がた》う、をかしかりしか。

［訳］　さて、この日記も、一区切りを付けるべき段階に差しかかったようである。だから、「上巻」の最後には、私にとって大切な思い出となった初瀬詣《はつせもう》でのことを書きたい。ずっと長い間《あいだ》、大和の国の長谷寺《はせでら》の観音様に、どうしてもお願いしたいことが、私にはあった。

「どうにかして初瀬に詣でたい」という思いが、「初瀬詣での機は熟した」という確信に変わったので、私は、「来月の八月にも参詣したい」と思っていたのだが、思った通りに事態が進むことはないので、いろいろと調整した結果、九月に都を立つ段取りになった。

兼家殿は、例によって反対する。「今年は、冷泉天皇様が即位されて最初の年なので、一世一代の盛儀である大嘗祭《だいじょうさい》が催される。大嘗祭は十一月だが、十月の下旬には、それに先立っての御禊《ごけい》がある。しかも、我が妻である時姫の娘（超子《ちょうし》）が女御《にょうご》の代わりに禊《みそぎ》をする「女御代《にょうごだい》」を務めることになっている。この一連の行事が滞りなく済んでから、心晴れやかに、夫婦二人で長谷寺まで向かおうではないか。そうすれば、私も同行できるよ」と言ってくれた。ただし、兼家殿が大喜びしている女御代（超子）は、私の生んだ娘ではないから、私が喜ぶ筋合いのものでも、旅立ちを延期する筋合いのものでもない。

そのため、夫の意向とは無関係に、自分一人でこっそり計画し、出発日を決定した。ところが、その出発の予定日が、縁起のよくない日に当たっていたので、ほんの門出だけで済ますことにして、平安京を出てすぐの所にある法性寺《ほうしょうじ》のあたりまでの移動に留《とど》めた。

その翌日、まだ暗い暁に、実質的な旅立ちをして、南へ向かい、正午ぐらいに、宇治川の北側にある宇治の院に到着した。ここは、夫の兼家殿の別荘である。

そこで休憩しながら、これから渡る宇治川のほうを見ていると、木々《きぎ》の間《あいだ》が、きらきら光っている。何と、川の水面《みなも》が、お日様の光を受けて輝いていたのだった。見ているだけで、しみじみとした気持ちになり、「ああ、自分は今、旅をしているのだ」という感慨が湧いてくる。これが「旅情」というものであろうか。

私の強い方針として、「目立たない旅にしたい」ということを心がけていたので、連れてきた従者の数も、それほど多くはない。川の面《おも》に反射している光を見るだけで、どきっとするような、ある意味で心細い旅であるのは、迂闊《うかつ》なことではあった。「私のような人でなければ、きっと大勢の従者を引き連れて、物々しい旅になったことだろう」と思うと、おかしい。

宇治川の景色を眺めながら、休憩かたがた軽い食事を摂《と》った。停《と》めてある牛車の向きを少し変えさせ、そのうえで、人から見られないように、周りを幕で囲った。牛車の後《うし》ろのほうに乗っていた道綱や侍女を下ろすと、車は宇治川に向かい合う角度になった。簾を巻き上げて、宇治川を見ると、かねて耳にしていた「網代《あじろ》」というものが、びっしりと設置されている。これで、氷魚《ひお》を獲《と》るのだ。

宇治川をたくさんの舟が上《のぼ》ったり、下《くだ》ったりしている。これほどたくさんの舟を、一度に見たのは初めてだったので、何事も新鮮に感じられ、旅情が掻き立てられ、心が弾《はず》む。

目を転じて、宇治川から後方へと向けると、私が連れてきた従者たちが屯《たむろ》していた。彼らの姿からは、いかにも歩き疲れたという印象を受ける。私の目には、いかにも不味《まず》そうにしか見えない、汚い色の柚《ゆず》や梨を、いかにもうれしそうに手に持って、美味《おい》しそうに食べているのが、可哀想に思えた。

さて、私たちは、そこで弁当を済ませた。それから、牛車ごと抱え上げて舟に乗せ、宇治川を渡った。そして、どんどん南へ進んでいった。「これが、贄野《にえの》の池です」とか、「あれが、泉川《いずみがわ》（木津川《きづがわ》）です」などという説明を聞きながら、進んでゆく。池や川には、鳥が群がって、浮かんでいる。その光景もまた、しみじみとして胸に沁みた。人数も少なく、ひっそりとした旅なので、ちょっとしたことに付けて、涙腺が刺激されて、涙もろくなっている。

その日は、泉川を渡らずに、橋寺《はしでら》（泉橋寺《せんきょうじ》）という所に泊まった。午後六時頃に、牛車からようやっと下りて、身体を伸ばすことができた。すると、お寺の調理場と思われる所から、食べ物を運んできた。最初には、大根を細かく刻《きざ》んだものを、柚子の汁で和《あ》えた料理だった。それが、いかにも旅先で食べる物としてふさわしいと思われたので、自分でも奇妙なくらいに印象的で、記憶に残っている。

［評］　作者は、長谷寺の観音に何を祈りたかったのだろう。我が子・道綱の繁栄だと考えれば、道綱が同行しているのも、うなずける。あるいは、時姫の生んだ超子が「女御代」を務めることに対抗して、自分が兼家の娘を生むことか。作者は、まだ三十三歳である。

なお、『更級日記』でも、長谷寺への物詣でが、大きなスペースを割かれている。やはり、大嘗祭の御禊の日に、菅原孝標の女《むすめ》は、都を発《た》っている。『蜻蛉日記』と『更級日記』、伯母と姪で、不思議な相似形を描いているのが注目される。

「其《そ》の泉川《いづみがは》も渡《わた》らで」の部分は、原文では「渡りて」とある。けれども、泉橋寺は、泉川の北側の、川を渡らない場所にあるので、「渡らで」と本文を改めるのが通説である。

67 椿市《つばいち》にて

明《あ》くれば、川渡《かはわた》りて行《い》くに、柴垣《しばがき》し渡《わた》して有《あ》る家《いへ》どもを見《み》るに、「何《いづ》れならむ、『賀茂《かも》の物語《ものがたり》』の家《いへ》」など、思《おも》ひ行《い》くに、いとぞ哀《あは》れなる。今日《けふ》も、寺《てら》めく所《ところ》に泊《と》まりて、又《また》の日《ひ》は、椿市《つばいち》と言《い》ふ所《ところ》に泊《と》まる。

又《また》の日《ひ》、霜《しも》のいと白《しろ》きに、詣《まう》でもし、帰《かへ》りもするなンめり、脛《はぎ》を、布《ぬの》の端《はし》して、引《ひ》き巡《めぐ》らかしたる者《もの》ども、歩《あり》き違《ちが》ひ、騒《さわ》ぐめり。蔀《しとみ》、差《さ》し上《あ》げたる所《ところ》に、宿《やど》りて、湯《ゆ》、沸《わ》かしなどする程《ほど》に、見《み》れば、様々《さまざま》なる人《ひと》の行《い》き違《ちが》ふ。（道綱の母）「己《おの》がじしは、思《おも》ふ事《こと》こそは有《あ》らめ」と見《み》ゆ。

と許《ばか》り有《あ》れば、文捧《ふみささ》げて来《く》る者《もの》、有《あ》り。其処《そこ》に止《と》まりて、（使者）「御文《おんふみ》」と言《い》ふめり。見《み》れば、(兼家)「昨日《きのふ》・今日《けふ》の程《ほど》、何事《なにごと》か。いと覚束無《おぼつかな》くなむ。人少《ひとずく》なにて、物《もの》しにし、如何《いか》が。言《い》ひし様《やう》に、三日《みか》、候《さぶら》はむずるか。帰《かへ》るべからむ日《ひ》、聞《き》きて、迎《むか》へにだに」とぞ有《あ》る。返《かへ》り事《ごと》には、(道綱の母)「椿市《つばいち》と言《い》ふ所《ところ》までは、平《たひ》らかになむ。(道綱の母)『斯《か》かる序《つい》でに、此《これ》よりも深《ふか》く』と思《おも》へば、帰《かへ》らむ日《ひ》を、えこそ聞《き》こえ定《さだ》めね」と書《か》きつ。(女房達)「其処《そこ》にて、猶《なほ》、三日《みか》、候《さぶら》ひ給《たま》ふ事《こと》、いと便無《びんな》し」など定《さだ》むるを、使《つか》ひ、聞《き》きて、帰《かへ》りぬ。

［訳］　次の日は、夜明けを待って、泉川を渡り、先へ進んだ。いかにも田舎らしく、家の周りを柴の垣根が取り囲んでいるのを見ながら、牛車は進んでゆく。私は以前に、柴垣の家が登場する『賀茂の物語』を読んで、興味を持ったことがあったので、「どのあたりにあったのだろう、あの『賀茂の物語』に描かれていた家は」などと思いながら旅をしていると、わくわくどきどきしてしまう。この日も、お寺のような場所に泊まった。その翌日は、有名な椿市《つばいち》(海石榴市)という所に泊まった。

　ここまでは南へ向かって旅をしてきたが、ここからは山道を東へと向かう。目的地の長谷寺は、あと約四キロ。すぐそこである。

翌朝は、霜が真っ白に降《お》りていた。この椿市から長谷寺に向かい、また、長谷寺から椿市へと戻ってきたのであろう、大勢の参拝客でひしめいていた。彼らは、脛《はぎ》に布の切れ端《きはし》をぐるぐると巻き付けて脚絆《きゃはん》のようにして、道を歩き回り、大声で会話を交わしている。私たちが泊まっている宿の蔀《しとみ》（格子戸）を開《あ》け放てば、往来の様子がよく見える。湯浴《ゆあ》みのための湯を沸かしている間《あいだ》に、行き違う人々の姿を観察するともなしに観察していると、世の中には実にさまざまな人々が暮らしているものだ。「こんなにたくさんの人々がいて、一人一人は自分だけの生き方を貫こうしているのだろう」と思われた。この私にも、思うことはある。けれども、私の人生の核心となる理念はあるのだろうか。それを知りたくて、私はこの日記を書き綴っている。

そんなことを考えながら往来を眺め渡していると、遠くから、長い文挟《ふばさみ》に挟んだ手紙を高く差し上げて、近づいてくる者があった。その男は、私たちが宿泊している宿の前に止まって、「お手紙を持参しました」と告げているようである。どうやら、兼家殿が都から遣わしたようだ。どういう用件だろうかと思って、読んでみた。

「それにしても、慌ただしい旅立ちでしたね。決心した翌日に旅立つなんて、準備不足もいいところですよ。何か、困ったことはありませんか。大丈夫ですか。供の者たちの人数も少ない旅だったので、危険な目には遭《あ》いませんでしたか。私にあらかじめ告げていたように、長谷寺には三日間、お籠《こ》もりをして、お勤めをするのですね。戻ってくるだろう日を確認させてください。そうしたら、途中までで迎えに来ますから」。

私は、返事を書いた。

「今、大和の国の椿市という所まで来ています。道中は、何事もありませんでしたから、ご心配なく。私が長谷寺を下がる日を知りたいということですけれども、『こういうせっかくの機会だから、長谷寺のさらに奥の多武峰《とうのみね》にまで入ってお祈りしたい』と思っていますので、私が確実にこちらを発《た》つ日を、はっきり決めて申し上げることはできかねます」。

ただし、私の気持ちとは裏腹に、付き添ってきた女房たちが、「とんでもないことです。長谷寺でさえ、三日間もお籠もりするだけでも、不都合なことです。まして、さらに山奥へ向かうなんて、絶対に無理です」などと話し合っているのを、兼家殿の使者は聞いて、都へと戻っていった。

［評］『賀茂の物語』の箇所の原文は、「よもの物語」である。「よも」だとすれば「四方山話《よもやまばなし》」の「四方《よも》」で、あちこち、あれこれの意味か。ただし、この近

くに「賀茂（加茂）」という地名があるので、本文を『賀茂の物語』と改めて、登場人物が、このあたりの柴垣の家で暮らしていた物語が、かつて存在したのだろうと、推測されている。あるいは、『竹取物語』のような内容だろうか。

椿市《つばいち》は、長谷寺に詣でる人が必ず通る場所なので、『源氏物語』玉鬘《たまかずら》巻や『枕草子』などにも登場する。目の前で急死した夕顔を忘れられない右近《うこん》が、その夕顔の忘れ形見である玉鬘と巡り会ったのが、椿市の宿だった。

『蜻蛉日記』の作者が、椿市で往来を行き来《ゆき》する人々を目にしながら、「己《おの》がじしは、思《おも》ふ事《こと》こそは有《あ》らめ」と思う場面は、『源氏物語』夕顔巻で、光源氏が夕顔の家に宿る箇所を連想させる。近所に住む庶民たちの会話が筒抜けなので、光源氏は、「いと哀れなる己《おの》がじしの営み」を耳にする。

長谷寺のさらに奥にあるのは、多武峰《とうのみね》。『多武峰少将物語』で突然の出家をして、比叡山から多武峰に移った藤原高光《たかみつ》は、兼家の弟である。「9　仏教の聖地に降る雪」を参照されたい。

68　辿り着いた長谷寺

其《それ》より立《た》ちて、行《い》き持《も》て行《い》けば、何《なン》でふ事無《ことな》き道《みち》も、山深《やまふか》き心地《ここち》すれば、いと哀《あは》れに、水《みづ》の声《こゑ》す。例《れい》の杉《すぎ》も、空《そら》指《さ》して、立《た》ち渡《わた》り、木《こ》の葉《は》は、色々《いろいろ》に見《み》えたり。水《みづ》は、石勝《いしが》ちなる中《なか》より、湧《わ》き返《かへ》り行《ゆ》く。夕日《ゆふひ》の差《さ》したる様《さま》などを見《み》るに、涙《なみだ》も止《とど》まらず。道《みち》は、殊《こと》に、をかしくも有《あ》らざりつ。紅葉《もみぢ》も、未《ま》だし。花《はな》も、皆《みな》、失《う》せにたり。枯《か》れたる薄許《すすきばか》りぞ、見《み》えつる。此処《ここ》は、いと心殊《こころこと》に見《み》ゆれば、簾《すだれ》、巻《ま》き上《あ》げて、下簾《したすだれ》、押《お》し挟《はさ》みて見《み》れば、着萎《きな》やしたる物《もの》の色《いろ》も、有《あ》らぬ様《やう》に見《み》ゆ。薄色《うすいろ》なる薄物《うすもの》の裳《も》を、引《ひ》き掛《か》くれば、腰《こし》など、違《ちが》ひて、焦《こ》がれたる朽葉《くちば》に合《あ》ひたる心地《ここち》も、いとをかしう覚《おぼ》ゆ。乞食《かたゐ》どもの、坏《つき》・鍋《なべ》など据《す》ゑて居《を》るも、いと悲《かな》し。下種近《げすちか》なる心地《ここち》して、入《い》り劣《おと》りしてぞ覚《おぼ》ゆる。眠《ねぶ》りもせられず。忙《いそが》しからねば、熟々《つくづく》と聞《き》けば、目《め》も見《み》えぬ者《もの》の、いみじ気《げ》にしも有《あ》らぬが、思《おも》ひける事《こと》どもを、(庶民)「人《ひと》や聞《き》くらむ」とも思《おも》はず、罵《ののし》り申《まう》すを聞《き》くも、哀《あは》れにて、唯《ただ》、涙《なみだ》のみぞ零《こぼ》るる。

［訳］　椿市の宿を出発して、ずんずんと初瀬へと進んでいった。初瀬に近づいていると思うせいか、何と言うこともない普通の道までもが、山深い印象を与えて、しみじみとした心持ちになる。遠くで、川の流れる音だろうか、水のせせらぎの声がしている。

初瀬と言えば「二本《ふたもと》の杉」が有名であるが、確かに、たくさんの杉の木が鬱蒼《うっそう》と生い茂り、空を指して伸びている。今は晩秋の九月なので、常緑樹の杉以外の山の木々は、色とりどりに紅葉していて、目に鮮やかである。川の中には、石がごろごろと転《ころ》がっている。その石に勢いよく川の水は打ち当たり、高く跳ね上がって、流れ下《くだ》ってゆく。夕日が差し込んでくると、また、あたりの雰囲気は一変する。荘厳さに包まれ、私は感動の涙が溢れてきて、止まらない。

思い返せば、ここに来るまでの道中には、これと言って風情のある景色はなかった。晩秋なのに、紅葉もまだ色づいてはいなかった。そうかと思えば、秋の草花はほとんど散ってしまっていて、見所《みどころ》がなく、野原には殺風景な枯薄《かれすすき》だけが突っ立っていた。それなのに、ここではすべてが格別に趣深く思われる。

牛車の外側の簾を、上に巻き上げ、これまた牛車の内側の下簾《したすだれ》を左と右に寄せ、それぞれを挟み込んで下に垂れないようにし、視界を広げて外を眺めたり、また振り返って、牛車の中を見たりした。

　都を出てから何日か経《た》っているので、私たちの着ている物も、よれよれになっている。外界の明るさに、私たちの着ている服の色が負けてしまい、何の色も付いていない着物を着ているような錯覚に陥る。それでも、薄い紅《くれない》や紫色の裳《も》を腰のあたりに巻き付けると、また雰囲気が違ってきて、赤みがかった朽葉色《くちばいろ》の上着と、色が調和して見えるのが、面白い。都では、こういう着こなしをすることはないので、遠い山奥の聖地に、自分は今来ているのだという旅情が、強く湧き上がってくる。

　長谷寺で意外だったのは、貧しい人々がいるという事実である。彼らが、皿や鍋を地べたにおいて座っているのは、いかにも物悲しい。下々《しもじも》の人々の世界にまで、自分は下りてきてしまったのだと、聖地まで来て少しばかりがっかりした。

　夜は、緊張感から、一睡もできない。永年のお願いが叶いますようにというお祈りをするために、ここまでやって来たのだが、朝から晩まで、ずっとお勤めするわけではない。何もしない時間が、かなりある。そういう時に、聞くともなしに聞いていると、「ほかの人に聞かれているかもしれない」という心配などまったく感じていないような大声で、自分の密かな願い事を口にしている人がいる。その人は、目が不自由な人らしいが、それほど身なりは変ではない。私は、それを聞いているだけで可哀想で、ひたすら同情の涙があふれてきた。

［評］　本文で、「腰《こし》など、違《ちが》ひて」とした箇所は、原文では、「こしなとちりひて」である。「散りゐて」とも解釈できる。本文が「虫食い算」のように意味不明瞭なので、状況がはっきりと目に浮かんでこないのが残念である。このもどかしさが、『蜻蛉日記』の読後感である。作者が感じ続けてきた人生の不如意さ、運命の不条理とも似て、読者は、『蜻蛉日記』の真実の本文に到達できないことに絶望する。

　その本文の「虫食い算」の最たるものが、この節の冒頭近くの「例《れい》の杉《すぎ》も、空《そら》指《さ》して、立《た》ち渡《わた》り」の部分だろう。本文は、「れいにすきもと有さしてたちわたり」。この文字群を、どう解釈すれば、正しい本文に到達できるのだろうか。「ああ、藤原定家が、鎌倉時代のはじめに、本文校訂をした写本が残っていたらなあ」、「ああ、一条兼良《いちじょうかねら》や三条西実隆《さんじょうにしさねたか》が、室町時代に『蜻蛉日記』の注釈書を書いていてくれたならなあ」、「ああ、江戸時代に、北村季吟が注釈付きの本文で、『蜻蛉日記』を一般人にも理解できるように出版していてくれたならなあ」などと、私は、ないものねだりをしてしまう。『蜻蛉日記』は、不幸な傑作だった。

お寺にお籠もりしていて、周囲の人たちが気になるのは、『枕草子』でもしばしば描かれている。『枕草子』では、お寺で元気に動き回っている僧侶の姿なども、活写されている。

69 帰途に就《つ》く

(道綱の母)「斯《か》くて、今暫《いましば》しも有《あ》らばや」と思《おも》へど、明《あ》くれば、罵《のの》りて、出《い》だし立《た》つ。帰《かへ》さは、忍《しの》ぶれど、此処《ここ》・彼処《かしこ》、饗《あるじ》しつつ、留《とど》むれば、物騒《ものさわ》がしうて過《す》ぎ行《ゆ》く。三日《みか》といふに、京《きやう》に着《つ》きぬべけれど、(従者)「甚《いた》う暮《く》れぬ」とて、山城《やましろ》の国《くに》、久世《くぜ》の屯倉《みやけ》と言《い》ふ所《ところ》に、泊《と》まりぬ。いみじう難《むつ》かしけれど、夜《よ》に入《い》りぬれば、唯《ただ》、明《あ》くるを待《ま》つ。

［訳］　このようにして、私は念願の初瀬詣でを果たした。長谷寺の観音様には、私の心からのお願いを、心を込めてお祈り申し上げた。私としては、「こんな感じで、もう少し、このお寺に籠もっていたい。少なくとも三日間は滞在したい」と思ったのだけれども、女房や供の男たちが大声で、「それは、なりませぬ。すぐに戻りましょう」と喚《わめ》き立てて、渋る私を無理矢理に出立《しゅったつ》させたのは、何とも残念なことだった。

長谷寺から都までの帰路では、お忍びの物詣での旅ではあったのだが、やはり、私が兼家殿の妻であるということが人々にわかってしまって、あちらこちらで、おもてなしを受けざるを得なかった。饗応してくれた人たちは、「もう少し、ゆっくりしていったらいかがですか」と引き留めるので、心ならずも、何とも賑やかな旅になった。

帰路に就《つ》いてから三日目、当初の予定では、この日に都に戻り着くはずであったが、供の者が、「ひどく真っ暗になってしまいました。今夜は、ここで泊まるしかありません」と言ったのが、山城の国の「久世《くぜ》の屯倉《みやけ》」（宇治の近く）という所だった。ひどく、居心地の悪い所で、寝つけなかったので、早く朝が来ることを願い続けた。やっと朝になった。

〔評〕夫である兼家の威光が、旅先での接待につながった。『更級日記』の作者は、長谷寺への物詣でをした際に、盗賊の出現に脅え続けたが、兼家の政治力と経済力で、『蜻蛉日記』の作者はそういう心配はしなくても済んだ。

70　迎えに来た兼家と合流

未《ま》だ暗《くら》きより、行《い》けば、黒《くろ》みたる者《もの》の、調度《てうど》負《お》ひて、走《はし》らせて来《く》。やや遠《とほ》くより下《お》りて、突《つ》い跪《ひざまづ》きたり。見《み》れば、随身《ずいじん》なりけり。（道綱の母の従者）「何《なに》ぞ」と、此彼《これかれ》、問《と》へば、（随身）「昨日《きのふ》の酉《とり》の時許《ときばか》りに、宇治《うぢ》の院《ゐん》に御座《おは》しまし着《つ》きて、（兼家）『帰《かへ》らせ給《たま》ひぬやと、参《まゐ》れ』と、仰《おほ》せ言侍《ごとはべ》りつればなむ」と言《い》ふ。前駆《さき》なる男《をのこ》ども、（道綱の母の従者）「疾《と》う、促《うなが》せや」など、行《おこな》ふ。

宇治《うぢ》の川《かは》に寄《よ》る程《ほど》、霧《きり》は、来《き》し方見《かたみ》えず立《た》ち渡《わた》りて、いと覚束無《おぼつかな》し。車《くるま》、舁《か》き下《お》ろして、こちたく、とかくする程《ほど》に、人声多《ひとごゑおほ》くて、（従者）「御車《みくるま》、下《お》ろし立《た》てよ」と罵《ののし》る。霧《きり》の下《した》より、例《れい》の、網代《あじろ》も見《み》えたり。言《い》ふ方無《かたな》く、をかし。自《みづか》らは、彼方《あなた》に有《あ》るなるべし。先《ま》づ、斯《か》く書《か》きて、渡《わた》す。

（道綱の母）人心《ひとごころ》宇治《うち》《心憂(こころう)》の網代《あじろ》に偶《たま》さかに寄《よ》る氷魚《ひを》《日(ひ)を》だにも訪《たづ》《尋(たづ)ね》ねけるかな

舟《ふね》の、岸《きし》に寄《よ》する程《ほど》に、返《かへ》し、

（兼家）帰《かへ》る日《ひ》を《氷魚(ひを)》心《こころ》の中《うち》《宇治(うち)》に数《かぞ》へつつ誰《たれ》に因《よ》りてか網代《あじろ》をも訪《と》ふ

見《み》る程《ほど》に、車《くるま》、舁《か》き据《す》ゑて、罵《ののし》りて、差《さ》し渡《わた》す。いと止《や》ん事無《ごとな》きには有《あ》らねど、賤《いや》しからぬ家《いへ》の子《こ》ども、何《なに》の丞《ぞう》の君《きみ》など言《い》ふ者《もの》ども、轅《ながえ》・鴟《とみ》の尾《を》の中《なか》に入《い》り混《こ》みて、日《ひ》の脚《あし》の、僅《わづ》かに見《み》えて、霧《きり》、所々《ところどころ》に晴《は》れ行《ゆ》く。

彼方《あなた》の岸《きし》に、家《いへ》の子《こ》、衛府《ゑふ》の佐《すけ》など、掻《か》い連《つ》れて、見遣《みおこ》せたり。中《なか》に立《た》てる人《ひと》も、旅立《たびだ》ちて、狩衣《かりぎぬ》なり。岸《きし》の、いと高《たか》き所《ところ》に舟《ふね》を寄《よ》せて、理無《わりな》う、唯上《ただあ》げに、担《にな》ひ上《あ》ぐ。轅《ながえ》を、板敷《いたじき》に引《ひ》き掛《か》けて、立《た》てたり。

［訳］　翌朝、まだ暗い時間帯に出発して、今日こそは都に帰り着こうと旅を急いだ。すると、前方から、全体的に黒っぽい服を着た人が、弓や胡簶《やなぐい》などの武具を背中に背負い、

馬を走らせて、こちらに向かってくるではないか。その男は、私の乗っている牛車から少し離れた場所で馬を下り、その場で膝をついて、こちらに一礼した。私に用事があったのだと気づいて、その顔を見たところ、何と、兼家殿の警固を担当している、顔見知りの随《ずい》身《じん》なのだった。

私の供の者が、「どうしたのか」と尋ねたところ、随身は、「昨日の午後六時頃に、お殿様(=兼家)は、宇治の別荘にお入りになりました。お殿様は、『そろそろ、我が妻が長谷寺から戻ってくる頃だから、様子を見て参れ』と、私に命じられましたので、このように参ったのでございます」と返事している。その言葉を聞いた、私の乗った牛車の露払いをしている男たちは、「そうか。そういうことならば、早く宇治に参ろうぞ。早く、牛車を進めよ」などと、牛飼童《うしかいわらわ》に命じている。

宇治川が近づいてきた。川霧は、これまで私たちが通り過ぎてきた後《うし》ろのほうは、まったく見えないくらい、ひどく立ちこめている。私も、たいそう不安な気持ちになる。いよいよ、宇治川を渡る準備にかかる。供の者たちが、牛車から牛をはずしたり、轅《ながえ》を下ろしたりして、作業している。そのうち、大勢の声で、「車を川岸に立てよ」などと、大騒ぎし始めた。これから、私の乗った牛車の箱だけを舟に乗せるのだろう。立ちこめた霧の中から、かろうじて宇治の名物である網代《あじろ》が見えた。言いようもないほど、風情がある。兼家殿自身は、こちらまで迎えに来ず、向こう側で私の来るのを待っているのだろう。私は、自分の到着よりも先に、次のような歌を詠んで、使いの者に川を渡らせた。

（道綱の母）人心《ひとごころ》宇治《うぢ》《心憂（こころう）》の網代《あじろ》に偶《たま》さかに寄《よ》る氷魚《ひを》《日（ひ）を》だにも訪《たづ》ね《尋（たづ）ね》けるかな

（この「宇治《うじ》」は、「憂《う》」という言葉を含むことから、人を辛《つら》い気持ちにさせる場所です。私も、夫であるあなたのことで、辛い思いを重ねてきました。そのことが、私の初瀬詣でを決意させたのです。今、こうやって長谷寺から宇治まで、私は戻ってきました。宇治川の網代には、氷魚《ひお》が寄ってきますが、いつも寄ってくるわけではなく、ごく稀にしか寄ってきません。あなたはこの宇治に私が戻る日を前もって尋ね、ここで私を待っていてくれたように装っていますが、本当は別の用事があって、たまたま宇治に来ておられたのでしょう。網代の氷魚を見物するような気持ちで、ここにいらしたのですね。そうしたら、網代に寄ってくる氷魚のように、私があなたという夫の手中に舞い戻ってきたというわけです。）

私たちの牛車を乗せるための舟が、こちらに到着した時に、あの人からの歌の返事を携えた使者も同船していた。読んでみると、次のように書いてあった。

（兼家）帰《かへ》る日《ひ》を（氷魚(ひを)）心《こころ》の中《うち》に（宇治(うち)）数《かぞ》へつつ誰《たれ》に因《よ》りてか網代《あじろ》をも訪《と》ふ

（私が宇治で網代に寄ってくる氷魚を見るのを楽しみにしていたのは、事実です。けれども、あなたが長谷寺から都へ戻る日がいつなのかと、心の中で計算して、何とかこの宇治で落ち合おうとしたのも、事実なのですよ。あなたと逢うために、私はここに来たのです。）

この手紙を読んでいるうちに、牛車を担《かつ》ぎ上げて、そのまま舟に乗せて固定し、大騒ぎしながら、あの人の待つ向こう岸に漕ぎ出した。車を担ぎ上げたのは、従者たちばかりではなかった。それほど高貴な身分の若者ではないのだけれども、決して低くはない身分の若者たち、例えば、どこそこの役所の「丞《じょう》」（三等官）たちが、牛車の前方にある轅《ながえ》や、牛車の後方にある「鴟《とみ》の尾《を》」（二本の短い棒）の間《あいだ》に、何人も入り込んで奉仕している。

その頃になって、やっと濃霧が晴れ始め、陽射しが少しずつ差し込んできた。川の対岸にも、何人もの男たちが並んで、こちらを見ている。その中には、兼家殿の一門の子弟、たとえば長男の道隆《みちたか》殿の顔も見える。その真ん中に立っているのが兼家殿で、狩衣《かりぎぬ》を着た旅姿であった。

普通ならば、川の高さと川岸が同じくらいの所で、舟から車を下ろすものだが、今回は、男手も多いし、これから向かう宇治の院にも近いということで、かなり高い岸に舟を乗り付けた。そして、人手を頼んで、強引に車を担ぎ上げ、高い岸の上まで運び上げた。

そのあとで、宇治の院まで進み、板敷《いたじき》に轅をかけた。私は、牛車に乗ったままだが、やっと心を落ち着けることができた。

［評］「黒《くろ》みたる者《もの》の、調度負《てうどお》ひて」とした部分の原文は、「くろみたるものゝてそおひて」。例によって、虫食い算である。ちなみに、随身が黒っぽい印象を与えたのは、黒い「袍《ほう》」（上着）を着ているからである。

「舟の、岸に寄する程に」の部分も、原文は「舟のきしきする」なので、「舟の儀式する程に」、兼家の夫人としてふさわしいように、舟を綺麗に装った、という意味かもしれない。

それにしても、宇治川を挟んだ両岸に、兼家と作者が隔てられていて、作者の乗った舟が、霧が晴れてゆく中を兼家の待つ側に向かってゆくというのは、『蜻蛉日記』上巻のフィナーレにふさわしい「夫婦の距離感」ではある。

また、兼家の横には、道隆《みちたか》がいる。後の「中《なか》の関白」であり、中宮定子の父親である。彼の明るく朗らかな性格は、清少納言の『枕草子』に書き留められていて、永遠である。

この時、兼家が宇治に来ていたのは、大嘗祭に伴う石清水《いわしみず》への奉幣使《ほうへいし》に任命されていたからだ、とする説がある。

71 藤原師氏《もろうじ》との交流

落忌《としみ》の設《まう》け有《あ》りければ、と斯《か》う物《もの》する程《ほど》、川《かは》の彼方《あなた》には、按察使《あぜち》の大納言《だいなごん》の領《らう》じ給《たま》ふ所《ところ》、有《あ》りける。（或る人）「（藤原師氏）『此《こ》の頃《ごろ》の網代《あじろ》、御覧《ごらん》ず』とて、此処《ここ》になむ物《もの》し給《たま》ふ」と言《い》ふ人《ひと》、有《あ》れば、（兼家たち）「『斯《か》うて有《あ》り』と聞《き》き給《たま》へらむを。詣《まう》でこそすべかりけれ」など定《さだ》むる程《ほど》に、紅葉《もみぢ》の、いとをかしき枝《えだ》に、雉《きじ》・氷魚《ひを》などを付《つ》けて、（師氏）「『斯《か》う、物《もの》し給《たま》ふ』と聞《き》きて、『諸共《もろとも》に』と思《おも》ふも、奇《あや》しう、物無《ものな》き日《ひ》にこそ有《あ》れ」と有《あ》り。御返《おんかへ》り、（兼家）「此処《ここ》に御座《おは》しましけるを。唯今《ただいま》、候《さぶら》ひ、畏《かしこ》まりは」など言《い》ひて、単衣《ひとへぎぬ》、脱《ぬ》ぎて被《かづ》く。然《さ》ながら、差《さ》し渡《わた》りぬめり。又《また》、鯉《こひ》・鱸《すずき》など、頻《しき》りに有《あ》ンめり。

有《あ》る好《す》き者《もの》ども、酔《ゑ》ひ集《あつ》まりて、（好き者）「いみじかりつるものかな。御車《みくるま》の月《つき》の輪《わ》の程《ほど》の、日《ひ》に当《あ》たりて、見《み》えつるは」とも言《い》ふめり。車《くるま》の後《しり》の方《かた》に、花《はな》・紅葉《もみぢ》などや差《さ》したりけむ、家《いへ》の子《こ》と思《おぼ》しき人《ひと》、「近《ちか》う、花咲《はなさ》き、実生《みな》るまで成《な》りにける日頃《ひごろ》よ」と言《い》ふなれば、後《しり》なる人《ひと》も、とかく、答《いら》へなどする程《ほど》に、彼方《あなた》へ、舟《ふね》にて、皆《みな》、差《さ》し渡《わた》る。（兼家）「論無《ろな》う、酔《ゑ》はむものぞ」とて、皆《みな》、酒飲《さけの》む者《もの》どもを選《え》りて、率《ゐ》て渡《わた》る。川《かは》の方《かた》に、車対《くるまむか》へ、榻《しぢ》、立《た》てさせて、二舟《ふたふね》にて漕《こ》ぎ渡《わた》る。然《さ》て、酔《ゑ》ひ惑《まど》ひ、歌《うた》ひ帰《かへ》るままに、（従者）「御車《みくるま》、掛《か》けよ」、「御車《みくるま》、掛《か》けよ」と罵《ののし》れば、困《こう》じて、いと侘《わび》しきに、いと苦《くる》しうて、来《き》ぬ。

［訳］　宇治の院では、私たち一行のために、精進落としの食事が用意されていた。私たちは、皆と一緒に、久しぶりに魚を食べた。

ところで、宇治川の対岸、先ほど、私たちの牛車が大騒ぎをしながら渡ってきた南側であるが、そこには藤原師氏《もろうじ》様の御領地があった。師氏様は、夫の兼家殿から見たら、叔父君（父親である師輔《もろすけ》様の弟）でいらっしゃる。

宇治の院にいた男たちの中の一人が、「そう言えば、師氏様は、『冬の初めの網代の様子を見物したい』というご意向のようで、このところ、こちらに滞在しておられるようです」と言ったので、兼家殿たちは、「私たちが、ここに来ているという噂は、師氏殿のお耳にも入っていることだろう。何の挨拶もなしに都へ戻ったら、失礼になる。こちらから、ご挨拶に伺うべきだろう」などと相談していた。その矢先に、師氏様から先に届け物が寄せられてしまった。

美しく色づいた紅葉《もみじ》の枝に、雉や氷魚などが盛り付けてある。師氏様からのお手紙には、「『兼家殿ご夫妻たちが、にぎやかに川向こうの宇治の院に来ておられる』という噂を聞いたもので、『できれば、ご一緒に食べたい』と思うのですが、不思議なことに、本日は美《お》味《い》しいものが手に入りませんで、このような物しか手もとにはないのです。申しわけありません」と書いてある。

兼家殿のお返事には、「叔父上《おじうえ》も、宇治に来ておられたのですね。存じ上げませんで、失礼しました。これからすぐに、参上しまして、ご挨拶いたします」とあったようである。そして、雉と氷魚を持参した使いの者には、兼家殿が着ていた単衣《ひとえ》を脱いで、肩に掛けさせて祝儀とした。使者は、うれしそうに、単衣を肩に被《かず》いたまま、舟に乗って対岸に戻っていった。その後、師氏様からは、さらに鯉《こい》や鱸《すずき》などが、いくつも贈られてきたようだった。

風流が好きな男たちは、それらを肴《さかな》にして酒を飲み、酔って大いに盛り上がっていた。彼らは、お世辞もあってか、口々に、私の未来が輝かしいことを称賛する。私も、思い切って初瀬詣でをした甲斐があったというものである。

彼らの追従《ついしょう》の声を、牛車の中から聞いていると、「いやあ、素晴らしい見物《みもの》でございましたなあ。一面を覆い尽くしていた宇治川の朝霧がほどけ始めましたところへ、朝日が、ぱあ～っと明るく差し込んできました。その光が、奥方様の乗っておられる牛車の車輪に反射して、眩《まぶ》しいくらいに、きらきらと輝いたのを、私はしっかり見届けました。何と言うのでしょうか。車の車輪が、まさに月輪、すなわち満月のお月様のようでした。そこへ、お日様、太陽の光が差し込んできたわけです。昼間の空に輝く太陽と、夜空を照らす月とが、この場所で同時に揃う奇蹟が、起きたのです。兼家殿と奥方様、まさに太陽と月が、この宇治の院にお揃いです。お二方のすばらしい未来が、私の目にははっきりと見えました」などと言っているようである。

牛車の後ろの方は、私からはよく見えないのだけれども、花や紅葉などが綺麗に飾り付けられているようだ。その飾り付けをしたと思われる一門の若者が、「まことに、おめでたいことです。まもなく、見事な花が咲き、素晴らしい実がなる時節の到来です。兼家様と奥方様を上にいただく我が一門の繁栄は、確実なものです」などと口にしている。これまで牛車の中で、私の後ろに座っていた道綱も、それらのお追従に対して、何やかやとお礼を言ったり、話をしているようである。

そのうち、川向こうの師氏様の別荘に、皆で漕ぎ出そうではないかということになり、皆が舟に乗って渡る。兼家殿は、「先方でも酒と肴を用意して待ち受けているだろうから、きっと酔うまで飲まされるぞ」と予想して、酒に強い者たちばかりを選んで、同行させることにした。

私は宇治川の光景をよく見ようと、板敷に掛けられていた牛車の向きを変えさせ、宇治川のほうに車の正面が来るようにして、停止させた。見ていると、舟を二艘仕立てて、対岸の師氏様の別荘に渡っていった。

やがて、彼らはひどく酔っ払って、歌を歌いながら戻ってきた。すると、供の者たちは、「さあ、出立《しゅったつ》だ」、「車に牛をつなげ」などと大騒ぎして、都に戻る準備を始めた。

私は、早朝からの移動などで疲れ果てており、とても苦しい。やっとのことで、都に戻ってきたのだった。

［評］　太陽と月が一つの空間に揃う。『源氏物語』では、明石入道が見た霊夢の中で、太陽と月が揃って出てきた。一族の輝かしい未来を招き寄せる吉夢だった。

牛車に花を挿して飾る趣向は、『枕草子』で、牛車に卯《う》の花を挿して飾ることが書かれている。

男たちが酔って、歌を歌いながら帰ってきた。『論語』の「詠帰《えいき》」（詠而帰《えいじき》）は、もう少し高尚な楽しみであるが、宇治の男たちも、逍遙の楽しみを味わっている。都人にとっての「宇治」は、「憂《う》し」（つらい）ばかりの土地ではなかった。

72　大嘗祭

明《あ》くれば、御禊《ごけい》の急《いそ》ぎ、近《ちか》く成《な》りぬ。（兼家）「此処《ここ》に、し給《たま》ふべき事《こと》、其《そ》れ其《そ》れ」と有《あ》れば、(道綱の母)「如何《いか》がは」とて、し騒《さわ》ぐ。儀式の車《くるま》にて、引《ひ》き続《つづ》けり。下仕《しもづか》へ・手振《てぶ》りなどが、具《ぐ》し行《い》けば、色節《いろふし》に、出《い》でたらむ心地《ここち》して、今《いま》めかし。

月立《つきた》ちては、「大嘗会《だいざうゑ》の毛見《けみ》や」とし騒《さわ》ぎ、我《われ》も、物見《ものみ》の急《いそ》ぎなどしつる程《ほど》に、晦日《つごもり》に、又《また》、急《いそ》ぎなどすめり。

[訳] さて、初瀬詣でから戻ると、すぐに、また忙しい毎日が始まった。大嘗祭《だいじょうさい》の御禊《けい》の準備である。前にも書いたけれども、時姫様の娘である超子様が「女御代」を務めることになっている。その御禊が近づいてきたのである。

兼家殿からは、「ここはひとつ、あなたにも協力してほしい。あなたにお願いしたいのは、これこれである」と、折り入って頼まれたので、私としても、「断ることはできまい」と観念した。協力するからには全力で、裁縫などに取り組んだ。

十月二十六日が、御禊の当日だった。晴れの儀式のための牛車を何台も連ねて、女御代である超子様たち一行が、進んでいった。下仕《しもづか》えの女たちや、供の男たちもたくさん付き従ってゆくので、見ている私までもが晴れの盛儀に加わっているかのような気持ちになって、うきうきする。

十一月に入ると、兼家殿は、「大嘗祭の毛見《けみ》だ」などと、いっそう、準備が忙しくなる。「毛見」は、大嘗祭で献上される稲の出来具合を、稲の「毛《け》」のようすで「見《み》」て、検分することである。私のほうでも、大嘗祭の行列を見物する準備などで忙しかった。そのうち、十二月の月末になって、またまた新年の準備に追われたのだった。こうして、私の三十三歳の年が終わった。

［評］「毛見」という言葉は、『大嘗会悠紀主基《ゆきすき》和歌』にも、用例が見える。

XIII　跋文

73　『蜻蛉日記』と名づける

斯《か》く、年月《としつき》は積《つ》もれど、思《おも》ふ様《やう》にもあらぬ身《み》をし嘆《なげ》けば、声改《こゑあらた》まるも、慶《よろこ》ぼしからず。猶《なほ》、物儚《ものはかな》きを思《おも》へば、有《あ》るか無《な》きかの心地《ここち》する『蜻蛉《かげろふ》の日記《にき》』と言《い》ふべし。

[訳]　このように、長い歳月が過ぎていった。わたしが十九歳で兼家殿と結婚してから、三十三歳までの、十四年間の夫婦生活が過ぎ去ったことになる。その十四年間の間に、息子の道綱の誕生と成長があったけれども、夫の兼家殿との愛情は、ぎくしゃくしていた。夫は、一時期は政治的に沈滞していたが、新しい天皇が即位したことで、権力の頂点へと

駆け上り始めた。

まもなく新しい年になるのだけれども、自分はそれほど嬉しいとも思わない。年が改まると、鳥の鳴き声までも、昨年までとは違って嬉しそうに聞こえるというが、家庭生活で悩む自分にとって、新年だからと言って何のめでたさも感じられない。

世間の人や鳥たちは、お正月になると、新しい人生が始まるという感覚を持つようであるが、自分としては、これまでと同じような苦しい日々が、これからもずっとそのまま続くような気持ちがする。

私と夫との十四年間の夫婦生活をかえりみると、自分たち「夫婦」の生き方が、まるで砂上の楼閣であるかのように思えてくる。自分が、「夫婦」というものの片一方の妻であることに、いまだに確信が持てないでいる。むろん、喜びも、持てない。何と、はかない、私の人生だったことだろうか。

そう考えた時に、自分の夫婦生活を書き続けてきたこの作品が、蜻蛉《かげろう》のように物慢い一生を生きた女の日記と言ってよいだろう、という結論が得られた。だから、ここで、この『蜻蛉日記』という作品に一つの区切りをつけたいと思う。

［評］『蜻蛉日記』の「かげろふ」は、昆虫の「蜻蛉」なのか、気象の「陽炎」なのか。『蜻蛉日記』の最初の注釈書である『かげろふの日記解環《かいかん》』（一七八五年刊）は、「陽炎」説である。著者の坂徴《さかしるし》（サカ・チョウ、とも）は、江戸時代中期の国学者。

江戸時代の「国学」は、日本の古典文学研究を、『源氏物語』＋『古今和歌集』＋『伊勢物語』の王朝三大古典中心主義の「和学」から、『万葉集』＋『古事記』の古代文学中心主義へと、大きく舵を切った。

だから、『蜻蛉日記』の研究史には、『源氏物語』研究や「古今伝授」の蓄積が、流れ込んでいない。そこに、これまでの『蜻蛉日記』研究の物足りなさがある。

けれども、ぶあつい研究史を誇る『源氏物語』には、「はじめに『蜻蛉日記』への誘《いざな》い」で触れたように、『源氏物語』蜻蛉巻に関して、さまざまな「かげろふ」説が提示されていた。それを踏まえて、私は、「カゲロウ科の昆虫」説を取りたい。

『蜻蛉日記』を、『源氏物語』に影響を与えた作品として読みたい。それが、私の願いであった。本書の執筆を通して、その願いは実現できたように思う。

あとがき

ＮＨＫラジオ第二の「古典講読」の時間（土曜日午後五時からと、日曜日午前六時から）で、「王朝日記の世界」の講師を担当し始めてから、早くも二年目に入ろうとしている。

この間、コロナ禍のために、社会秩序も、人々の価値観も一変した。世界観も人間観も、大きく変わった。認識が変われば、それにつれて本質も変容する。世界も、人間も、コロナとの戦いを通して、大きな変貌を遂げつつある。

すべてが変化するこの時期だからこそ、今の時代に最もふさわしい「文学観」と「古典観」が出現するかもしれない。いや、出現させねばならない。現代人が悩んでいる問題意識を文学や古典にぶつければ、新しい作品の読み方が発見できるだろう。

未来の世界を開く扉は、古典文学の森からも見出されると信じている。「もののあはれ」

に替わる新しい古典の命が、今、まさに激動する世界の中で胎動を始めているのではないか。

私自身の環境も、ここ数年で、大きく変わった。勤務していた大学を早期退職し、老親の孝行をしたいと思いつつも、コロナに妨げられて苦慮している。

世界と私自身が直面している問題意識を胸に、王朝日記と向かい合いたい。そう思って開始したＮＨＫラジオ第二の「古典講読」は、試行錯誤の連続だった。朗読の加賀美幸子さんをはじめ、スタッフの皆さんのお力添えで、自分なりの「古典講読」のスタイルと、王朝日記に対する見方が提示できそうだ、という手応えを最近になってやっと感じ始めた。

最初の令和二年度は、『更級日記』と『和泉式部日記』を読んだ。『更級日記』は、日本文学、いや日本文化、もしかしたら世界文化の最も美しい生命体である『源氏物語』の、大きな影響下に生まれた作品だった。そして、『和泉式部日記』も、実態は『和泉式部物語』と呼ぶのがふさわしい、『源氏物語』とほぼ同時代の生命体だった。

『新訳更級日記』と『新訳和泉式部日記』は、ラジオ放送と連動して、花鳥社から全訳を刊行することができた。

令和三年度は、『蜻蛉日記』と『紫式部日記』を読む予定である。『蜻蛉日記』は、『源氏物語』に影響を与えたと考えられる、散文作品である。『紫式部日記』は、それこそ『源氏物語』の作者が書いた日記である。この二つの日記の「新訳」に挑みたい。

そう思って、『新訳蜻蛉日記』の作業に取りかかった。ある程度は予想していたものの、予想以上に、道は難渋を極めた。本書の冒頭に書いたように、『蜻蛉日記』の本文は「虫食い算」が激しくて、復元が不可能だったからである。

江戸時代の中期に、契沖《けいちゅう》の手で、『蜻蛉日記』の本文の復元作業が開始された。ここに、『蜻蛉日記』の文化史的な特質がある。

国文学の研究史を踏まえて説明しよう。鎌倉時代初期の藤原定家から始まった「中世源氏学」の伝統を、江戸時代の中期に北村季吟が集大成した。これが、古典研究の王道であり、主流である。それに反対して、北村季吟と同時代人だった契沖から始まる国学が、『万葉集』と『古事記』の解明を通して、新しい古典観と世界観を樹立した。

『蜻蛉日記』は王朝文学だが、『万葉集』を本質に据えた文学観の持主によって、研究が始まり、近代人に手渡されたのである。「かげろふ日記」の「かげろふ」を、「蜻蛉」ではなく「陽炎」であるとする説は、『万葉集』の柿本人麻呂の歌の訓読と関連しているだろう。

東野炎立所見而反見為者月西渡

「万葉仮名」で書かれたこの歌は、「あづまのにけぶりのたてるところみてかへりみすればつきかたぶきぬ」と訓読されてきた。初句を「あづまのの」とした本文で、勅撰和歌集である『玉葉和歌集《ぎょくようわかしゅう》』にも入っている。

これを大きく訓《よ》み改めたのが、賀茂真淵だった。

ひむがしののにかぎろひのたつみえてかへりみすればつきかたぶきぬ

「炎」を「かぎろひ」と訓むことと、「かげろふ日記」の「かげろふ」を「陽炎」と理解することの距離は、近い。

『蜻蛉日記』は、近代人の文学観と近い「国学」の影響下に、研究が始まった。私は、『蜻蛉日記』の「幻の研究史」をさかのぼらせて、定家から季吟に到る「古典学＝源氏学」の大河にまで『蜻蛉日記』という舟をかつぎ上げて運搬し、浮かばせてみたいと思った。そして、この日本文化の本流を目指して、上流へと遡行したいとも思った。

そのうえで、『蜻蛉日記』から『源氏物語』へ、『源氏物語』から近世初期までという、「契沖以後」の『蜻蛉日記』が体験してこなかった文化史の旅を再現したかった。その成果が、本書『新訳蜻蛉日記　上巻』である。

けれども、中世源氏学を現代日本に復活させ、バージョンアップさせることを「天命」

と考えている私にとって、『蜻蛉日記』は本当に手ごわい作品だった。その「手ごわさ」は、まだ『源氏物語』という散文作品の「お手本」がなかった時代に、手探りで散文の新しいスタイルを模索した『蜻蛉日記』作者の苦闘を、私に痛感させてもくれた。その苦闘を共有することで、『源氏物語』そのものに対する私の考え方も鍛えられた。

本書は、かろうじて「上巻のみの全訳」として刊行できる運びとなった。そのため、『新訳蜻蛉日記』ではなく、『新訳蜻蛉日記　上巻』となったことが、心残りである。ただし、「蜻蛉の日記と言ふべし」という有名な跋文は、上巻の末尾にあるので、上巻まででも、『蜻蛉日記』のメッセージを現代人に発信できると思う。

本書に引き続いて、『蜻蛉日記』中巻を、全訳ではなく抜粋（セレクション）で刊行する予定である。NHKラジオ第二の「古典講読」の語りの雰囲気を残して、『蜻蛉日記』中巻の読み所を味わいたい。

加えて、その本には、NHKラジオ第二「古典講読」では話したものの、『新訳更級日記』や『新訳和泉式部日記』には収録していない内容も併載したい。コロナの時代に私が全力を傾注したNHKラジオ第二「古典講読」の魅力を、次なる一冊に結集したいと考えている。

本書でも、花鳥社の橋本孝氏の御好意にすがった。これからも、橋本氏との二人三脚で、古典文学の新しさを発信できればと願っている。困難な時代だからこそ、古典新生のチャンスは高まっている。どこまで行けるか。行けるところまで、橋本氏と共に行ってみたい。

また、組版を担当してくれた江尻智行氏にも、心から感謝したい。『和歌の黄昏　短歌の夜明け』『新訳更級日記』『新訳和泉式部日記』『新訳蜻蛉日記　上巻』と、花鳥社の著書を重ねるにつれ、私が模索し続けている「令和の『源氏物語湖月抄』」に必要なレイアウトが、少しずつイメージされてきたように感じている。

多くの方々の力添えに支えられて、私の古典探索船の航海は続く。皆さん、ありがとうございます。

水平線のかなたには、北村季吟と本居宣長の古典世界が待ち受けている。その二つの世界を通り抜けて、二十一世紀の古典世界の新大陸を発見して、上陸したい。

令和三年三月十八日

島内景二

島内景二（しまうち・けいじ）

一九五五年長崎県生
東京大学文学部卒業、東京大学大学院修了。博士（文学）
現在　電気通信大学名誉教授
二〇二〇年四月から二年間、ＮＨＫラジオ第二『古典講読・王朝日記の世界』を担当。

主要著書

『新訳更級日記』『新訳和泉式部日記』（共に、花鳥社）
『和歌の黄昏　短歌の夜明け』（花鳥社）
『塚本邦雄』『竹山広』（コレクション日本歌人選、共に、笠間書院）
『源氏物語の影響史』『柳沢吉保と江戸の夢』『心訳・鳥の空音』（共に、笠間書院）
『北村季吟』『三島由紀夫』（共に、ミネルヴァ書房）
『源氏物語に学ぶ十三の知恵』（ＮＨＫ出版）
『大和魂の精神史』『光源氏の人間関係』（共に、ウェッジ）
『文豪の古典力』『中島敦「山月記伝説」の真実』（共に、文春新書）
『源氏物語ものがたり』（新潮新書）
『御伽草子の精神史』『源氏物語の話型学』『日本文学の眺望』（共に、ぺりかん社）
歌集『夢の遺伝子』（短歌研究社）
『楽しみながら学ぶ作歌文法・上下』（短歌研究社）

新訳蜻蛉日記 上巻

二〇二一年五月三十一日 初版第一刷発行

著者……島内景二
発行者……橋本 孝
発行所……株式会社 花鳥社
https://kachosha.com
〒一五三-〇〇六四 東京都目黒区下目黒四-十一-十八-四一〇
電話 〇三-六三〇三-二五〇五
FAX 〇三-三七九二-二三二三

装幀……花鳥社装幀室
組版……江尻智行
印刷・製本……モリモト印刷

ISBN 978-4-909832-38-2 C1095

新訳和泉式部日記

好評既刊　島内景二著『新訳』シリーズ

もうひとつの『和泉式部日記』が蘇る！

底本には、現在広く通行している「三条西家本」ではなく、江戸から昭和の戦前まで広く読まれていた「群書類聚」の本文、「元禄版本」（「扶《ふ》桑《そう》拾《しょう》葉《よう》集《しゅう》」）を採用。あなたの知らない新しい【本文】と【訳】、【評】で、「日記」と「物語」と「歌集」の三つのジャンルを融合したまことに不思議な作品〈和泉式部物語〉として、よみなおす。

四六判、全328ページ・本体1700円＋税

新訳更級日記

好評既刊　島内景二著『新訳』シリーズ

安部龍太郎氏（作家）が紹介――「きっかけは、最近上梓された『新訳更級日記』を手に取ったことです。島内景二さんの訳に圧倒されましてね。原文も併記されていたのですが、自分が古典を原文で読んできていなかったことに気づきました。65年間もできていなかったのに〝今さら〟と言われるかもしれませんが、むしろ〝今こそ〟読むべきだと思ったんです。それも原文に触れてみたい、と」……

『サライ』（小学館）２０２０年８月号「日本の源流を溯る～古典を知る愉しみ」より

「更級日記」の一文一文には、無限とも言える情報量が込められ、それが極限にまで圧縮されている。だから、本作の現代語訳は「直訳」や「逐語訳」では行間にひそむモノを説明しつくせない。「訳」は言葉の背後に隠された「情報」を拾い上げるものでなければならない。踏み込んだ「意訳」に挑んだ『新訳更級日記』によって、作品の醍醐味と深層を初めて味読できる『新訳』に成功。

第2刷出来　四六判、全４１２ページ・本体１８００円＋税

和歌の黄昏　短歌の夜明け

好評既刊　島内景二 著

歌は、21世紀でも「平和」を作りだすことができるか。
日本の近代を問い直す！

「『古今和歌集』から日本文化が始まる」という新常識のもと、千四百年の歴史を誇る和歌・短歌の変遷を丁寧にひもとく。「令和」の時代を迎えた現代が直面する、文化的な難問と向かい合うための戦略を問う。江戸時代中期に興り、本居宣長が大成した国学は、平和と調和を祈る文化的エッセンスである「古今伝授」を真っ向から否定した。『古今和歌集』以来の優美な歌では、外国文化と戦えないという不信感が『万葉集』を復活させたのである。強力な外来文化に立ち向かう武器として『万葉集』や『古事記』を持ち出し、古代を復興した。あまつさえ、天才的な文化戦略家だった宣長は、「パックス・ゲンジーナ」（源氏物語による平和）を反転させ、『源氏物語』を外国文化と戦う最強の武器へと組み換えた。これが本来企図された破壊の力、「もののあはれ」の思想である。だが、宣長の天才的な着眼の真意は、近代歌人には理解されなかった。『源氏物語』を排除して、『万葉集』のみを近代文化の支柱に据えて、欧米文化と渡り合おうとする戦略が主流となったのである。